Fernanda Castro

O Fantasma de Cora

ILUSTRAÇÕES
Maria Carvalho

Copyright © 2022 Fernanda Castro

Todos os direitos reservados pela Editora Gutenberg. Nenhuma parte desta publicação poderá ser reproduzida, seja por meios mecânicos, eletrônicos, seja via cópia xerográfica, sem autorização prévia da Editora.

EDITORA RESPONSÁVEL
Flavia Lago

REVISÃO
Cristina Yamazaki

EDITORAS ASSISTENTES
Natália Chagas Máximo
Samira Vilela

CAPA E ILUSTRAÇÕES
Maria Carvalho

PROJETO GRÁFICO E DIAGRAMAÇÃO
Diogo Droschi

PREPARAÇÃO
Natália Chagas Máximo

Dados Internacionais de Catalogação na Publicação (CIP)
Câmara Brasileira do Livro, SP, Brasil

Castro, Fernanda
  O fantasma de Cora / Fernanda Castro ; ilustrações Maria Carvalho. – 1. ed. – São Paulo : Gutenberg, 2022.

  ISBN 978-85-8235-641-8

  1. Ficção brasileira I. Título

22-98007 CDD-B869.3

Índices para catálogo sistemático:
1. Ficção : Literatura brasileira B869.3

Aline Graziele Benitez - Bibliotecária - CRB-1/312

A **GUTENBERG** É UMA EDITORA DO **GRUPO AUTÊNTICA**

São Paulo
Av. Paulista, 2.073, Conjunto Nacional
Horsa I . Sala 309 . Cerqueira César
01311-940 São Paulo . SP
Tel.: (55 11) 3034 4468

Belo Horizonte
Rua Carlos Turner, 420
Silveira . 31140-520
Belo Horizonte . MG
Tel.: (55 31) 3465 4500

www.grupoautentica.com.br
SAC: atendimentoleitor@grupoautentica.com.br

*Para Lucas, o mocinho de novela
(só que mais esperto) que segurou as
pontas enquanto este livro nascia.*

Este livro não assume quaisquer compromissos com a fidelidade histórica, tampouco revela o cenário exato ou o período em que é ambientado. No entanto, como prova de boa-fé, assume ter-se inspirado livremente em ilustrações vitorianas, fatos reais, novelas e xícaras de chá.

Capítulo I

No qual uma garota do interior chega à capital

— MAS QUE DISPARATE! — foi a primeira coisa que Lady Bibi disse à sobrinha ao revê-la após dez anos. — Como o degenerado do meu irmão pôde mandá-la para cá sem um mísero acompanhante?

Francine não sabia se a pergunta havia sido retórica. Estava com dores da viagem, cansada, suada e um tanto intimidada com tudo o que via. A estação de Portomar era enorme, cheia de pessoas apressadas e com ares de importância. Não lembrava em nada o tablado de madeira onde subira no trem e se despedira do pai. Ali, as coisas eram cinzentas. Além da habitual maresia, a estação cheirava a carvão e tabaco, odores que faziam seu nariz coçar.

Sentia-se intimidada pela tia. Em suas memórias embotadas da infância, Lady Bibiana Tulli vinha visitá-la trazendo brinquedos e vestidos da capital. A tia sempre fora o modelo de civilidade para Francine, o único exemplo a seguir caso desejasse virar uma dama. Mesmo que os anos tivessem feito marcas nas feições cor de bronze de Lady Bibi e pintado seus cabelos pretos com fios grisalhos, a irmã mais nova do pai permanecia uma figura grandiosa.

A tia pareceu notar seu embaraço. Ofereceu-lhe um sorriso condescendente.

— Largue essas malas, minha querida, não é adequado. Vou chamar um carregador para você.

A mulher gesticulou para um rapaz de roupas puídas que aguardava próximo aos limites dos trilhos. O rapazinho veio até elas de imediato, curvando-se em uma reverência e agarrando as malas da moça, uma de cada lado do corpo. Tinha traços de ilhéu, um mareano de nascença. Suor pingava de sua testa curtida de sol, e ele permaneceu calado durante todo o trajeto até a carruagem. Francine achou desconfortável vê-lo em posição tão subserviente. No interior, o pai da moça o conheceria pelo nome e teria perguntado pela saúde de sua família. Mas notava-se que aquilo não era comum na capital.

Do lado esquerdo da plataforma, a cidade se estendia pelo horizonte, seus telhados e terraços coloridos contrastando contra o céu quente do meio-dia. Também era possível avistar algumas chaminés, erguidas do outro lado do canal de águas sujas que cortava a cidade ao meio. As chaminés soltavam fumaça, fuligem e outros dejetos resultantes do trabalho nas fábricas e oficinas. Junto aos trilhos, o comércio era abundante, com carregamentos de fruta, cana e carne salgada (os "orgulhos da ilha") sendo negociados aos gritos. Os produtos cultivados no interior chegavam até a capital escoados por aqueles mesmos trens, sendo vendidos e revendidos até acabarem no porto, e de lá direto para o continente. Nos portões de ferro corroídos de maresia que delimitavam a estação, carruagens buscavam e traziam passageiros. A movimentação diária de um arquipélago que, em extensão, conseguia ser maior do que muitos dos reinos continentais.

— Sua prima está lá dentro – informou-lhe a tia, indicando um dos veículos com o queixo, uma carruagem fechada de uma única parelha. Os cavalos, claramente continentais, estavam escovados e lustrosos. – Ela não pôde descer para a plataforma devido à sua frágil constituição, é claro, mas está ansiosa para conhecer você.

De fato, assim que o cocheiro abriu a porta da carruagem, um rosto pálido e doce projetou-se para fora.

— Seja bem-vinda! – disse a prima.

— É um prazer conhecer você, Coralina.

— Você tem um sotaque engraçado. Mas, como minha prima, deve me chamar de Cora.

— Não fique aí parada – reclamou a tia. – Entre, entre! Essa proximidade toda com o oceano é péssima para a pele.

Francine içou o corpo pela porta, tentando apertar as saias para que não atrapalhassem ninguém no espaço reduzido da cabine.

Ocupou o assento ao lado de uma senhora de meia-idade, a quem julgou ser a camareira. Ela também tinha traços mareanos. A tia veio logo atrás, sentando-se junto à filha.

As duas formavam um contraste significativo. Coralina puxara ao pai, o falecido Lorde Tulli, um típico manchão. Era magra e tinha um rosto alongado e inocente, com olhos azuis e lábios tão alvos quanto a própria pele. Os cílios e os cabelos dourados, trançados ao redor da cabeça com capricho, serviam para deixar sua aparência ainda mais fantasmagórica, como uma fada das histórias que Francine costumava ler. Aos 14 anos, era uma pena que a prima fosse tão adoentada: um pouco de viço faria dela uma mocinha de beleza notória. Um contraponto para Lady Bibi, que esbanjava saúde e perspicácia pelos olhos atentos. A tia era toda fartura, e preenchia a cabine inteira com sua exuberância.

— Imagine só — dizia Lady Bibi, abanando-se compulsivamente com um leque rendado —, que a coitadinha foi enviada para cá sozinha e carregando as próprias malas! Nem mesmo uma velha ama ou um criado... Como se a menina fosse uma qualquer!

— Oh, pobrezinha! — Coralina cobriu a boca com a mão como se ouvisse uma tragédia.

Francine limitou-se a sorrir, erguendo as sobrancelhas. Se parassem para pensar no que diziam, as parentes logo chegariam à conclusão de que, de fato, ela *era* uma qualquer. Tinha 21 anos, era solteira e não possuía títulos de nobreza, sendo apenas mais uma jovem de linhagem interiorana. Tinha a mesma pouca estatura, o mesmo nariz arredondado e as mesmas bochechas pronunciadas dos mareanos, além do cabelo escuro e encaracolado que muitos dos outros rebentos da colonização apresentavam. Aliás, se a tia não tivesse, lá no auge da juventude, chamado a atenção de um nobre do continente que vistoriava a construção da ferrovia, todas elas seriam uma grande família de ninguéns.

Lady Bibi inclinou-se para a frente e tomou as mãos da sobrinha entre as suas.

— Mas não se preocupe. Não importa o quanto sua educação tenha sido negligenciada todos esses anos. Nós lhe construiremos uma reputação em Portomar, pedaço a pedaço. Cora e eu vamos cuidar de tudo com a máxima atenção.

– De tudo! Das meias ao marido! – repetiu a prima em um tom afetado. Imediatamente, foi acometida por um acesso de tosse e precisou enfiar o rosto em um lenço de seda. Lady Bibi deu-lhe tapinhas nas costas e suspirou, revirando os olhos.

– Podemos andar logo com essa carruagem? Minha filha tem pulmões delicados.

Mal a reprimenda deixou os lábios da dama e o cocheiro já estava ali se desculpando, a careca salpicada de suor aparecendo pela abertura entre as cortinas da janela.

Francine sentiu-se mal pelo homem. Fazia um dia de bastante calor, e o cocheiro decerto estava tendo dificuldades para amarrar suas malas enormes aos suportes do veículo. Com dúvidas sobre o que era suficientemente digno da capital, ela trouxera quase tudo o que tinha. Os três irmãos chegaram mesmo a perguntar se a moça estava se mudando em definitivo. Mas ela precisava ter tudo pronto para virar uma dama, certo? Ainda que não soubesse direito como sua escova de cabelo poderia ajudá-la em tal empreitada...

A carruagem deixou a estação, e Francine pôde vislumbrar pela primeira vez o que era estar em uma cidade grande. A capital jamais se equipararia ao esplendor e sofisticação dos reinos continentais (ou pelo menos era o que Lady Bibi dizia), mas ainda assim era infinitas vezes mais desenvolvida do que o ajuntamento de vilas, pastos e fazendas onde Francine crescera. Maravilhada, debruçou-se sobre a janelinha, incapaz de conter a empolgação.

Era como atravessar um portal para um novo mundo. Em todas as direções que se olhava, as ruas transbordavam e fervilhavam de vida. Estabelecimentos dos mais diversos tipos espremiam-se por espaço, seus letreiros e bandeirolas coloridas manchados pela poeira da rua. Meninos de bochechas sujas vendiam jornais na beira de uma praça arborizada, estandes de especiarias dividiam o espaço da calçada com os pedestres, e senhoras de nariz em pé caminhavam com sua sombrinha enquanto vira-latas latiam para elas. Em cada viela, encarregados e marinheiros conversavam debruçados uns sobre os outros, resolvendo serviços a mando dos patrões, jogando dados ou vendendo coisas. Quase não havia espaço nos postes para que amarrassem seus cavalos e mulas. As carruagens e carroças eram tão abundantes que precisavam parar e dar passagem para que todos pudessem transitar livremente.

A tia e a prima não paravam de apontar-lhe lugares importantes no caminho, como o jornal de Portomar, a agência de serviços postais e uma confeitaria cujas vitrines douradas ofuscavam a vista. Pertencia a um comerciante manchão, e dizia-se que mesmo a Rainha de Mancha apreciava seu chá. Até a criada, que Francine descobriu depois se chamar Denise, contribuiu com sua dose de maravilhas.

Os sentidos de Francine pareciam gritar, experimentando sensações inimagináveis para alguém que quase nunca pisara fora da fazenda e que, mesmo morando em uma ilha, contava nos dedos o número de vezes que encarara o mar. O estalido agudo dos cascos dos animais, que trotavam por ruas de paralelepípedo e não de terra, parecia marcar a pulsação da capital. O próprio ar era diferente, abafado e salgado, trazendo os odores do comércio e das pedras do calçamento.

Ela mal conseguia absorver tudo aquilo. Seus olhos ardiam: estavam arregalados, e ela temia piscar em demasia e acabar perdendo alguma coisa.

Se a tia ou a prima achavam graça de seu deslumbramento, que poderia ser classificado como infantil ou provinciano, não demonstravam. Pareciam verdadeiramente animadas, como se a jovem fosse um tipo de pedra a ser lapidada ou uma obra de caridade à qual se dedicariam nas próximas semanas. Ainda que houvesse um imenso abismo social separando-as – e, se Francine pudesse apontar sua posição nesse abismo, estaria no fundo dele –, sentiu-se segura sob a tutela da tia. Eram da mesma família, afinal.

Ela ofereceu a Lady Bibi seu melhor sorriso, repleto de gratidão.

– Obrigada. Acho que vou adorar esse lugar.

Francine, é claro, assim como acontece com boa parte das moças ingênuas de sua faixa etária, estava redondamente enganada.

Primeiro Interlúdio

A mulher caminhava pela rua a passos rápidos, puxando junto aos ombros o xale trançado para se manter aquecida. Fazia um frio esquisito naquele fim de tarde, ainda que, aparentemente, ela fosse a única a perceber. Nunca fazia frio na ilha. Seu vestido, com a barra suja de poeira e puído em diversos pontos, colava em seu corpo graças ao vento que soprava do canal, e o rio represado trazia consigo o aroma pestilento dos esgotos e da pobreza. Ela era uma figura triste. Uma coisinha franzina e solitária, tão fechada em si mesma quanto uma crisálida no ocaso da cidade.

A mulher esfregou uma na outra as mãos cobertas por luvas. O acessório não combinava em nada com o resto das roupas. Seu andar apressado, com os saltos quadrados ecoando sobre os paralelepípedos, poderia ser tomado como vigor da juventude, mas seria uma visão equivocada. Embora ainda fosse de fato jovem, a mulher sentia-se tonta, enjoada e sem forças. Tinha a mente anuviada e a estranha sensação de que precisava chegar em casa a qualquer custo, caso contrário corria o risco de desabar ali mesmo no meio da rua. Era esse único raciocínio que a mantinha em movimento. Se o caminho de casa não estivesse tão bem gravado em sua memória, ela talvez já estivesse vagando a esmo.

Continuou margeando o canal de águas escuras até a região onde morava. Pegou uma das vielas laterais entre as portas descascadas dos cortiços. Chegaria dali a mais duas ruas e uma virada à direita. Passou por um grupo de meninos brincando na calçada. Eles chutavam uma bola improvisada com sacos de estopa e não pareciam sentir frio. A mulher costumava cumprimentá-los, passar a mão na cabeça deles, admirando-se por aquelas pequenas criaturas com energia suficiente para brincar e dançar a ciranda mesmo após um dia de trabalho. Dessa vez, mal notou suas feições. Também desviou sem muita cerimônia de um miserável, dando um passo para o lado no último instante, sua mente registrando-o apenas pelo cheiro como um obstáculo a ser evitado.

– Ei, dona, olhe por onde anda! – ele gritou, erguendo uma garrafa.

Ela destrancou a porta de casa com esforço (sempre era necessário um pouco de persuasão para desemperrá-la) e fechou-a atrás de si com um gemido de alívio. O interior da habitação estava escuro e úmido graças a algumas infiltrações que se esgueiravam pela parede, mas a mulher não abriu as janelas. Maldito vento do oceano e suas chuvas. O ar parado fazia a casa cheirar a mofo. Precisaria conversar com o senhorio sobre aquilo. Mas estava tão cansada...

Largou-se sobre a banqueta da cozinha e pensou no marido, o traste velho que inventara de falecer três anos antes e que a deixara naquela situação. Maldito, ele e sua bebedeira. Felizmente, Deus a havia poupado de ter filhos. O que faria se tivesse mais uma boca para alimentar? Vender a própria honra em uma casa de tolerância?

A mulher começou a tossir. Um calafrio percorreu sua espinha, e ela esfregou os braços para conseguir algum calor. Podia tentar acender o fogareiro, mas isso daria muito trabalho. Talvez fosse melhor simplesmente deitar e puxar as cobertas sobre si...

A tosse piorou e, em um de seus acessos, sentiu um gosto quente e ferroso na boca. Estava terrivelmente enferma e não tinha a quem recorrer. Os pais moravam do outro lado do arquipélago, em uma ilhota menor, e sempre foram contra seu casamento. Decerto nem se lembravam mais dela, isso se ainda estivessem vivos. Eram dois pescadores miseráveis. Ela não tinha irmãos ou irmãs, e seus poucos conhecidos estavam ocupados demais com a própria vida para perder tempo cuidando de outra pessoa.

A mulher retirou uma das luvas e limpou o sangue da boca com as costas da mão. Não enxergava muito bem na penumbra, mas sabia que a pele de seus dedos estaria suada, manchada e rugosa, descolando em mais de um ponto e cheia de feridas. Odiava olhar para as próprias mãos pálidas, odiava lembrar que estavam naquele estado. Sua mente divagou, à deriva em um mar de recordações. Pensou na infância, lembrou-se de uma boneca bonita que a mãe tinha costurado e que lhe dera de presente. Em um único instante de lucidez em meio ao delírio, ela temeu pelo emprego. Se não recuperasse a saúde até o amanhecer, teria de faltar ao trabalho e, então, seria dispensada. Vagas para gente como ela andavam escassas, e com certeza haveria alguém mais saudável para ocupar seu posto na manhã seguinte. Trêmula e sentindo a cabeça girar, forçou-se a comer um pouco de pão duro e água, somente para vomitar o conteúdo da refeição logo depois.

Encolheu-se na cama como uma criança, tossindo e com lágrimas nos olhos. Puxou o cobertor sobre a cabeça. Adormeceu, desejando com todas as forças que tudo terminasse, que os problemas pudessem se resolver sem que ela precisasse segurar todas as pontas como uma corda de navio bem esticada e prestes a partir.

A mulher faleceu naquela mesma noite. Seu corpo branco-azulado e rígido foi encontrado três dias depois quando os vizinhos notaram o mau cheiro. Lamentaram por ela, mas ninguém ficou realmente surpreso. A morte era comum por ali. O velório foi simples e rápido, o corpo foi levado para o mar. O senhorio pregou tábuas nas portas e janelas da casinha para garantir que nenhum mendigo se instalasse antes da chegada de um novo inquilino. Ele também juntou os poucos pertences da morta e os vendeu.

O fantasma da mulher, por outro lado, permaneceu ali. Translúcida como um lençol posto para secar, ela ria e gargalhava, livre de toda dor, sem fome ou cansaço, nem sequer lembranças. Vagava pela casa e passava horas deitada no estrado vazio da cama, apenas sorrindo. Naquele eterno escuro, gostava de pôr as mãos na frente do rosto. Suas mãos brilhavam como dois faróis na escuridão. Eram tão bonitas...

Capítulo 2

No qual Francine lembra das cabras

FRANCINE PASSOU A MÃO sobre a roupa de cama, sentindo a textura dos fios. O tecido era tão rebuscado que poderia fazer um vestido de festa com ele. Quase sentia pena de amarrotá-lo sob o próprio peso.

O quarto onde a instalaram era enorme. A cama de dossel, ampla o suficiente para que ao menos três Francines dormissem com conforto, mal ocupava a parte central do cômodo, que ainda contava com escrivaninha, toucador, biombo, um pesado baú no qual depositara o conteúdo das malas e também um janelão com vista para os jardins que tomava toda a parede. Isso sem contar o lavabo anexo com a banheira gigante. Francine finalmente compreendeu por que as pessoas nobres precisavam ser auxiliadas por criados durante o banho: elas podiam morrer afogadas lá dentro.

Levou a mão à testa, tentando decidir por onde começar. Sabia que devia descer dali a poucos minutos para sua primeira refeição na mansão dos Tulli, mas precisava de tempo para se recompor da viagem.

– Muito bem, muito bem... Você se preparou para isso.

Livros. Sempre devia começar pelos livros.

Francine se debruçou sobre o colchão, alcançando o baú e destampando-o com esforço. Lá dentro, vasculhou seus pertences sem muito cuidado, deslocando objetos para lá e para cá até encontrar o que queria: um velho volume encadernado em tecido cor-de-rosa desbotado. *Livro de Etiqueta e Manual de Cortesia Continental para Ladies da Srta. Hartley*, era o que dizia na capa.

Folheou o livro com avidez. Nas bordas das páginas, anotações e diagramas feitos à tinta. Francine estudava aquele manual com afinco desde que o encontrara, anos antes, soterrado em meio aos livros de administração do pai. A contracapa indicava que havia sido da própria Lady Bibi, quando esta ainda se chamava Bibiana e não tinha a menor perspectiva de ascensão social.

O capítulo que estava procurando falava especificamente sobre modos à mesa. A jovem conferiu pela milionésima vez o formato dos talheres e o tipo de alimento ao qual se destinavam. Espinhas de peixe depositadas na borda do prato. Nunca soprar a sopa direto na sopeira, apenas na colher. E será que aquela regra sobre nunca repetir a sobremesa era válida mesmo?

De repente, o som de um imenso espirro a fez saltar de susto e virar para a porta. Coralina Tulli estava ali parada, ostentando uma expressão constrangida e um nariz vermelho.

– Desculpe... Não quis assustar você.

– Está tudo bem. Pode entrar, se quiser – Francine respondeu. – Ah, e saúde.

Cora abriu um imenso sorriso e entrou trotando pelo quarto, jogando-se no colchão ao lado da prima. Francine teve a presença de espírito de esconder o livro da Srta. Hartley entre as camadas da saia. A roupa de cama, por outro lado, estava arruinada.

– É verdade que você nunca debutou? – perguntou a menina, enrolando uma das trancinhas loiras entre os dedos.

Francine não esperava perguntas tão diretas assim, antes até do almoço. No entanto, o olhar de Cora transparecia tanta inocência e curiosidade que, quando deu por si, já estava respondendo:

– É, é verdade, sim. Não temos uma *sociedade* propriamente dita lá nas fazendas. Além disso, meu pai acha que é algo bobo. Para ele, as meninas vão continuar crescendo de todo jeito.

Coralina refletiu sobre aquilo.

– Que esquisito. A sua mãe também achava isso?

– Não sei – respondeu Francine, encolhendo os ombros. – Eu ainda era bem pequena quando ela faleceu. Tenho poucas lembranças.

– Meu pai também morreu quando eu era pequena – comentou Cora, batendo as sapatilhas uma contra a outra. Limpou o nariz nas costas da mão. – Não é engraçado? Eu só tenho mãe e você só tem pai.

Francine não via muita graça naquilo.

— Bem, podemos dizer que existe uma simetria...
— Mamãe ficou maluca quando descobriu que você nunca debutou. Ela mandou um montão de cartas para tio Valentim. Disse que ele... – Coralina fez uma pausa para se lembrar da expressão exata. – "Estava enterrando o seu futuro no meio das cabras."

Francine conhecia aquelas palavras. Havia lido as cartas e quase desmaiado de alegria quando o pai permitiu que viajasse.

Não que sua existência fosse uma tragédia, longe disso. Amava muito a família e admitia existir charme na vida do interior. Gostava da fazenda, gostava da liberdade e do conforto de uma região onde todos eram velhos conhecidos. Até se interessava pelo manejo dos animais.

Porém, como bem evidenciara Lady Bibi em seus escritos, aquela felicidade tinha dias contados. Com três irmãos mais velhos para assumir as tarefas e herdar a fazenda, Francine jamais seria dona de nada. Apenas duas alternativas espreitavam sua vida e nenhuma delas era agradável: casar-se com um ruralista qualquer e viver para servi-lo ou ser a irmã solteirona que dependia da renda dos parentes.

Quando Francine encontrou o livro de boas maneiras, cujas ilustrações mostravam madames continentais cheias de trejeitos andando pelas ruas de Mancha, indo ao teatro e viajando de navio, ela soube que aquela seria sua única chance. Virar uma dama garantiria a manutenção da liberdade a que se acostumara na infância, mesmo que para isso precisasse trocar os cenários tropicais pelas ruas. Mais do que isso, possibilitaria uma vida de aventuras. Se antes disso precisasse se casar com um homem rico e obedecer a algumas regras de etiqueta, então que fosse. Tentaria ser feliz.

O problema, que só viria a descobrir após decorar o manual da Srta. Hartley de trás para frente, era que ser uma dama envolvia a participação de terceiros. Ninguém podia simplesmente colocar um par de anquinhas sob a saia e denominar-se dama. Muito menos alguém como ela. Era preciso que a sociedade *reconhecesse* o título. E, na região em que Francine morava, onde o maior espetáculo fora o dia em que um vizinho fizera brotar um pé de cana gigante e onde as pessoas tiravam cochilos sob a sombra das palmeiras enquanto espantavam mosquitos... aquilo era impossível.

Os anos passaram... 15, 16, 17 e então 21 anos de idade. Claro que Francine pensava na tia. Embora amasse a memória da mãe, Lady Bibi era seu único exemplo em carne e osso, a única prova de que meninas com uma infância como a dela podiam viver aventuras. Mas elas não se viam fazia uma década, viagens à capital custavam uma fortuna e o pai jamais permitiria que pedisse dinheiro emprestado para visitar Portomar. Com o tempo, a tia deixou de ser uma parente e tornou-se mais uma lenda, como um eco. Bem... ao menos até as cartas começarem a mencionar seu nome.

– Francine? – Cora estalou os dedos e ergueu as sobrancelhas. – Está me escutando?

– Perdão. Acabei me perdendo em pensamentos.

A menina soltou um muxoxo teatral, emulando um ar de maturidade que não lhe pertencia.

– Não sabia que era dada a devaneios, prima.

Francine riu.

– Não sou.

Achava a prima incrivelmente cômica naquele estágio em que não era nem menina nem donzela, mas jamais poderia dizer isso em voz alta ou corria o risco de lhe ferir os sentimentos. Em vez disso, acrescentou:

– Apenas quando estou lendo romances. Aí me permito devanear.

– Você gosta de romances? – O olhar de Coralina iluminou-se de imediato. – Sobre piratas, corsários e amores impossíveis? Você poderia ler para mim enquanto estivesse aqui, não acha? Seria o máximo!

– Não é uma má ideia...

– Sabe, você não poderia ter vindo em melhor hora. – A garota estendeu-lhe as mãos. – Mamãe disse que preciso aproveitar bem essa época em que ainda posso ler histórias.

– Ora, e por que não poderia mais? – indagou Francine. Tudo bem que a saúde de Coralina era mesmo delicada, mas, para que alguém fosse privado de ler, precisaria já estar com o pé na cova.

A prima, por outro lado, parecia achar a resposta muito óbvia.

– Porque vou me casar, é claro. Uma esposa tem muitos deveres.

Francine deixou o queixo pender, piscando repetidas vezes até se lembrar de como formular uma frase.

— V-você está noiva?

— Sim, sim – disse Cora, batendo palminhas. – Noiva de Mister Ícaro! Pensei que já soubesse. Mamãe não lhe escreveu?

— Mas... esse casamento ainda vai demorar para acontecer, certo?

— Depende do seu ponto de vista. Está marcado para daqui a um mês.

— Um mês?! – Francine agradeceu por já estar sentada. Por baixo das saias, os nós dos dedos que seguravam a capa do manual de boas maneiras estavam brancos. – Mas você ainda é tão...

O rosto pálido de Coralina a encarou em expectativa. Francine sorriu, ganhando tempo para escolher as palavras adequadas.

— Tão... jovem! Quer dizer, você ainda tem muitas temporadas para ter certeza de que escolheu o partido certo, não é? Bonita desse jeito, deve ganhar muitos pretendentes.

A menina loira sorriu, dispensando a preocupação da prima com um gesto da mão.

— Ah, mas não se preocupe com isso! Mister Ícaro é o melhor partido. Os pais dele são manchões, até hoje moram lá, mas expandiram suas fábricas para a ilha. Mamãe não marcaria o casamento se ele não fosse realmente bom.

Pobre Coralina Tulli, pensou Francine. Uma criança de casamento marcado. Ela sabia que o matrimônio entre nobres acontecia cedo. Na boa sociedade, não se pode dar espaço para que comportamentos inadequados apareçam entre as mocinhas. Mas não sabia que era assim *tão* cedo. Ora, por favor, a menina tinha 14 anos! Olhou com compaixão para a prima, tão pequena, tão magrinha, de nariz ranhento.

— Só por curiosidade – perguntou –, quantos anos tem esse senhor, o Mister Ícaro?

— Vinte e dois – disse Cora. – Mas ele é muito bonzinho, sabe? E nem parece assim tão velho...

Francine engasgou. *Bonzinho* não devia ser o primeiro adjetivo que uma noiva escolhe para descrever o futuro marido. Ainda era uma donzela, claro, mas tinha três irmãos mais velhos e uma fazenda cheia de animais à disposição. Francine podia não saber descrever com exatidão as atividades exercidas entre um homem e uma mulher no leito matrimonial, mas tinha certeza sobre a *essência* da coisa.

— Érr... E você se sente ansiosa para casar? Já... sabe como é a... a vida íntima de um casal?

— Francamente, Francine, pensa que sou criança? Claro que sei. Leio tudo sobre o assunto.

Francine duvidava.

— Depois do casamento — retomou Coralina em um tom didático, como se recitasse uma lição —, o casal vai morar na mesma casa, que será precisamente esta onde estamos, com mamãe. O marido deve trazer flores e beijar a mão da esposa, e levá-la a eventos! Nada menos do que dois jantares por semana é aceitável. E, com o tempo, se forem um casal honrado, Deus os abençoará com filhinhos.

Francine assentiu lentamente. Cenas vívidas presenciadas no barracão do pai vieram à mente. Se bodes e cabras serviam como parâmetro para alguma coisa, a pobre Coralina não sabia da missa um terço. *Que tipo de pervertido se casaria com uma criança tão inocente?* Como prima, sentiu-se no dever de sugerir:

— Quem sabe você não pergunta para a sua mãe, que tal? Para ficar mais segura. Acredito que possam existir outras... particularidades. Não que eu tenha conhecimento sobre isso, claro.

Coralina deu de ombros.

— Se você insiste. De qualquer forma, você conhecerá Mister Ícaro em breve. Estamos sempre nos esbarrando nos eventos da cidade. Aposto que vai achá-lo um cavalheiro encantador!

Novamente, Francine duvidava.

Capítulo 3

No qual se aprende que o vestido faz a dama

O ALMOÇO REVELOU-SE UM DESASTRE. Embora todas as presentes tenham deixado a mesa vivas e incólumes, Francine sentia que parte de sua dignidade havia escorregado para dentro do prato sem previsão de retornar. Talvez estivesse sendo despejada no ralo da cozinha naquele exato instante.

Acontece que a definição de almoço de Lady Bibi, sendo ela mesma uma mulher robusta e mãe de uma menina enferma, era um pouco mais ampla do que de costume. O almoço da mansão Tulli envolvia não apenas sopa, cereais e uma ou duas opções de carne, como era o esperado, mas também uma série de tortas salgadas, miúdos, frutos do mar, cremes e purês. Parecia mais um jantar de gala.

— Não sabia do que você gostava, então resolvi que serviríamos tudo! — dissera a tia, sorridente, abrindo os braços com o mesmo orgulho com o qual um mestre de circo apresenta o picadeiro. — Oh, querida, você me parece tão faminta...

Francine nunca vira tanta variedade. A comida era farta na fazenda, claro, mas as opções eram limitadas: a velha cozinheira da família preferiria perder um dedo a preparar tanta coisa de uma única vez. Além do mais, as receitas seguiam as tradições de Mancha, e mesmo alimentos comuns do dia a dia pareciam estranhos à mesa. Francine analisou a louça e os talheres. Dois pratos menores em cima de um prato raso e por cima de tudo isso uma tigela funda. Só de garfos ela contou três. *O manual da Srta. Hartley nunca mencionou três.*

Ante o olhar ansioso da tia, resolveu começar pelo creme de milho, clássico e inofensivo. Ninguém podia errar com um creme de milho. Segurou a tigela em uma mão e estendeu a outra para puxar a concha da sopeira.

— Não, não! — A tia fez um gesto para que ela parasse. — Você não deve se servir sozinha. Indique o que quer e Denise irá servir.

— Oh... eu... só não queria dar trabalho — respondeu, sem graça, notando que a solícita camareira aguardava de pé atrás dela.

Sem emitir nenhum comentário, Denise tomou-lhe gentilmente a tigela das mãos e começou a enchê-la. Outro criado, que a tia chamava de "administrador" e vestia paletó, fez o mesmo do outro lado da mesa para Lady Bibi e sua filha.

— Obrigada — disse Francine, amuada. — Gostaria também de um pouco daquela carne, por favor.

Sendo as carnes o ponto alto da refeição, Francine estendeu para Denise o maior dos pratos, o que repousava na posição mais baixa da pilha de louças. Ouviu um pigarro profundo. Coralina a encarava com um leve traço de divertimento.

— Esse é apenas o *sousplat*, prima... Serve para que você repouse a tigela de sopa. Para a comida, você deve usar o prato logo acima.

Francine, vermelha como um tomate, corrigiu o erro com um novo pedido de desculpas. Sentia-se tão refinada quanto um suíno.

— Precisaremos trabalhar algumas regras à mesa com você, minha querida — comentou Lady Bibi, batendo a ponta de um dos dedos no próprio queixo. — Mas nada que não esteja ao meu alcance.

A refeição seguiu aos tropeços, ainda que a comida estivesse especialmente saborosa. Cora previnia cada deslize de Francine através de olhares e gestos discretos. Chegou a chutá-la por baixo da mesa uma vez. O livro da Srta. Hartley precisava urgentemente de uma revisão. Bem, era de esperar que sua edição estivesse mesmo desatualizada... Ou isso ou a etiqueta de Portomar seguia uma conduta muito diferente daquela exercida no reino de Mancha.

Para piorar as coisas, Coralina teve de se retirar assim que a sobremesa foi servida, acometida por um novo acesso de tosse tão violento que fez as veias de sua testa tornarem-se visíveis sob a constante palidez. Denise carregou a menina pelas escadas, uma coisinha frágil, dobrada sobre si mesma para expulsar a tosse.

— Como eu dizia antes — Lady Bibi tentou retomar a conversa em um tom casual. A julgar pela força com que enfiou a colher em seu merengue de limão e melaço, Francine desconfiava que o estado de saúde da filha a constrangia mais do que ela permitia transparecer. – Já sei por onde podemos começar sua transformação. Se a primeira impressão é a que fica, devemos apostar em comprar-lhe bons vestidos. Marquei um horário com Marcel para tirar suas medidas.

– Marcel?

– Sim, meu modista. Achei-o nas ruas ainda criança fazendo sapatos, acredita? Tinha tanto talento que paguei para que fosse instruído em Sicanos. É um jovem muito promissor!

☙

Francine estava curiosa sobre o tal modista. Nunca conhecera um e achava interessantíssimo que alguém de tão pouco berço fosse capaz de ganhar a vida sendo uma referência em refinamento. Talvez pudesse aprender algo com esse senhor distinto. Felizmente, sua curiosidade não precisou esperar muito. Às 16 horas, pontualmente, estava de braços dados com Lady Bibi em uma ruazinha respeitável, aguardando que a porta de um sobrado amarelo de dois andares fosse aberta para ela.

– Uma graça, não acha? – A tia a acotovelou levemente enquanto esperavam. – Eu mesma cedi o imóvel para Marcel. É uma das propriedades de que nós Tulli somos o senhor. Não é um palácio, mas acho que serve bem para um comerciante solteiro.

Denise juntou-se a elas na soleira, carregando nos braços uma pesada cesta de vime cheia de compotas e geleias cítricas de presente para Marcel. Coralina precisou ficar em casa de repouso (descobriu-se que sua tosse fora causada por um princípio de febre), e Lady Bibi aproveitou para trazer a criada junto. Esta, por sua vez, parecia feliz com a perspectiva de ar fresco.

Ouviram passos apressados no piso de madeira lá dentro, e, alguns segundos depois, a porta foi aberta num ímpeto.

– Ora, então esta é a belíssima nova protegida de Lady Tulli.

Marcel não era *exatamente* o que Francine estava esperando, embora não pudesse negar que causava certo impacto. O mareano era jovem, talvez apenas um ano ou dois mais velho do que ela, de rosto anguloso. Os olhos verdes eram vívidos, e ele tinha a pele marrom e os cabelos curtos e crespos, ainda que o fino bigode aparado na navalha fosse uma patética tentativa de fazê-lo parecer mais velho. Afora isso, era um cavalheiro charmoso. Ou seria, caso suas roupas não fossem tão espalhafatosas.

Usava um conjunto cor de vinho, estampado, bem vincado e de corte incomum. A casaca descia pelas costas até o meio das panturrilhas, e o colarinho alto ficava abotoado sob o pescoço. Francine nunca vira um homem vestido daquele jeito. Para completar, tinha sobre a cabeça uma cartola bastante alta e reta, chamativa o suficiente para uma festa, inadequada em demasia para uso doméstico. Era um mistério que ele portasse tudo aquilo sem desfalecer de calor.

— Vejo que minha vestimenta chamou sua atenção... — O rapaz interrompeu seu escrutínio, afastando-se de lado e convidando-as para entrar.

— Peço perdão, senhor — respondeu Francine, ruborizando ao cruzar a soleira. — Nunca tinha visto um chapéu assim antes.

Se Marcel se ofendera com sua indiscrição, não demonstrou. Pelo contrário, sorriu animado para ela, exibindo dentes brancos e bem alinhados.

— Fascinante, não acha? — O modista abriu os braços para mostrar o tecido. — A última tendência da moda sicanense, bem aqui nesta colônia perdida no meio do oceano. É claro que não podemos desfrutar de tudo, maldito seja este clima tropical, mas é sempre possível adaptar. Ou, como prefiro dizer, inovar.

Lady Bibi aplaudiu com entusiasmo. Francine limitou-se a disfarçar seu semblante de horror.

— Claro que ser um modista me dá liberdade para tender ao excêntrico — disse ele com uma piscadela, adivinhando-lhe os pensamentos. — Mas não sou assim o tempo todo e tampouco visto meus clientes dessa forma. Apenas preciso causar uma impressão, sobretudo em belas jovens cujas tias são tão magnânimas...

Francine sorriu com o gracejo, apenas por educação. Estava mais interessada no interior do sobrado. Era simples em comparação com a mansão dos Tulli, com poucos móveis e quase nenhum ornamento para contrastar com as paredes amarelas (o pai dela chamaria aquilo de "estilo adequadamente masculino"). E, no entanto, a casa estava longe de parecer vazia. Em todo sofá, poltrona, mesa ou cadeira, havia faixas de tecido, fitas e carretéis espalhados, uma miríade de cores e texturas. Preciosos recortes de renda estavam expostos em caixas sobre o tampo da mesa de jantar, bem como almofadas de alfinetes e agulhas. Moldes e amarrações se acumulavam uns sobre os outros. Tudo ali sugeria devoção, o local de trabalho de um verdadeiro artista. Ou pelo menos, julgou Francine, o modista gostava de passar essa impressão.

— Trouxe uns mimos para você — adiantou-se Lady Bibi, indicando a cesta de vime ao jovem anfitrião. — Denise, vá para a cozinha e prepare um chá para nós, está bem, querida?

A criada assentiu, prestativa. Trabalhava para os Tulli desde antes de Coralina nascer e podia muito bem continuar na função pelas próximas décadas. Lady Bibi havia dito que a família de Denise trabalhava na casa desde a época da guerra de colonização, quando a população da ilha fora submetida em definitivo à coroa de Mancha.

— Denise fica bobinha com os elogios que Marcel faz aos seus quitutes — a tia confidenciou para a sobrinha, revirando os olhos e tapando a boca com uma das mãos. — Vai terminar por mimá-lo, assim como faz com Coralina.

Marcel proferiu uma série de agradecimentos pelas guloseimas da cesta, ressaltando a generosidade e todos os muitos atributos de Lady Bibi e da criada. A cada segundo de bajulação, Francine acreditava ainda menos em sua sinceridade, mas a tia parecia adorá-lo.

— Diga-me, minha mecenas. — O modista depositou o chapéu esquisito sobre um aparador lateral e virou-se para Lady Tulli. — Em que posso ajudar hoje?

A tia fez um sinal indicando a sobrinha dos pés à cabeça.

— Francine está debutando nesta temporada, um tanto atrasada, como pode ver. Preciso que você a transforme em uma dama. Não quero que ninguém questione a posição dela.

Marcel observou Francine com interesse renovado e sobrancelhas erguidas. Começou a dar voltas ao seu redor com a frieza de quem avalia uma nova ferramenta de trabalho. A garota sentiu-se estranhamente despida. Uma punição adequada, julgou, por ter olhado para ele e sua cartola com igual falta de modos apenas alguns minutos antes.

Ao fim da inspeção, o modista esfregou o queixo.

— Estou tendo algumas ideias.

— Vai vesti-la com sua nova criação? — perguntou Lady Bibi, ansiosa, abanando-se com o leque.

— Não, não ficaria muito bem. O cabelo dela é escuro demais — ele disse, fazendo Francine se encolher. *O que havia de errado com seus cabelos?* — Além disso — Marcel prosseguiu —, minhas obras-primas são apenas para a senhora e para Coralina. Por sinal, seria indicado dar um jeito de diferenciar as duas jovens, não acha? Marcá-las bem na mente dos cavalheiros. Como duas personagens.

Os olhos de Marcel adquiriram um brilho estranho, e ele voltou a andar ao redor de Francine, observando-a por vários ângulos, de longe e de perto, desviando das amostras de tecido que atulhavam a sala de estar. Francine mantinha as costas rígidas, quase sem respirar, aturando com dignidade todo aquele escrutínio. Lady Bibi, por outro lado, seguia Marcel de forma incansável, dando pitacos por cima de seu ombro como um papagaio de pirata.

— Que tal um tom de rosa? — Lady Bibi sugeriu, empolgada.

— Não, muito inocente... Serviria apenas para uma dama mais jovem.

— Eu gosto de azul. — Francine cruzou os braços. O vestido que estava usando, um modesto anil com bordado de flores, era um de seus favoritos.

Marcel a dispensou com um aceno de cabeça.

— Azul é a cor mais comum de todas, a mais virginal depois do branco. Sabe quantas donzelas estarão usando azul?

— E azul não combina em nada com as luzes da ópera — comentou a tia.

Os braços de Francine penderam imediatamente ao lado do corpo.

— Ópera? Nós vamos para a ópera?

— Ora, sim, amanhã à noite — respondeu Lady Bibi. — Pretendo apresentá-la à sociedade o quanto antes. Reservei uma cabine para você e Coralina, bem no meio. Quero que todos as vejam.

Ópera. Ela ia à ópera. Em um teatro. Assim como na ilustração do livro.

— E também... — acrescentou a tia, abrindo um sorriso, — porque eu sabia que ia gostar.

Às favas com a etiqueta: Francine abraçou Lady Bibi, arrancando uma gargalhada da velha dama.

– Ora, pare com isso – ela disse, divertida, desamarrotando as saias, – temos muito o que providenciar. Marcel ainda precisa fazer sua mágica. Acha que vai dar tempo?

O modista sorriu e inclinou-se em uma reverência discreta.

– Para um pedido de Lady Tulli? Sempre.

Francine foi conduzida a uma saleta anexa. Esta, a julgar pelos pufes dispostos em círculo ao redor de um palanquinho e pelo imenso espelho de corpo inteiro, era utilizada para as provas e ajustes finais dos vestidos. Denise já devia ter passado por ali, pois uma bandeja de chá fumegante repousava sobre uma mesinha junto a torradas e geleia. Lady Bibi colocou a sobrinha em cima do palanquinho de madeira, bem no centro, fazendo-a ficar parada com os braços abertos como uma ave empalhada em pleno voo.

– Creio que é possível tirar as medidas sem que a menina precise ficar de combinação, não acha?

– Ficar de combinação? – Francine segurou instintivamente a frente do corpete. *Ficar de combinação na frente daquele cavalheiro?*

A tia revirou os olhos e a forçou a abrir os braços outra vez.

– Modistas precisam das suas medidas exatas, querida. E Marcel é praticamente da família.

– Não se preocupe, minha cara – interveio o modista em questão, segurando o riso. – Embora lhe garanta o meu maior profissionalismo nessa atividade, posso realizar meu trabalho por cima do seu vestido mesmo, de tão fino e simples que é. Não há razão para ficar corada.

Francine não estava corada. Não até Marcel pronunciar a última frase. Aí sim ela sentiu as maçãs do rosto pinicando.

Imune ao seu olhar de desprezo, o modista retirou uma fita métrica da casaca e iniciou a aferição. Com movimentos rápidos, a fitinha numerada surgia e desaparecia por toda a extensão de seu corpo. Marcel aparentava imersão total no trabalho. Não fazia comentários e sequer desviava os olhos da fita, apenas murmurava, de forma inaudível, memorizando cada um dos números indicados. Tudo nele parecia calculado, todos os movimentos executados com precisão e sem rodeios. Ao medir a cintura, simplesmente havia puxado suas saias para o lado, fazendo o tecido grudar ao redor do quadril sem a menor cerimônia. Definitivamente não era um homem de movimentos supérfluos.

Marcel também fazia com que Francine se sentisse esquisita. Provocava reações nela. Ao medir a distância entre o ombro e o cotovelo, ele a segurara pelo pulso. Ela podia jurar que os dedos dele haviam deslizado um pouco mais que o necessário, um movimento quase imperceptível de uma fração de segundo. Sempre que as mãos dele encontravam a pele dela e sempre que se olhava no espelho e via o corpo do modista recurvado sobre o seu, sentia um arrepio na espinha. Ele tinha uma presença difícil de ignorar. Era preciso força para manter o semblante impassível, ainda mais porque Lady Bibi a olhava atentamente enquanto bebericava o chá. Mais tarde, refletindo sozinha em seu quarto, Francine compararia Marcel a uma raposa: elegante, astuto e inesperadamente perigoso. Mas talvez esse apenas fosse o efeito provocado por qualquer cavalheiro apalpando-a nos limites da decência, é claro.

— Vermelho — ele falou de repente, enrolando a fita métrica entre os dedos. — Senhorita Francine vai usar vermelho.

— Bravo! — Lady Bibi pousou a xícara no colo e voltou a bater palminhas com afetação.

— Mangas discretas, para destacar o cabelo. Acho que tenho um tecido perfeito para isso. Vou colocar detalhes em branco no acabamento também, porque não queremos que ela pareça devassa, apenas interessante.

— Crinolina para ressaltar a cintura?

— *Crinolette*. Está em evidência e ajudará a deixá-la mais jovem.

— Pensei que os cavalheiros devessem ser atraídos por meus bons modos e virtudes — retrucou Francine, mal-humorada. Em poucos minutos, já tivera ofensas contra seu cabelo, sua aparência e, agora, sua idade. Fora todo aquele incômodo de corações palpitantes e arrepios na espinha.

Marcel riu.

— Minha cara, uma das primeiras coisas que aprendi em Sicanos é que o vestido faz a dama. Diga que estou errado quando você o puser amanhã.

Capítulo 4

No qual a ópera começa

— MEU DEUS, você está linda!

Francine se olhou no espelho. A figura que a encarava de volta tinha traços semelhantes aos seus, mas não podia ser ela mesma. Ela não era assim.

O vestido de Marcel cumprira sua promessa. O tecido era de um vermelho profundo e sanguíneo, com reflexos furta-cor a depender da luz. Era entremeado de rendas brancas, que subiam pelo corpete como mãos famintas e provocantes. O caimento reto das saias na parte da frente permitia ver o delineado das pernas, enquanto a *crinolette* compensava o volume atrás, afinando sua cintura. O cabelo escuro, penteado com capricho (Denise deixara alguns cachos propositais caindo na lateral do rosto), brilhava quase tanto quanto a gargantilha que a tia lhe emprestara. Para completar a ousadia, a vestimenta quase não incluía mangas, e a pele nua de seus braços reluzia no espelho. A falta de luvas em um vestido como aquele seria motivo de furor para as cidades do continente, mas a ilha tinha seu próprio código de conduta, mais frouxo com relação à exposição de pedaços de pele: uma necessidade dos trópicos.

— Muito linda mesmo... – repetiu Coralina, de queixo caído. Por mais amável que fosse a prima, nem ela previra tamanha transformação. – Marcel é um gênio.

— Ele é talentoso – Francine concedeu a contragosto, o olhar ainda grudado no espelho do toucador. *Talentoso e irritante.*

— Precisa se sentar para que eu passe o *rouge*, senhorita – pediu Denise, com seus olhos tranquilos rodeados de pequenas rugas.

Francine acomodou-se na banqueta. O quarto de Cora era ainda maior e mais suntuoso que o dela, cheio de penduricalhos cor-de-rosa, mas a prima insistira para que se arrumassem juntas, e Francine não vira mal em atender-lhe o capricho. Além disso, Denise de fato tinha mãos muito hábeis e gentis.

A saúde de Cora não havia melhorado muita coisa. A febre subira de repente e precisara ser contida com compressas. A menina tremeu e suou durante toda a tarde do dia anterior até o cair da noite, quando o médico da família finalmente chegou para medicá-la. Lady Bibi, insistindo sabe-se lá por que em um diagnóstico de mera indisposição feminina, só cedeu em convocar o doutor quando ficou evidente que Cora não teria condições de comparecer à ópera no dia seguinte.

Bem, precisava admitir que a garota tinha resiliência. Embora visivelmente abatida, a prima mantinha o bom humor e se esforçava em atar as próprias anquinhas por cima da combinação.

– Tem certeza de que se sente bem? – Francine tentou permanecer com o rosto imóvel para que Denise trabalhasse. A criada tocou-lhe levemente os lábios com os dedos sujos de *rouge*, dando tapinhas para que o pigmento assentasse.

– Ah, estou ótima – Coralina respondeu. – Mamãe diz que os remédios de Doutor Acácio são como pequenos milagres. E também não quero perder sua primeira vez na ópera. Quero tanto que conheça Mister Ícaro...

– Não irei desgrudar os olhos dela, senhorita – prometeu Denise. – Nem por um único instante.

Francine permitiu-se relaxar um pouquinho.

– Tudo bem, então. Mas prometa que vai me dizer caso volte a ficar febril.

– Sim, senhora, minha mãezinha – debochou Coralina. Francine atirou nela um grampo de cabelo, e a menina caiu na gargalhada.

– Senhoritas... – Denise tentou apelar ao bom senso, ainda que ela mesma estivesse rindo. – Temos muito o que fazer antes de sair de casa. Por favor, Coralina ainda está de combinação...

– Muitíssimo bem lembrado! – A prima ficou de pé em um salto. – Francine precisa conhecer o meu vestido!

— Não sabia que o seu vestido era um cavalheiro que precisava ser apresentado — a outra debochou.

— Bem, este é.

Coralina puxou uma caixa com fita de debaixo da cama e a colocou sobre o colo. Desfazendo os nós com cuidado, retirou lá de dentro o vestido mais incrível que Francine já vira, ainda mais incrível do que o vermelhão que ela própria estava usando.

— Este aqui — apresentou Coralina com orgulho ante o olhar cobiçoso da prima —, é um legítimo Verde-Marcel.

O vestido (ou a obra de arte) consistia em um corpete perolado, discreto e de mangas longas, coladas ao corpo. Na cintura, no entanto, as saias eram leves, recortadas em camadas sobrepostas, e o pérola desvanecia formando um degradê com um tom de verde que Francine nunca vira em toda sua vida. O movimento das saias era diáfano, quase etéreo. Mesmo Denise, que com certeza já o vira antes, parecia embasbacada.

— É... maravilhoso.

— Foi tingido só para mim.

— Não sabia que tecidos podiam ter tanta cor — disse Francine com assombro, aproximando-se para inspecionar melhor aquelas saias. — É tão... vivo.

Não é que Francine nunca tivesse visto um tecido verde antes: ela mesma tinha vestidos daquela cor. Mas todos sabiam que o pigmento era difícil de ser aplicado. As tonalidades obtidas limitavam-se ao pálido verde-água ou às variações mais escuras, quase negras ou puxadas para o azul. Não havia nada como... aquilo. Aquele tipo de verde, que Marcel fora narcisista o suficiente para batizar com o próprio nome, era aberto e vibrante. Era o verde da fazenda, da época das chuvas, de quando os brotos da cana desafiavam o chão endurecido e despontavam na terra. Era um verde especial, o verde do viço. O verde da própria vida.

— Marcel criou o tom para que brilhasse na iluminação a gás. Você sabe como toda cor fica desbotada debaixo dessas lâmpadas, não é? — Na verdade, Francine não sabia, nunca tinha visto uma lamparina a gás. — Mamãe diz que ele foi muito esperto.

A carruagem dos Tulli seguia em ritmo constante. Atravessou o bairro repleto de mansões e propriedades anexas, passou pela rua do comércio (já de portas fechadas) e deu a volta na praça até chegar ao teatro. A noite estava abafada e limpa, com uma ótima vista das estrelas. O cocheiro puxou as rédeas assim que avistaram o edifício de cúpula, levando a parelha em um trote manso até a entrada.

Os arredores do teatro eram modestos: meia dúzia de prédios marrons e sem graça, onde funcionavam a administração da cidade e um banco. Do ponto de vista arquitetônico, serviam apenas para destacar o teatro.

As pessoas que aguardavam nos degraus da entrada se juntaram para vê-las descer da carruagem, uma pequena comitiva de damas e cavalheiros, todos manchões residentes do arquipélago, olhando-as de cima a baixo e tecendo comentários. Francine tentou se posicionar um pouco atrás, ao lado de Denise, sem querer chamar muita atenção. Não estava acostumada a sair à noite, em grandes eventos, e muito menos a suportar o escrutínio da alta sociedade. Felizmente, a atenção das pessoas estava quase que exclusivamente destinada às criações de Marcel. Os talentos do modista pareciam já ser de conhecimento público.

– Lady Bibiana Tulli... – disse uma dama elegante, de feições astutas e pele negra, fitando assombrada cada um dos vestidos. – Quando seu pupilo vai começar a vender peças como estas? Estamos todas aos faniquitos!

A tia também trajava verde, num tom pouco mais escuro e recatado que o vestido da filha, arrematado por um xale preto para evidenciar sua condição de viúva. Ainda brilhava belamente sob a luz fria dos lampiões a gás, é verdade, mas não chegava aos pés do Verde-Marcel de Coralina, reluzente como uma joia e muito mais elogiado. Coralina não parava de receber pedidos para que rodopiasse e exibisse a genialidade de suas saias.

– Me perdoem, o Verde-Marcel ainda é uma exclusividade da casa – a tia riu com falsa modéstia, levando a mão ao peito. – O menino tem muita gratidão por mim. Mas talvez... *talvez* não faça mal eu afirmar em primeira mão uma coisinha ou duas, não acham?

As pessoas se aconchegaram, ansiosas. Francine conteve o riso ao ver a satisfação transparecer no rosto da tia, feliz por ser o centro das atenções. Lady Bibi podia não ter tido um berço nobre, mas nascera para o estrelato.

– Marcel passará o próximo mês trabalhando no vestido de casamento de minha filha – disse Lady Bibi, e Coralina abriu um enorme sorriso ao seu lado –, que, posso garantir, será de uma beleza jamais vista. Depois disso, e com o vestido de noiva como prova máxima de suas habilidades, Marcel abrirá as portas de seu ateliê e oferecerá seu pigmento... – Ela se inclinou para frente. – Para todos que desejarem comprá-lo.

A plateia reagiu de imediato, trocando exclamações e comentários. Parabenizaram Coralina, ressaltaram as muitas qualidades de seu futuro marido e fizeram todo tipo de lisonja antes de, finalmente, repararem na desconhecida garota de vermelho-sangue que acompanhava a família Tulli.

Foi a senhora de feições astutas quem primeiro comentou:
– Ora, e quanto a esta bela jovem? É sua nova protegida?

Denise deu um passo para o lado, e Francine viu-se sob o foco das atenções. Fez uma reverência educada, sentindo a garganta apertar.

– Sobrinha – sorriu Lady Bibi. – Veio passar uma temporada comigo. Uma ótima moça.

– É decerto muito bonita.

– Filha do seu irmão, presumo – soltou um cavalheiro careca, de rosto frio e barba espetada. Era tão alto quanto um manchão podia ser. Seus olhos estavam postos em um local bastante inoportuno abaixo do pescoço de Francine, e a menina lutou contra a vontade de se encolher e tapar o colo.

– Sim, é a mais jovem de Valentim – a tia respondeu com secura.

– Sua atitude de acobertar os mais necessitados sempre foi louvável, Lady Tulli. Infelizmente, a procedência da menina é facilmente notada... Mareana demais.

Francine precisou se segurar para que seu queixo não pendesse diante de tamanha indelicadeza, e suas bochechas esquentaram na mesma hora. Seus traços mareanos contavam a história de sua família. Nunca haviam sido ricos ou nobres, mas oriundos da mistura entre ilhéus de muitos séculos e tripulantes manchões trazidos para semear a terra pelos primeiros navios colonizadores, cinco gerações atrás. Era uma história comum no arquipélago, traços que uniam a todos eles.

No interior, onde quase não se via manchões de nascença, Francine nunca precisara se envergonhar por ser filha de quem era.

— Não pretendo enganar ninguém quanto às minhas origens, senhor — ela se viu respondendo, para a própria surpresa, com mais serenidade do que julgou possível.

O homem deu um risinho debochado, mas nada disse. Apenas tocou a ponta da cartola em uma mesura.

— Francine pode não ter um berço nobre — interveio Lady Bibi, abanando-se com o leque. Seu rosto estava afogueado. — Mas, recordo aos senhores, eu também não tive. Asseguro que minha sobrinha é uma dama em todos os sentidos que importam! A pessoa que tomar Francine como esposa terá todas as minhas garantias.

— E estou certa de que ninguém aqui quis sugerir o contrário. — A mulher astuta que havia perguntado antes sobre os vestidos lançou um olhar ferino em direção ao homem careca.

Os outros aproveitaram a deixa. Com uma dose inicial de constrangimento, a conversa sobre amenidades foi retomada. O homem careca afastou-se sem mais palavras, e, assim que ele partiu, Lady Bibi guardou o leque em um dos bolsos do vestido e voltou a parecer como ela mesma. Retomou o sorriso e o apreço por mexericos.

— Venha — Coralina falou baixinho para a prima assim que a mãe ficou distraída. — Quero mostrar o teatro enquanto ainda está vazio.

— Quem era aquele senhor desagradável? — Francine sussurrou de volta enquanto a menina a puxava pelo braço. Denise, solícita e em silêncio, veio logo atrás. Francine perguntou-se como a criada deve ter se sentido diante daquela cena horrível.

— Lorde Edmundo? Ah, é só um homem odioso. Ele e papai não se davam, e Lorde Edmundo quis comprar a mansão quando papai faleceu. — A menina balançou a cabeça, e seus cachinhos loiros reluziram contra os lampiões. — Mas não ligue para ele. Está apenas enciumado porque as pessoas continuam adorando mamãe mesmo sem sangue manchão.

De fato, a figura de Lady Bibi parecia estar sempre rodeada pelo fascínio alheio. Quando Lorde Tulli batera as botas, com Coralina ainda mal saída das fraldas, boa parte das posses dos Tulli na capital fora convertida em propriedades arrendadas, com aluguéis e administração a zelar. Lady Bibi, que a sociedade jurava estar fadada a se tornar uma matrona enlutada e dependente de terceiros – presa fácil para a especulação –, não só havia tomado as rédeas dos negócios do marido como também os tinha expandido. Quando a cidade se tornou, bem, *uma grande cidade*, o entorno da mansão dos Tulli já era próspero e seguro. Lady Bibi podia não ter a melhor árvore genealógica para os padrões da capital, mas criara uma reputação bastante confortável em Portomar.

Francine deixou-se conduzir até a entrada do edifício. Ainda estava incomodada com aquela gente lá fora, que a pesava e media em menos de um segundo, mas em sua simplicidade infantil talvez Cora estivesse certa e devesse ignorá-los. Aquela noite era dela. Ela tinha o sangue de pessoas incríveis nas veias e estava com um excelente vestido. Maldito Marcel.

— Nossa cabine fica lá em cima, mas podemos dar uma bisbilhotada antes de subir – falou Coralina assim que alcançaram as imensas portas de madeira do edifício e entregaram seus bilhetes aos rapazes da entrada. – A ópera vai demorar para começar. O horário marcado nos ingressos é só para que todos se encontrem na porta – explicou. – É de bom-tom conversar com os conhecidos antes do espetáculo. São nesses encontros que muitos acordos e casamentos são arranjados.

Francine ia retrucar algo sobre quão pouco prática era aquela tradição, porque também era de bom-tom chegar antes da hora marcada, o que fazia com que as pessoas acabassem chegando horas antes da ópera e perdessem o dia inteiro em função daquilo. No entanto, não foi capaz de fazer tal observação. Ou nenhuma outra. Antes que qualquer palavra a deixasse, sentiu a boca pender involuntariamente pela segunda vez: as portas de madeira acabavam de ser abertas para ela.

☙

O teatro era tudo que as ilustrações do livro da Srta. Hartley prometiam. E ainda assim... era indescritível.

O espaço enorme, em formato de meia-lua, era forrado em carpete vinho para combinar com as cortinas acima do palco. No setor térreo, poltronas de couro dispostas de quatro em quatro formavam filas incontáveis. Escadas laterais levavam aos camarotes superiores, pequenas sacadas com grades de madeira onde os mais abastados podiam desfrutar do espetáculo enquanto conversavam, fumavam e bebiam. As dezenas de pequenas aberturas fizeram com que Francine pensasse em um galinheiro, mas obviamente nenhum galinheiro do mundo ostentaria tanta elegância. Aqui e ali, ornamentos dourados insinuavam-se pelas paredes, a tinta levemente desbotada pela passagem do tempo.

O cheiro do teatro, um misto de bolor e pó de arroz, a fazia se lembrar de páginas de livros, do altar da igreja e de lugares velhos, um quê de encantamento e magia onde tudo poderia virar realidade.

Francine percorreu as fileiras da plateia acariciando o encosto das poltronas escuras até parar de frente para o palco. Era gigantesco, o tablado quase tão alto quanto ela. Estendeu uma das mãos e tocou a madeira com a ponta dos dedos, sentindo a textura lisa e recém-lustrada. Não seria capaz de imaginar a emoção de quem se apresentava ali, na frente de tantas pessoas, em um lugar como aquele.

– Senhorita Francine... – Denise a interrompeu. – Poderíamos subir agora? Creio que a menina Coralina precisa ficar sentada por um minuto.

O semblante da criada indicava preocupação. Ela apertava as mãos já vincadas pela idade, a postura desconfortável no vestido de festa que Lady Bibi lhe comprara. Francine virou de imediato para procurar a prima. Cora estava apoiada em uma poltrona, algumas fileiras atrás. Estava pálida. Ainda sorria, mas era evidente que permanecer em pé representava um esforço.

– Claro – Francine respondeu de pronto, estranhando a mudança súbita. Cora parecia tão bem havia apenas alguns momentos... – Claro, vamos nos sentar.

As duas conduziram Coralina gentilmente pelas escadas. Lady Bibi não mentira: a cabine reservada para elas no camarote era mesmo a mais central. Ficava bem de frente para o palco. No pequeno cubículo forrado, uma mesinha com bebidas e três cadeiras. O programa da ópera, escrito em letras rebuscadas e dobrado com capricho, repousava junto a um delicado binóculo sobre cada um dos assentos.

– Apenas três cadeiras? – perguntou Francine, observando Denise servir um pouco de água para a prima. – Achei que sua mãe assistiria ao espetáculo conosco.

— Oh, não — Cora sorriu. Assim que se sentou, um pouquinho de cor-de-rosa voltou a colorir suas bochechas, e ela não parecia mais tão cansada. — Mamãe vai ficar em outro camarote, com as ladies da associação. Se ela ficar aqui, os rapazes acabam acanhados e não vão nos cortejar com os binóculos.

— Hum...

Francine trocou um olhar com Denise. A criada deu de ombros.

— Fique de olho na plateia — continuou Coralina. — Quanto mais cavalheiros a olharem esta noite, melhor estará a sua reputação! Espero que este vestido me ajude a conseguir muita atenção, porque eu odiaria perder para as irmãs Puffin...

— Você já tem um noivo. Ainda precisa participar desse ritual todo? — perguntou Francine, sem muito interesse, folheando o programa da ópera. — Mas isso aqui está escrito em sicanense!

Coralina lançou-lhe um olhar contrariado.

— Claro que preciso participar! A atenção de outros cavalheiros ajuda a manter o noivo interessado. E mamãe diz que será bom para a reputação de Mister Ícaro.

Francine sentiu-se impelida a questionar *por que* a reputação de um cavalheiro dependeria de algo assim, mas seu comentário teve de ficar para outra hora, abafado pelo gongo que soou pelo teatro convidando o público a entrar. Logo uma profusão de pessoas atravessava as portas de madeira, procurando seus camarotes ou disputando uma boa posição nas poltronas do térreo. Francine ficou fascinada por elas. Com o binóculo a tiracolo, espiou seus vestidos farfalhantes, o modo como andavam e se cumprimentavam, os gestos ensaiados com os quais os cavalheiros dependuravam bengalas e cartolas ao lado das cadeiras. Toda a firula por si só era um divertimento. Imagine se as pessoas de sua aldeia perderiam tempo com aquilo!

Na segunda badalada, o teatro estava cheio. Na terceira, parte das lamparinas a gás foram extintas. A penumbra resultante tinha seu próprio barulho. Ao fazer com que o burburinho das dezenas de conversas parasse, o escuro formava um zumbido nos ouvidos, um misto de expectativa com a repentina ausência de som. Francine sentiu os braços arrepiarem e segurou a mão de Cora. A prima sorriu e apontou para o palco: as cortinas estavam sendo erguidas.

Segundo Interlúdio

A voz da encarregada não passava de um sussurro. Ainda assim, continha tanta ira e ameaça quanto se estivesse gritando.

– Os adereços de cabeça! Por tudo o que é mais sagrado: alguém traga os adereços de cabeça!

Cada palavra deixava os lábios acompanhada por gotinhas de saliva. Ao seu lado, a soprano parecia prestes a ter um piripaque. Abanava-se com uma das mãos enquanto, com a outra, apertava a própria garganta como que para impedir que a voz fugisse. Dezenas de pessoas, entre artistas, camareiras e homens de braços fortes cujo papel era içar cortinas e objetos cênicos se entreolharam, sem saber direito o que fazer. Ali, no escuro e no anonimato das coxias, a vida do teatro pulsava de verdade. E pulsava nervosa.

– Pelo amor celestial, a moça aqui vai entrar em cinco minutos! – A encarregada gesticulava sem parar. – Nenhum de vocês vai se coçar para resolver isso? Benedito?

Um homem de modos delicados, desavergonhadamente sem camisa, soltou uma risadinha de escárnio.

– Me pague melhor e talvez eu procure os adereços. Ou procure a senhora mesma.

– Mas quanto atrevimento!

– Estamos todos muito ocupados aqui, dona.

– Os adereços de cabeça são responsabilidade de Brigite – uma das moças da costura interferiu, mal-humorada, segurando dois alfinetes entre os lábios.

A encarregada virou-se em todas as direções.

– E onde ela está? Onde diabos essa velha se meteu?

— Deve ter caducado de vez — Benedito comentou baixinho, e ninguém se incomodou em contestá-lo.

❧

Brigite tragou o cigarro de palha, perdida em pensamentos, aproveitando a sensação da fumaça entrando pelos pulmões. A bituca tremia em suas mãos enrugadas. Já não tinha o mesmo controle da juventude. Mas logo iria melhorar, o fumo sempre ajudava.

Da balaustrada em que se encontrava, no alto junto à cúpula do teatro, a velha olhava a cidade. A iluminação a gás criava um mar de luzes fantasmagóricas, e lá do alto ela conseguia ver o contraste dos dois lados do canal. Quando era menina, nada daquilo existia. Ela se lembrava da primeira vez em que visitara Portomar, caminhando de mãos dadas com o pai pelas trilhas de terra. Não fazia ideia do motivo que levara a companhia de teatro sicanense até ali naquela época. Talvez estivessem dando um tempo das dívidas no continente. A capital do arquipélago consistia apenas em meia dúzia de fazendas, plantações de cana, o gado, a vegetação nativa e o rio, que na época ainda corria solto em busca do oceano, ondulando com navios trazendo novos colonos do pós-guerra. Um pouco mais alto e conseguiria ver o mar. Foi só depois que a cidade se instalou no entorno de cada uma daquelas mansões reformadas, um mundaréu de casas que agora se estendia a perder de vista. *Está tudo mudando*, constatou ela com um suspiro cansado. Sempre que a companhia voltava a se apresentar em um lugar já visitado, Brigite era acometida por essa terrível materialização da passagem do tempo: as coisas nunca estavam como antes.

Sentiu as juntas dos joelhos doerem, assim como várias outras partes do corpo. Esfregou-as por cima da saia. Não devia ter pegado tão pesado no trabalho temporário do dia anterior. Mas precisava do dinheiro, e a oportunidade havia sido tão boa...

Junto ao vento, conseguiu ouvir os sons do espetáculo acontecendo pelas suas costas, a voz dos cantores sobrepondo-se às dos violoncelos. Ela devia estar lá, com eles, no palco, e não mendigando bicos e uma posição nas coxias. Devia estar usando uma peça de figurino, não um vestido roto mais áspero que estopa.

— Bri...

A velha virou ao ouvir seu nome. Na porta da varanda, com apenas meio corpo aparecendo pela abertura, uma jovem colega de coxia a olhava com um semblante gentil.

Ela sente pena de mim. De mim e da minha velhice. Olha para as minhas feições e só enxerga a morte.

— Bri... — a moça repetiu —, a encarregada está com o diabo nos olhos. Você se esqueceu de separar os adereços da segunda soprano.

— Os o quê?

— Os adereços. Da soprano.

O rosto de Brigite ficou lívido. Esquecera completamente dos adereços. *Ando me esquecendo de tanta coisa ultimamente...*

— Se me disser onde estão, posso pegar para você — ofereceu a colega.

— Não! — A idosa a olhou com raiva, atirando o cigarro ainda aceso por cima da balaustrada. — Eu posso cuidar disso. Se não puder separar uma pilha de adereços de cabeça, então não sirvo para mais nada!

A outra permaneceu em silêncio. Ainda tentou ajudar Brigite a descer os três degraus da varanda, mas a velha a enxotou novamente.

— Posso andar sozinha, menina. Me deixe!

Arrastou-se o mais rápido que pôde até o depósito de fantasias. Estava de péssimo humor. Não gostava de ser ríspida com as pessoas, sabia que a colega tinha boas intenções, mas odiava ser tratada como inválida. A moça fazia com que se sentisse ainda mais velha. Ela a olhava como uma avó. *Uma avó!*

Brigite Melba, que nem mesmo nascera com esse nome, mas o inventara no dia em que assumira o posto do pai e fora fazer carreira no teatro sicanense, não podia ser avó. Era uma estrela. Ela tinha um corpo jovem e lindo, com uma voz pura que a levava a lugares incríveis. Brigite havia se apresentado por todos os teatros do continente. Uma noite, ela fora aplaudida de pé em pleno Kemet.

Homens se ofereciam para acender seus cigarros, pagavam-lhe taças de licor de cassis. Ela recebera muitos presentes, sobretudo daqueles com quem compartilhava as madrugadas. Brigite Melba era um sucesso e pairava sobre a sociedade, acima de qualquer esposa, mas nunca uma meretriz. Um objeto de desejo e admiração.

Só que isso, claro, fora antes de o cigarro arranhar sua garganta e de o tempo levar seu vigor. Isso fora antes da varíola ter marcado seu rosto. *Aí todos se esqueceram de mim*, pensou, frustrada, erguendo a tampa do baú de adereços.

A companhia de teatro carregava consigo uma parafernália de fantasias. Mesmo que não fossem utilizadas em uma temporada, as peças iam junto nos baús para o caso de uma mudança ou um improviso. As fantasias não pertenciam a ninguém em específico, apenas à companhia, passando de geração em geração através da força de remendos e orações. Acabavam contando a história do próprio teatro, uma história de *glamour* para quem permanecia sentado na plateia, mas de muito suor para quem trabalhava por detrás dos panos.

Brigite passou os dedos por um pedaço de filó. A textura ressequida do tecido lhe provocou cócegas familiares. Ela sorriu.

– O que pensa que está fazendo aí parada?!

A encarregada não fazia mais questão de sussurrar. Seus cabelos estavam saindo do coque em mechas desalinhadas, e ela suava na testa e no bigode. Pela maneira como olhava para Brigite, dava para dizer que sua paciência havia terminado.

– Eu...

O que eu vim fazer aqui mesmo? Brigite não era capaz de se lembrar. Olhava ao redor, mas nenhuma ideia vinha. De repente, se sentiu muito cansada, muito idosa e ultrapassada.

– Eu ia...

A encarregada apontou para o baú aberto a seu lado. Os cantinhos enrugados de sua boca estavam tremendo.

– Os adereços de cabeça para a soprano. Agora!

– Sim, sim, claro, me perdoe... – A velha virou-se imediatamente, vasculhando as fantasias. – A senhora poderia me dizer qual a cor? – *Maldição. Por que ela não era capaz de se lembrar de mais nada?*

– Verdes, Brigite. Verdes! Você faz isso toda semana!

Ainda se desculpando, Brigite retirou um par de tiaras do baú e as estendeu para a diretora.

A encarregada não pegou os adereços, mas fitou-a com incredulidade.

– Está zombando de mim, Brigite? Estas são as tiaras azuis. Eu disse *verde*.

Brigite olhou para os adereços mais uma vez. Eram verdes, ora, tão verdes quanto poderiam ser. Não estava entendendo.

– Mas... essas são as verdes.

As duas permaneceram imóveis por alguns segundos, as tiaras estendidas à frente nas mãos trêmulas de Brigite.

– Estas tiaras são azuis – a encarregada falou lentamente, como se estivesse diante de uma criança. – Você não vê? Azuis.

– Mas...

– Procure no baú pelas verdes, minha senhora.

Brigite obedeceu por puro respeito. Sabia que seu emprego era mais uma questão de piedade do que merecimento: os proprietários daquela companhia eram solidários em contribuir com a sobrevivência de uma ex-estrela decrépita. Se a encarregada dizia que aquilo era azul, então azul seria.

Virou-se novamente para o baú, e o seu coração deu um salto: a imensa arca de madeira continuava cheia de fantasias até o topo. Porém, todos os adereços, todos os tutus e xales em que andara remexendo, absolutamente tudo... estava verde. Os tecidos tinham diferentes tons e texturas, mas eram inequivocadamente tão verdes quanto as folhas de uma árvore.

Brigite arregalou os olhos e levou a mão ao peito.

– O que foi, mulher? – A encarregada parecia assustada. – Está passando mal?

– São... todas...

– Todas o que?

– São todas... verdes. Todas elas. O baú inteiro.

A velha cantora de ópera virou-se e ergueu os olhos para sua supervisora, lívida. Um novo momento de silêncio. Ao fundo, o som longínquo dos aplausos indicava que era hora da segunda soprano entrar no palco.

A encarregada suspirou, fechando os olhos e pressionando a ponte do nariz. Deu um passo à frente e tirou com gentileza a dupla de tiaras das mãos de Brigite.

– Quer saber – disse ela –, hoje a soprano usará azul. Ninguém vai notar mesmo. Podemos colocar o tenor de casaca vermelha para combinar.

Em silêncio, Brigite acompanhou a encarregada andar até a porta. Antes de sair, a mulher virou-se para ela. Seus dedos apertavam com força a armação de metal dos adereços.

– Depois do espetáculo, quando o pessoal terminar de arrumar tudo... acho que deveríamos conversar. Não sei se podemos continuar assim, Bri.

A velha assentiu. Assim que ficou sozinha no recinto, deixou-se cair sentada no chão. Passou as mãos pelas pálpebras, sentindo cada uma das rugas e cicatrizes na pele flácida, perguntando a si mesma se por acaso não estaria ficando louca. Mal notou que estava chorando.

Estava acabada. Estava tudo acabado.

Capítulo 5

No qual Francine não entende a ópera

A SEGUNDA SOPRANO, de tiara azul, estava dando o melhor de si. Sua voz limpa alcançava cada recôncavo do teatro: a mulher trinava tal qual um passarinho.

Francine folheou mais uma vez o programa da ópera e acotovelou discretamente a prima.

— Você consegue mesmo entender o que eles estão cantando?

Coralina, muito ocupada em perscrutar a alta sociedade e procurar pelo noivo com seus binóculos, soltou um suspiro contrariado.

— Claro que sim. Estudo sicanense desde os sete anos com madame Frou.

— Pode me explicar o que está acontecendo? Sei que a história deve ser boa...

— Ah, é algo sobre uma donzela chamada Medeia.

Francine hesitou por um instante para não parecer indelicada.

— Essa parte eu sei, o nome dela está escrito no título... Gostaria de saber o que *acontece* com ela.

Coralina tirou um leque do bolso interno da saia e começou a se abanar da mesmíssima forma que Lady Bibiana fazia.

— Acontecem as coisas de sempre, ué! Conflitos, vigílias, paixões. Um casamento. — Ela abriu a boca como se fosse acrescentar algo, mas depois apenas se abanou com mais força. — Ora, Francine, não precisa entender o que estão falando, basta prestar atenção aos gestos!

Francine trocou um olhar divertido com Denise e suprimiu a própria risada. Colocou o binóculo na altura dos olhos: não era possível que aquela fosse a única cabine da plateia onde ninguém estava entendendo absolutamente nada.

Aleatoriamente, mirou um dos balcões do lado direito. As mulheres ali, ambas mais velhas, cochichavam sem parar, as mãos enluvadas cobrindo-lhes a boca. Os maridos, sentados logo atrás, divertiam-se com uma garrafa de aparência cara. Talvez até entendessem o sicanense, mas não pareciam lá muito interessados.

O próximo camarote, agora no lado esquerdo, também não revelou grande coisa. Nem o próximo e o seguinte. Ainda que de vez em quando espiassem a soprano e os atores através dos binóculos, a cantoria estava longe de ser o foco das atenções da nobreza. Francine chegou a flagrar um senhor de cabelos brancos dormindo em seu assento, apenas uma cabine depois do detestável Lorde Edmundo. A lógica de Coralina provava-se correta: a ópera era apenas um pretexto para relações sociais e políticas. Aqui e ali, rapazes e moças trocavam gracejos sob o olhar vigilante, ainda que afastado, de suas mães. Apertos de mão selavam contratos, confidências sussurradas na penumbra faziam girar as engrenagens da cidade. Poucas pessoas estavam de fato interessadas no espetáculo, e a maioria delas se encontrava nas cadeiras do térreo. Os camarotes, pelo visto, serviam muito mais à privacidade que para proporcionar uma visão privilegiada da ópera. Estava quase desistindo de seu escrutínio quando o viu: outro binóculo, virado exatamente em sua direção.

Por trás dele, um rapaz jovem de cachos amendoados, forte e bem-vestido, sozinho em sua cabine, possivelmente solteiro. Com um tranco de susto que quase lhe causou um acesso de tosse, Francine virou depressa de volta para o espetáculo. Tentou aparentar calma e falhou miseravelmente: o decote do vestido evidenciava seu respirar acelerado.

Não queria que o rapaz achasse que ela o estava espiando de propósito. Ia parecer que estava… *flertando*. Não tivera muitas oportunidades de praticar aquele tipo de coisa na fazenda e não estava disposta a começar agora. O pouco que sabia vinha dos livros e de comentários entreouvidos dos irmãos. E os irmãos nunca haviam sido fontes confiáveis, para começo de conversa.

Tentou se distrair com a ópera. Os atores estavam executando uma coreografia complexa, segurando compridas faixas de tecido.

O modo como a soprano e o tenor cantavam parecia indicar uma briga. Eles faziam caretas na direção um do outro.

Ora, mas que bobagem, falou uma voz insistente em sua cabeça, incapaz de prestar atenção ao palco. *Era ele que estava olhando para mim primeiro. Além disso, minha tia ficaria feliz se eu demonstrasse um pouco de desenvoltura social, não é mesmo? Olhar não fará mal algum, ou fará?*

Com um movimento casual, arriscou outra espiada, fingindo desinteresse. O rapaz continuava olhando para ela, e dessa vez sorria. A ousadia daquele sorriso, emoldurado por parcos fios de barba dourada em um rosto perfeitamente balanceado, fez o coração de Francine agitar-se no peito.

Eu não fazia ideia de que um sorriso podia ser tão bonito...

Como se adivinhando seus pensamentos, o rapaz baixou os binóculos, deixando que ela desfrutasse da visão completa de seu rosto, olhos escuros fixos nos dela mesmo àquela distância.

Francine sabia que estava fazendo papel de tola, mas não tinha o mínimo ânimo para consertar aquilo. O binóculo criava uma espécie de distanciamento, uma proteção que lhe dava coragem para espiar de uma forma que jamais faria cara a cara.

O som da ópera lá embaixo atingiu um crescendo inesperado, reverberando com a mesma intensidade de suas palpitações. Sentindo o peito agitado, levou a mão à gargantilha e...

– Francine...

A voz entrecortada de Coralina quebrou o encanto daquele sorriso. Francine largou imediatamente o binóculo, virando-se para a jovem de corpete perolado e saias de fada.

A prima estava pálida outra vez. Tinha as duas mãos sobre o estômago e parecia prestes a vomitar. Gotículas de suor começavam a brotar por cima da maquiagem, visíveis mesmo na penumbra.

– Eu... não estou me sentindo muito bem... – ela disse. – Talvez eu precise ir ao toalete.

Denise ajoelhou-se imediatamente ao lado da garota, dando-lhe tapinhas nas costas.

– O que você está sentindo? – perguntou Francine, puxando sua poltrona para que também pudesse ficar próxima à menina. – Quer que eu chame Lady Bibi?

— Não! – Coralina tapou a boca de repente para conter uma ânsia de vômito. – Não. Mamãe ficaria chateada comigo. A ópera é muito importante. E o vestido... E Mister Ícaro... Talvez eu só precise...

— Posso levar a senhorita Tulli para casa – sugeriu Denise, lançando um olhar de urgência para Francine. – O primeiro ato já está terminando, poderíamos sair com discrição.

Francine ponderou por um momento. Se Denise, que vivia ao lado de Cora para cima e para baixo havia anos, achava mais prudente tirar a menina dali, não seria ela a contestar. O flerte com belos desconhecidos teria de ficar para outro momento.

— Tudo bem, vamos levar Cora para descansar na mansão – respondeu, já fechando o programa da ópera e enrolando a correntinha do binóculo.

— Está louca? Você vai ficar! – Coralina ralhou, recuperando um pouco a força da voz. Era impressionante como sua saúde dava um jeito de se reestabelecer quando havia convenções sociais em jogo. – Essa é a sua noite de estreia na sociedade. Você precisa ficar e ser vista pelos cavalheiros!

— Mas...

— Eu vou me sentir culpada!

Francine observou a menina fazer beicinho. Seus olhos azuis estavam começando a encher de lágrimas.

— Está certo – concedeu –, mas mande nos chamar caso piore. E deixe que eu mesma falo com a sua mãe depois do espetáculo.

Cora sorriu, agradecendo-lhe com um beijo estalado na bochecha.

— Prometo. E você, promete que vai procurar Mister Ícaro e mandar minhas lembranças? Diga a ele...

A menina não conseguiu terminar a frase. Arregalou os olhos de repente e tapou a boca com as mãos, visivelmente nauseada.

— Tudo bem, tudo bem, eu digo o quanto você o estima e como todos os outros cavalheiros ficaram olhando para você e seu Verde-Marcel a noite inteira – disse Francine depressa, levantando Cora pelos ombros.

Uma coisa era sair de fininho por causa de um mal-estar, algo comum e pelo qual as pessoas nutririam piedade. Já outra bem diferente seria vomitar em um teatro e sair pela porta principal com um vestido exclusivo arruinado. Seria um escândalo nada recomendável para uma mocinha noiva. – Agora é melhor você ir.

A menina apenas concordou, parecendo entender a gravidade da situação. Amparada pela criada, levantou-se e caminhou lentamente até a cortina que separava a cabine privativa e o corredor de acesso. Antes de o tecido carmesim cair por completo e separá-las, Denise meteu a cabeça novamente pela abertura. A julgar pela posição pouco usual e pela tensão em sua fronte, já com vários fios saindo do coque, dava pra dizer que seu esforço era a única coisa mantendo Coralina de pé.

– Senhorita Francine – disse ela com certa dificuldade, – sei que Lady Bibi não acharia de bom-tom vê-la desacompanhada. Darei um jeito de conseguir que alguém venha para cá no segundo ato.

– Agradeço, mas, por favor, não se preocupe. Sua prioridade deve ser acima de tudo Coralina.

– Claro. – Denise deu-lhe um sorriso tranquilizador. Sua cabeça sumiu pela cortina, e tudo o que sobrou foram as ondulações do tecido.

Francine inspirou profundamente, tentando recobrar a calma. O rapaz no binóculo e a situação delicada de Coralina a haviam enervado, e agora ela precisava administrar toda aquela energia que circulava em suas veias.

Estava na cidade havia menos de dois dias e já testemunhara pelo menos uma dezena de mal-estares da prima. Por Deus, por mais que a menina tivesse a compleição frágil, aquilo era normal? Perguntou-se por que a tia não mandava chamar algum especialista. E se fosse algo sério? Não sabia se o médico da família, Doutor Acácio, tinha competência para tanto. E por falar nisso, teria Lady Bibi visto Coralina indo embora?

Àquela altura, o primeiro ato da ópera já havia terminado. A iluminação do teatro foi reestabelecida, oferecendo um intervalo para que todos esticassem as pernas, fossem ao toalete ou simplesmente fizessem contato com parentes e amigos enquanto os artistas se preparavam.

Francine serviu-se de um copo d'água, frustrada. Entre um gole e outro, permitiu-se olhar novamente na direção do admirador secreto, mas ele não estava mais lá. Sua cabine estava vazia. Varreu as janelinhas seguintes e também a plateia, mas não o encontrou em lugar algum.

Deixou o corpo afundar contra o encosto da cadeira, um tanto mais frustrada quanto deveria. Sentiu-se boba. Havia um sem-número de razões pelas quais um cavalheiro levantaria seu nobre traseiro do assento. Poderia ter ido cumprimentar um amigo, um parceiro de negócios, ou mesmo prospectar potenciais esposas em outros camarotes. Era pra isso que o evento servia, certo? Não havia motivo para acreditar que ele tivesse se interessado mesmo por ela. Ninguém se apaixonava assim à primeira vista. Quem sabe até se, espiando através do binóculo, o rapaz tinha visto a aflição de Coralina e decidira investir em uma família com um pouquinho mais de saúde?

Ou talvez... talvez – e o inquieto coração de Francine deu um salto com a possibilidade –, ele tivesse percebido que a jovem fora deixada sozinha na cabine, e estaria naquele momento atravessando o teatro inteiro para desfrutar de uma rara oportunidade a sós que, de outro modo, jamais seria possív...

As cortinas da cabine foram bruscamente puxadas para o lado. Francine virou com um salto, fervilhando de expectativa, quase deixando o copo d'água cair no chão.

Marcel a encarou com as sobrancelhas erguidas. Sua mão ainda segurava a borda da cortina.

– A senhorita estava esperando outra pessoa? – o modista indagou. Seu tom entregava uma leve provocação.

– Minha tia – Francine mentiu.

– Evidente que sim.

Sem esperar ser convidado, Marcel espanou um pó inexistente do assento antes ocupado por Coralina e se sentou, esticando as pernas. Estava impecável em trajes completamente negros, o bigode ainda mais aparado do que antes.

– A criada me pediu que viesse lhe fazer companhia. Como pupilo de Lady Tulli desde criança, é como se você e eu fôssemos parentes. Os parentes pobres, é claro. – Ele riu da própria piada, embora Francine tivesse permanecido séria e imóvel. – Uma pena que sua prima tenha passado mal.

– Achei que minha tia viria me fazer companhia.

– Lady Bibi? – ele riu novamente. – Ora, ela está ocupadíssima, minha cara. Em um dia como esse, apresentando você para a sociedade e ainda tendo que suprir a ausência da filha? A mulher vai passar o espetáculo inteiro de pé! Eu mesmo deveria estar trabalhando em minhas conexões, mas... a família em primeiro lugar.

Francine suspirou e conteve o instinto de revirar os olhos. Depositou o copo sobre a mesa, puxou as saias para o lado e voltou a se sentar. Aceitava seu destino. Passaria os dois atos finais da ópera ao lado de Marcel, sem poder tecer nenhum comentário ou arriscar qualquer espiadela à procura de seu admirador: com certeza Marcel daria com a língua nos dentes e não hesitaria em dedurá-la para a tia.

Os atores já se arrumavam para o segundo ato. Dava pra perceber a tremulação das cortinas e o som dos objetos cênicos sendo arrastados de um lado para o outro. Francine voltou a abrir o folheto do programa, disposta a tentar decifrá-lo nem que fosse para passar o tempo. Folheou as páginas sem muita convicção, procurando algum termo familiar que pudesse usar como ponto de partida.

— Fico feliz em ver que meu talento serviu para deixá-la deslumbrante. Sua tez realmente se dá bem com o vermelho.

Francine olhou Marcel de lado. Pensava ter deixado claro que a presença dele ali era apenas tolerável, e que ela esperava que o modista ficasse, no mínimo, muito bem calado. Obviamente, Marcel tinha outros planos e parecia à vontade ali com seu já tradicional sorriso zombeteiro.

— O vestido é de fato muito bonito, senhor. Agradeço.

— Não precisa agradecer, tenha certeza de que fui bem pago por ele. Só estava constatando o quanto a alta-costura é capaz de fazer milagres.

Francine crispou os lábios.

— O senhor é realmente muito lisonjeiro para alguém que anda por aí com um terno estampado.

Ele riu com gosto, parecendo encantado com o gracejo.

— Ora, aí está você de verdade, senhorita Francine! Sabia que era capaz de ser espirituosa. Os nobres raramente o são, o que deixa tudo muito tedioso... Peço perdão, não quis ofender, você está mesmo muito bonita esta noite.

A jovem o encarou com um misto de perplexidade e embaraço. Por que Marcel precisava ter uma língua tão leviana? Ele jamais falaria assim com Lady Bibi, apenas com ela, e Francine nunca sabia quando ele estava falando sério ou quando estava fazendo troça. Na verdade, tudo o que Marcel dizia parecia conter doses de sarcasmo, como se risse de algo que só ele percebia.

E, no entanto... Havia algo de convidativo no jeito como ele a olhava através dos profundos olhos verdes. Talvez aquele fosse o modo com o qual Marcel demonstrava sua amizade? Na dúvida, Francine soltou um sorriso contrariado, balançando a cabeça de um lado para o outro. O modista piscou para ela.

As luzes do teatro foram reduzidas. O subir das cortinas revelou um novo cenário, que agora simulava o interior de um palácio. A soprano de azul continuava ali, cantando em conjunto com outra mulher que subia pela primeira vez ao palco.

– O que está achando do espetáculo? – Marcel sussurrou para ela, e Francine se assustou com a proximidade do hálito dele em seu pescoço.

– Eu...há...

– Não está entendendo nadinha, não é? – O modista ergueu uma das sobrancelhas.

– Nem uma palavra sequer. – Ela se permitiu a sinceridade, rindo abertamente pela primeira vez.

Marcel também riu e puxou sua cadeira para mais perto.

– Essa é a história de Medeia – ele disse, segurando um dos lados do programa de modo que os dois dividissem o panfleto. – Mas você não é burra, então já deve ter percebido pelo título. – A jovem segurou uma nova risada. – Medeia foi esposa de Jasão, aquele da mitologia antiga. Conhece?

– Sim, Jasão roubou o velocino de ouro. Li sobre ele.

– Ótimo. Eis que Jasão cansou da velha esposa e a abandonou, junto aos dois filhos, para desposar a filha de um rei. Muito heroico da parte dele, não acha?

– Um exemplo para todos nós.

Ele riu.

– Bem, este foi o primeiro ato. Medeia, como era de se esperar, não ficou nada satisfeita e jurou vingar-se de Jasão. E agora, no segundo ato, Medeia está tramando com sua criada chamada... – Ele percorreu o papel com o indicador e estreitou os olhos para enxergar melhor no escuro. – Néris. Criando um plano para matar a noiva antes das bodas. Vão lhe enviar um presente de casamento envenenado, essa é a cena que estamos vendo. Aqui diz que está quase na hora de o rei Creonte entrar.

Francine assistiu, fascinada, à chegada de um senhor barrigudo e de voz grave, usando uma coroa na cabeça.

– Você sabe mesmo ler em sicanense, não é? – Ela o encarou, divertida. – Achei que estivesse fingindo todo aquele estudo no continente.

Marcel riu. Nem tentou parecer ofendido.

– Pessoas com a nossa origem são as únicas nesta plateia que precisam mesmo saber o sicanense, minha cara.

Ela ergueu as sobrancelhas para fazer com que ele se explicasse. O modista inspirou fundo, dando uma boa olhada nos ornamentos do teto antes de continuar. Quando falou, parecia quase cansado:

– A nobreza, Francine, não precisa provar nada aos olhos de ninguém. Ela apenas é e permanecerá sendo por toda a vida. Desde que evite escândalos, claro.

– Sim, a nobreza é nobre, o céu é azul, os pássaros voam. Não estou entendendo onde o senhor quer chegar.

– O que quero dizer é que a nobreza de Portomar não precisa se *esforçar* para ser respeitada, porque respeito é uma prerrogativa que um nobre já recebe desde o berço. Não importa que não saibam outra língua ou que nunca tenham lido um livro de mitologia antiga, entende? Apenas nós, os forasteiros recém-chegados, é que precisamos andar na linha e provar a cada segundo a nossa competência. Pise fora da linha uma única vez e eles vão lhe virar as costas. Vão julgá-la por sua origem de ilhéu sem berço. Pergunte para sua tia. Não importa se é bonita ou feia, alta ou baixa, gorda ou magra, se tem a pele como a noite sem lua ou a areia da praia. Sempre será julgada por não ter nascido no continente. Pelo jeito como fala, pela maneira com que se veste. Você pode até ter uma família importante, querida, mas nenhum de nós jamais será manchão...

Francine remexeu-se desconfortável na cadeira, incomodada tanto com a convicção de Marcel quanto com a lembrança do que Lorde

Edmundo lhe dissera. De repente, ela se sentiu como uma intrusa ali, uma impostora naquele vestido que jamais teria condições de pagar.

— Você está exagerando – defendeu-se.

— Acha que me enviam convites para a ópera porque simpatizam comigo? Acha que se eu não tivesse demonstrado meu talento, se não estivesse naquela rua específica costurando sapatos, a sua tia teria me apadrinhado?

O rosto de Francine devia ter denunciado seu desagrado, pois o modista rapidamente acrescentou:

— Não estou dizendo que Lady Tulli não seja uma mulher generosa. Mas sem os meus talentos eu jamais seria alguém para ela. Jamais me olhariam como um igual. E você sabe disso.

— Não tenho talentos, e ainda assim minha tia estendeu a mão para mim – falou a jovem. – Desde que desci daquela estação de trem, só recebi carinho, conforto e a amizade de parentes queridas.

Marcel revirou os olhos e fez um barulho de escárnio.

— Ah, por favor... Lady Bibi só faz isso porque já foi pobre e agora se sente culpada de levar uma vida de luxo enquanto o resto da família dá duro na fazenda. Ela tem uma dívida de sangue com você.

Francine girou na cadeira, encarando-o, o nariz a centímetros de distância do dele.

— Não ouse falar assim de uma mulher que lhe deu tanto, senhor.

— Talvez a senhorita seja mais ingênua do que eu imaginava.

— Marcel... – ela o advertiu, os olhos faiscando.

O modista reclinou em sua poltrona, fixando o olhar no palco. Os dois permaneceram em silêncio, recompondo-se, até que ele voltou a falar em um tom mais ameno:

— O que estou querendo dizer, Francine, é que o único modo de pessoas como nós obterem sucesso é dando sempre o nosso melhor. Sem reputação e uma carreira que lhe dê bastante dinheiro, você não é ninguém por aqui. Porque são os títulos que realmente importam.

— Não acredito que as coisas sejam tão extremas assim. O mundo está mudando. Lady Bibi casará a própria filha com um rapaz que não vem de uma família de nobres manchões.

— Mas vem de uma família podre de rica – ele riu. – Ou não te contaram que a família de Mister Ícaro é dona de praticamente todo o setor industrial da região? E que os pais dele moram no continente? Pode ter certeza de que os negócios de Ícaro também vão se beneficiar com esse casamento. Os filhos dele serão ricos *e* nobres. Não vejo uma combinação melhor, e esteja certa de que sua tia levou isso em conta. O mundo está mudando, realmente, e mesmo assim ainda não haverá espaço para os que não estão no topo.

Francine abriu a boca para falar, mas não emitiu som algum. Buscava palavras, pois sentia que precisava defender Lady Bibi e Coralina de tamanha calúnia. Talvez a nobreza fosse podre, é verdade, mas não a sua família. Não as Tulli. Mas era difícil rebater tais argumentos. Era difícil esquecer-se de Lorde Edmundo.

Marcel aproveitou sua confusão para segurar-lhe a mão direita e levá-la aos lábios. Depositou um beijo rápido em seu pulso, fazendo cócegas com o bigode.

— Peço desculpas pelas palavras ásperas, Francine, não quis aborrecê-la. Apenas senti que era meu dever alertar. Se fui indelicado, talvez seja culpa de minhas origens mareanas. Ainda que sejamos ambos forasteiros, a senhorita sempre teve uma família, irmãos, um teto sobre a cabeça... Talvez eu carregue em mim um pouco mais de amargor.

Se Francine estava com dificuldades para formular uma frase, agora estava completamente muda. O pulso ainda formigava com o contato, e ela com certeza não estava pronta para ouvir uma confissão como aquela.

— Esqueça isso — conseguiu dizer por fim. — Vamos só... assistir à ópera.

Nenhum dos dois falou mais nada até o término do espetáculo. Permaneceram imóveis como estátuas, os olhos voltados para o palco. Francine assistiu à morte de Gláucia, a jovem noiva de Jasão, e logo depois viu Medeia assassinar os próprios filhos. A força daquelas cenas, da música e das atuações, combinada ao nervosismo de estar ali sozinha ao lado de Marcel, acabaram por arrebatá-la. No último verso da soprano, Francine sentiu uma lágrima solitária percorrer sua bochecha. Limpou-a rapidamente com as costas da mão, a mesma que Marcel havia beijado.

Capítulo 6

No qual Mister Ícaro fica envergonhado

ELA DEVIA TER DESCONFIADO. Qualquer leitor de romances teria desconfiado, mas não passou pela jovem mente de Francine aplicar a dinâmica dos folhetins à própria vida. Por isso, após os agradecimentos dos atores, quando as cortinas do teatro foram baixadas pela derradeira vez, ela apenas aceitou o braço de Marcel e deixou que ele a conduzisse para fora da cabine.

O modista, mais silencioso do que de costume, embora não lhe faltasse com a cortesia, levou-a direto até o camarote de Lady Bibi, despedindo-se logo depois sem maiores explicações. Apenas sumiu com seu sorriso em meio à multidão. A tia, que ainda conversava com um grupo de senhoras, franziu a testa ao perceber a ausência de Coralina.

— Passando mal de novo? — disse, assim que Francine a colocou a par do ocorrido. — Em uma noite como esta? Ora essa, Coralina tem mesmo o dom de escolher os piores momentos...

Francine ergueu as sobrancelhas.

— Não creio que ela possa optar sobre ficar ou não doente, minha tia.

Lady Bibi se abanou com o leque. Os olhinhos miúdos percorreram sem foco os arredores, para lá e para cá, e ela mordeu um dos cantos do lábio inferior. Francine não conhecia a tia bem o suficiente, mas já sabia que o gesto não significava boa coisa: Lady Bibi estava tendo ideias.

— Bem, se não temos Coralina — disse a dama —, creio que você vai ter de assumir as responsabilidades dela. É adequado. Você é a prima.

— R-responsabilidades? — gaguejou Francine.

– Mera etiqueta. – A tia a dispensou com um abanar do leque. – Dar adeus aos que já estão indo para casa, apertar mãos... essas coisas. Fique ao meu lado e faça o que eu fizer. Quero que conheça as ladies da associação.

– Associação? Não seria melhor...

A velha dama enroscou o braço ao da sobrinha, dando tapinhas gentis em sua mão.

– Ora, vamos... você está linda! Deixe que esse povo todo a veja. Aliás, tenho certeza de que você deve ter tido muitos admiradores naquela plateia hoje.

Francine congelou por dentro, tentando captar algum sinal de que Lady Bibi tivesse percebido o rapaz estranho sorrindo para ela, mas a tia parecia tranquila e alheia ao seu nervosismo. Já estava acenando para outro grupo de contatos próximos.

Acabou descobrindo que Lady Bibi fazia parte de um seleto grupo de damas, a Associação de Ladies pela Família e pelo Progresso. Pelo que pôde entender, era um misto de grupo de caridade e clube de chá, onde as matronas influentes da cidade se reuniam duas vezes por semana para confabular e interferir na vida alheia. Talvez não precisassem de uma associação para tanto, mas, como os encontros aconteciam no segundo andar do prédio do jornal e a poucos passos do gabinete da administração, a coisa acabou ganhando caráter burocrático.

Francine logo foi tragada pelas senhoras da associação, uma verdadeira torrente de rostos novos sucedendo uns aos outros com as mesmas conversas e os mesmos galanteios. *Sua sobrinha é muito elegante. Que pena que a pobre Coralina não está se sentindo bem. Soube que a esposa do coronel está esperando bebê? Temos de ajudar na arrecadação da paróquia.* Francine tentava corresponder com interesse a todas aquelas viúvas de xales negros e cabelos brancos, mesmo que seus pés, apertados dentro dos sapatos, clamassem por descanso. E quase não cometeu nenhum deslize ou indiscrição. Até recebeu um convite, entre um aceno e outro, para frequentar uma das reuniões do grupo, ainda que fosse tão nova. É sempre bom começar cedo, pois não duraremos para sempre, elas haviam dito.

Quando começou a sentir os joelhos formigando, considerou seriamente sentar-se em uma das poltronas do teatro e deixar Lady

Bibi e o resto das mulheres falando sozinhas. Discretamente e alegando precisar de ar fresco, foi se afastando do aglomerado de senhoras.

Foram apenas alguns passos para fazer o sangue circular nas pernas. Só alguns e já bastou para que ela o enxergasse. O rapaz sorridente. Conversava com um grupo de jovens cavalheiros, todos alegres e expansivos, portando o brilho confiante daqueles que desfrutam de uma vida farta.

De perto, ele era ainda mais impressionante. Altivo e de ombros largos, nariz reto, olhos castanhos brilhantes e francos, o cabelo marrom de cachinhos volumosos com reflexos tão louros quanto a palha do milho. Francine sentiu que talvez as pernas fossem mesmo ceder.

O rapaz não a viu de imediato, mas começou a virar a cabeça de um lado para o outro, talvez atraído pela incômoda sensação de ter um par de olhos cravado nas costas. Quando finalmente a enxergou, seu sorriso perfeito fraquejou por um instante, antes de se alargar de vez e iluminar suas feições. Francine ficou mole feito caldo de cana. Ele murmurou alguma coisa para os amigos, deu um último gole na taça que segurava e começou a andar em sua direção.

Ela aguardou, apertando as mãos. Estava estranhamente consciente do próprio corpo, sentindo cada centímetro do tecido fino do vestido colado contra a pele. Sentia-se nervosa, e queria correr, fugir dali, mas também queria muito saber quem era aquele homem e porque estava interessado nela.

O rapaz parou bem na sua frente, ao alcance de um braço. Poderia tocá-la se quisesse. Não ria, embora o vestígio de um sorriso ainda brincasse em seu semblante. Mantinha os olhos fixos nos dela. Francine entreabriu os lábios, lutando para reunir meia dúzia de palavras coerentes.

– Eu...

Sua tentativa de estabelecer contato foi interrompida por um brado de alegria e pela voz inconfundível de Lady Bibi avolumando-se ao lado:

– Mister Ícaro! Que alegria encontrá-lo por aqui!

Francine piscou. E piscou de novo e depois mais uma vez. Olhou da tia para o estranho e de volta para a tia. Não. Não podia ser. Ele a vira dividindo a cabine com a prima.

Que tipo de pervertido se casaria com uma criança tão inocente?

Mas ali estava, seu admirador não mais tão secreto, com as bochechas coradas de evidente vergonha, olhando-a com embaraço. E Lady Bibi radiante, encarando o rapaz com tanta certeza que era impossível duvidar. A tia podia não estar mais na flor da juventude, mas decerto não estava senil.

Sem que pudesse refletir sobre o ocorrido ou sequer se controlar, Francine deixou uma risada de escárnio totalmente inoportuna escapulir pelo nariz. Havia algo de hilário naquela situação, ela precisava admitir. Tomada pela surpresa e pela decepção, reagiu da forma mais inconveniente: com uma boa dose de presença de espírito.

– Desculpe... mas vocês dois já foram apresentados? – Lady Bibi perguntou, um tanto ressabiada com o riso da sobrinha.

– Não – o rapaz respondeu com rapidez. A voz dele era tudo o que deveria ser, o que Francine atribuiu a mais uma ironia da vida. – Não, de forma alguma. Justamente por isso me aproximava, para me apresentar. Observei que a moça estava com Coralina durante o espetáculo e supus que fosse... que fosse a tão aguardada prima.

O senhor não me observou como se eu fosse a prima de alguém, Mister Ícaro...

– Ora, exatamente! – Lady Bibi sorriu, empurrando a sobrinha para a frente pela cintura. – Esta é Francine, filha de meu irmão. Um encanto de moça, embora aparentemente seja dada a rir sem propósito.

Mister Ícaro tomou a mão de Francine em um cumprimento inibido, e seus lábios nem mesmo chegaram a encostar na pele dela. O olhar do jovem implorava por perdão, mas a garota manteve um semblante impassível durante todo o tempo em que Lady Bibi explicava ao rapaz sobre as mazelas de Coralina.

– Espero que esteja tudo bem com a sua filha, senhora – disse ele. – Não sabia que senhorita Cora estava doente...

– Ora, o senhor não a viu? – Francine o alfinetou, fingindo inocência. O rapaz lhe deu um rápido olhar de censura. O senso de humor dela podia ser perverso às vezes.

– Ah, Mister Ícaro, o senhor conhece sua noiva... – Suspirou Lady Bibi, totalmente avessa às farpas disparadas pela sobrinha. – É chegada a indisposições.

– Sinto muito. Faço votos de que ela fique boa logo.

Francine aproveitou a deixa para aplicar um novo golpe.

– Já ia me esquecendo: Coralina pediu que eu lhe desse um recado. Queria que soubesse que ela o tem na mais alta conta. Disse que o senhor é um noivo muito honrado.

Mister Ícaro ainda parecia querer se desculpar, e talvez por isso tenha aceitado a provocação sem revidar. Apenas assentiu com a cabeça.

– Sua prima é uma jovem encantadora – ele respondeu com dignidade.

– Sim, ela é.

– Ora veja – Lady Bibi interferiu na conversa –, devia vir nos visitar essa semana. Coralina com certeza está chateada por não ter visto o senhor hoje. Quem sabe uma tarde de chá?

O rapaz sorriu amarelo.

– Claro... com certeza.

– Mas venha ainda essa semana!

Mister Ícaro curvou-se em uma perfeita reverência.

– A senhora e a senhorita queiram me desculpar, mas preciso mesmo ir. Tenham uma excelente noite. Foi um prazer conhecê-la, senhorita Francine.

A jovem o vigiou com discrição enquanto ele se afastava. Mister Ícaro nem se despediu dos amigos. E, a julgar pelas passadas largas e apressadas com que alcançou as portas do teatro e foi embora, ela não fora a única a ser pega de surpresa naquela noite.

– Mas que bicho será que o mordeu? – indagou a tia, abanando-se com o leque.

༄

Demoraram mais uma hora até que Lady Bibi se desse por satisfeita e requisitasse a carruagem. Francine se jogou quase desfalecida no assento do veículo. Entre Marcel, Coralina e Mister Ícaro, era um milagre que ainda estivesse em pé. Por sorte, a falação da tia, empolgadíssima em comentar as novidades e pormenores da alta sociedade, manteve sua cabeça ocupada. A velha dama insistia para que a sobrinha não só lhe contasse as impressões que tivera sobre tudo, mas também que lhe prestasse confidências sobre possíveis pretendentes, e Francine despistou-a como pôde.

Já na mansão, Francine subiu as escadas e abriu devagarinho a porta do quarto de Coralina. O luar que entrava pela janela fornecia um mínimo de claridade, suficiente para enxergar a pequena silhueta deitada na cama. Seu vestido de festa estava cuidadosamente dobrado sobre a penteadeira. Coralina estava dormindo como um anjo, mas o ranger da porta fez com que abrisse um dos olhos.

– Você voltou – ela murmurou, sonolenta.

– Sim. Queria saber como você estava.

A menina deu de ombros.

– Apenas com sono.

Francine se sentou na cama, passando os dedos pelos cabelos da garotinha. Ali, na penumbra, o vestido vermelho que usava formava um contraste nefasto com a alvura da roupa de cama, da camisola e da pele de Coralina. Parecia deslocado.

– Conheceu Mister Ícaro? – a prima perguntou em meio a um longo bocejo. Francine deixou que a mão deslizasse pela testa da menina. Estava mais quente do que deveria.

– Sim, querida. Eu o conheci.

Mas a prima já havia adormecido novamente e não respondeu. Trazia um sorriso discreto nos lábios. Francine viu-se inundada por uma profunda aversão a certo cavalheiro de cabelos cor de palha seca.

Capítulo 7

No qual o desagrado bate à porta

A SEMANA SEGUINTE à ópera foi dominada por compromissos sociais. Uma vez que Coralina era poupada de sair de casa, pois continuava de repouso ainda que parecesse em plena recuperação, Francine tornou-se o centro das atenções da tia. Foi arrastada por Lady Bibi para inúmeras tardes de chá, passeios na praça e visitas às lojas. Aos poucos, começava a compreender não só a geografia de Portomar, que tinha no canal sua principal referência, mas também a dinâmica e o cotidiano das pessoas que moravam ali. Também ganhara um guarda-roupa novo.

Lady Bibi a levou para uma das reuniões da Associação de Ladies pela Família e pelo Progresso. Francine achou o lugar fascinante. A sede do jornal cheirava a tinta, com cavalheiros entrando e saindo a todo momento com papéis, as mangas de suas camisas manchadas pelo contato com a prensa. A própria rua do jornal tinha uma atmosfera única. Ficava a poucos quarteirões do teatro, em uma travessa meio disforme esprimida entre lojas e pequenas residências, sombreada por árvores. O edifício tinha dois andares, e Lady Bibi a guiou até o mais alto, para uma salinha onde Francine foi colocada sentada diante de uma mesinha de seminarista com gavetas embutidas. Muitas ladies já estavam lá, e a riqueza de suas roupas e cabelos contrastava com o ambiente marrom, simples e praticamente vazio da sala.

Francine não foi autorizada a falar durante a reunião, mas acompanhou atenta cada uma das pautas. Lady Bibi era uma clara liderança ali dentro. A tia conduzia o encontro com a solenidade de um evento de gala, ainda que estivessem discutindo sobre a inauguração de uma loja de chapéus, sobre a indicação de uma nova governanta ou sobre algum dia santo. Para elas, todos os temas tinham igual importância. Francine divertiu-se com a seriedade da associação e com os maneirismos das participantes. Todas aquelas senhoras tinham jeitos tão similares de falar e se mover! Seriam todas as pessoas do continente daquele jeito? Não importava: sabia que, para ter qualquer chance de futuro naquela sociedade, precisava respeitar a influência das ladies. Precisava que a tivessem em boa conta.

Assim, dia após dia, cumpria todos os seus deveres sem exceção. Além das visitas e reuniões, nas quais fazia o possível para ser amável e espirituosa, Francine teve lições de etiqueta, valsa e, a pedido dela mesma, introdução ao sicanense. Achava que estava se saindo bem. Ao menos as amigas da tia e ladies da associação sorriam para Francine e simpatizavam com seus esforços. A jovem logo descobriu que ser franca sobre suas origens, deixando claro que era ignorante em alguns aspectos do trato social, tornava as senhorinhas mais propensas a gostarem dela. Contudo, não saberia dizer se as ladies realmente a apreciavam ou se tamanha simpatia era apenas fruto de pena, como se a falta de berço de Francine fosse digna de caridade. Talvez a tratassem com a mesma condescendência com que levavam cestas de ovos e torta de carne para os inquilinos com filhos doentes.

Sempre acabava se lembrando de Marcel. As palavras que ele dissera no teatro a acompanhavam em cada uma das salas de visita bem decoradas em que pisava, cada rosto nobre com lábios pintado de carmim.

E não é que as atribulações a cansassem *fisicamente*: Francine estava acostumada a uma rotina vigorosa na fazenda. O pai nunca permitira que realizasse o serviço pesado com o gado, mas ela vivia subindo em árvores, cuidando da horta e das galinhas, andando distâncias consideráveis para buscar tecidos no mercado ladeira acima. Em contraste, poderia dizer que a rotina da mansão era bastante leve e flexível. As coisas eram quase fáceis demais ali e, ainda assim, sentia-se exausta.

Havia um esforço mental, um cansaço quase do espírito após tantas interações sociais em território desconhecido que simplesmente a exauriam. Francine precisava estar alerta a cada segundo, prestando atenção em seus movimentos, suas palavras, suas reações, tentando lembrar-se das lições que aprendera ao longo da semana e também do manual de etiqueta da Srta. Hartley. Ser uma dama exigia demais de si porque, ao contrário da tia, aquele comportamento ainda não lhe era natural. Também sentia falta do pai, dos irmãos, do cheiro da terra molhada, toda sorte de coisas que ela só valorizava agora que estava longe. A cidade tinha seus encantos, e a aventura do progresso a atraía como uma mariposa em direção às chamas, mas ela sentia falta de casa. E todo aquele esforço estava cobrando seu preço.

Por isso, no único dia do mês em que Lady Bibi ia ao banco e passava horas trancada em reunião com o contador da família, Francine não se sentiu nem um pouco culpada por permanecer na cama e ser um tantinho magnânima consigo mesma.

Sentindo a maciez dos lençóis sob o corpo, seu cheiro recém-lavado de sabão, Francine deixou a mente flutuar até os limites da consciência. Estava acordada, mas nem tanto. Virou-se, passando os braços ao redor do travesseiro de penas. *Deus, como amava aquele travesseiro!* A claridade filtrada da manhã se insinuava sob as pálpebras na forma de um brilho alaranjado e quente. Os passarinhos cantavam no jardim, ocupados com os próprios afazeres. Francine flexionou os dedos dos pés, ajustando a posição dos cobertores, pronta para mais um revigorante turno de descanso. Estava quase adormecendo...

– Senhorita? – A porta do quarto rangeu, e a voz maternal de Denise sobrepôs à dos passarinhos. – Sinto muito acordá-la, mas já passa das 10 horas e a senhorita ainda não comeu nada.

Francine guardou para si as reclamações frustradas. Denise só queria o seu bem. A criada cuidava dela e de Coralina com uma dedicação fervorosa. Resmungando baixo, Francine içou o corpo e encostou no dossel. Os olhos piscaram até se acostumarem com a claridade, e, assim que a vista se tornou operante, a garota fitou Denise, com o cabelo muito bem amarrado no alto da cabeça e uma belíssima bandeja de comida nas mãos. A mulher sorria, um tanto constrangida.

– Me perdoe a indiscrição, é que a senhorita parece saída de uma trincheira de guerra.

Francine ajeitou a manga da camisola, caída pelo ombro. Passou as mãos pelos cabelos e sentiu um aterrorizante emaranhado de fios e grampos: em sua pressa para dormir, esquecera-se de desfazer o penteado da noite anterior. *Bem, pelo menos agora sei por que Denise está rindo.*

– Eu não esperava dormir tanto. – Sua voz ainda estava embotada de sono. – É só que... Minha tia...

– Eu sei. – A criada assentiu com gentileza, depositando a bandeja aos pés da cama. – Não precisa explicar, senhorita. Toda moça precisa de uma folga de vez em quando.

Francine sorriu, trocando um olhar agradecido com Denise. Talvez, mais tarde, pudesse convidar a criada para um passeio e dar-se ao luxo de visitar a orla para contemplar o mar. A tia condenava tal prática, dizendo que a maresia a deixaria com rugas, de modo que a ausência de Lady Bibi configurava uma ótima oportunidade de caminhada até o litoral. Mas, primeiro, ela precisava cuidar do estômago. Francine estava a um passo de puxar a bandeja do café para si quando ouviu a sineta da mansão soando lá embaixo.

– Visitas a essa hora? – estranhou Francine. – Mas minha tia nem está em casa.

– Talvez seja apenas um garoto de recados. – Denise deu de ombros.

A garota assentiu, surrupiando um bolinho de chuva da bandeja e levando-o à boca. Estava quente e macio, e o sabor da canela era tão maravilhoso que a fez fechar os olhos.

– Mas isso é divino... A pessoa que prepara a comida dessa casa deve mesmo ter mãos de fada.

Denise sorriu outra vez. Aproximou-se de Francine com uma escova de madeira para ajeitar-lhe os cabelos.

– Gentileza sua, senhorita. Mas transmitirei seus cumprimentos para...

A criada não teve tempo de completar a frase. A porta do quarto foi aberta em um rompante, e um pequeno vulto precipitou-se pela abertura direto até a cama.

– Ele está aqui, ele está aqui! – repetia Coralina, as bochechas vermelhas de animação.

Assim como Francine, a prima ainda usava camisola, embora seu cabelo estivesse um pouco mais apresentável, livre de grampos. Aparentemente, a saída de Lady Bibi significava um dia de folga para todos. Francine segurou a mais jovem pelos ombros.

– Calma. Ele quem, criatura?

— Mister Ícaro! — Os olhos de Coralina cintilavam. — Mister Ícaro veio me visitar! Vi da minha janela, ele está agora mesmo em nossa porta!

A menina suspirou e se jogou para trás, espalhando os cachos amarelos pela cama. Sorria e apertava o coração tal qual uma miniatura da Julieta de Shakespeare.

— Bem — disse Francine com um mau humor repentino —, vá trocar de roupa para receber seu noivo, então.

— Mas, senhorita Francine — Denise intrometeu-se com a voz baixinha, meio sem jeito —, não seria de bom tom uma noiva receber seu prometido sozinha, ainda mais sem a presença da dona da casa, não acha?

— E é por isso que estou aqui! — Coralina virou-se de bruços na cama e encarou a prima. — Você precisa descer também e ser a minha acompanhante enquanto mamãe não está.

Francine quase se engasgou com um pedaço de bolinho de chuva.

E eu que pensei que este seria um dia tranquilo... até que o próprio desagrado veio bater na minha porta.

୧୨

Francine inspirou devagar, alongando o pescoço para um lado e para o outro antes de girar a maçaneta da sala de visitas. Gostava de pensar em si mesma como uma moça pragmática. Na fazenda, você simplesmente fazia o que precisava ser feito, mesmo que terminasse o dia com lama nos calcanhares. Por isso, após se arrumar em questão de minutos (e Denise fizera quase um milagre com seu penteado, sua cara amassada e um vestido), Francine estava pronta para tratar Mister Ícaro com uma gélida cortesia. Afinal, em algumas semanas fariam parte da mesma família. Embora o moço tivesse toda a pinta de ser um tratante, Francine devia à tia uma convivência pacífica enquanto não houvesse provas. No que dependesse dela, tudo correria na maior civilidade, e ela subiria de volta ao quarto assim que possível. Ou pelo menos era o que dizia a si mesma.

Francine entrou na saleta bastante segura de si. Sabia que portava uma expressão calma e desinteressada, os modos suaves de uma dama. Talvez estivesse ficando boa naquilo.

Mister Ícaro estava parado bem no meio do cômodo, entre as poltronas e a mesinha do aparelho de chá. Segurava a cartola embaixo do braço, e seu cabelo estava arrepiado de modo jovial na parte da frente. Parecia angustiado, alisando repetidas vezes o vinco das calças com a mão que estava livre. Fazia um contraste engraçado com o papel de parede florido. Ele se virou depressa assim que ouviu o trinco da porta.

– Lady Tulli, peço encarecidamente que...

Ícaro travou. Definitivamente, não estava esperando por Francine. Ela própria sentiu sua obstinação tão bem cultivada correr para debaixo do tapete agora que estavam um de frente para o outro.

– Onde está sua tia? – o rapaz perguntou com brusquidão.

– Ela... está em reunião com o banco – Francine respondeu, um tanto exasperada com a grosseria. – Serei a acompanhante de Coralina nesta visita, senhor, e sinto muito se o desaponto.

Cada uma de suas palavras fazia com que Ícaro a olhasse de um jeito diferente, primeiro angústia, depois sofrimento, e então outra coisa. Difícil dizer. Parecia que o homem estava entalado.

Quando o silêncio se prolongou até o socialmente inaceitável, Mister Ícaro saiu do estupor. Ele pigarreou, franziu a testa e encarou o tapete caríssimo que Lady Bibi mandara trazer de Londínio.

– Me perdoe, senhorita. – O tom dele saiu mais ameno. – Fiquei surpreso em vê-la e acabei esquecendo os bons modos.

– O senhor anda esquecendo vários bons modos ultimamente... – a jovem murmurou.

– Perdão?

Francine preferiu desconversar: indicou o sofá para o recém-chegado.

– Fique à vontade. Coralina logo estará aqui embaixo.

Mister Ícaro permaneceu com a testa franzida, mas se sentou mesmo assim, ajeitando o vinco da calça pelo que deveria ser a milionésima vez.

– Tenho a impressão de que a senhorita e eu começamos com o pé esquerdo – ele disse, meio sem jeito. – Fiz alguma coisa que a tenha ofendido?

Francine, que havia sentado na poltrona de frente para ele e servia xícaras de chá para os dois, apertou o bule com mais força. A prataria tilintou. Ah, ela tinha uma *lista* de coisas que ele tinha feito e que a ofenderam. No entanto, preferiu usar de toda a sua paciência e oferecer ao rapaz um sorriso casto.

— De modo algum, Mister Ícaro. Logo seremos primos, e a felicidade de Coralina é a minha felicidade.

— Tenha certeza de que penso da mesma forma.

Ele falou devagar, dando destaque a cada palavra. Francine se perguntou o que o rapaz queria dizer com tal entonação.

— Eu não imaginaria outra coisa — acabou respondendo, e estendeu para ele uma xícara fumegante.

Mister Ícaro inclinou-se para a frente e pegou o chá, mas não voltou a se recostar na poltrona. Em vez disso, manteve a xícara sobre o joelho, com as costas curvadas e os olhos cravados na jovem.

— Senhorita, peço que seja sincera. Sei que não gosta de mim.

— Mister Ícaro, eu apenas...

— Me chame de Ícaro, e acho que sei por que não gosta de mim.

Francine levou a própria xícara aos lábios. O gole tinha a função tanto de acalmá-la quanto de ganhar tempo. Ficou encarando o líquido escuro lá dentro, quase vesga, porque qualquer alternativa era mais segura do que encarar aqueles olhos de amêndoa que ameaçavam embaralhar seus pensamentos. Com aquelas feições tão bondosas e aquele ar solícito, Mister Ícaro sempre parecia a um passo de convencê-la sobre qualquer coisa.

— Por favor, deixe eu me explicar... — ele repetiu, estendendo a mão para tocá-la.

Francine pousou a xícara com estrépito sobre o pires. Mister Ícaro teve o tato de recolher a mão e afastar-se.

— Senhor — disse Francine, optando por uma abordagem mais franca. — Sua noiva logo estará aqui. Vocês vão se casar e nós vamos conviver para o resto da vida. Se quiser explicar alguma coisa e garantir um pouco da minha consideração, sugiro começar pela noite da ópera. Não quando fomos oficialmente apresentados, mas... antes. O senhor sabe.

O cavalheiro assentiu. Sabia do que ela estava falando. Ótimo. Se Ícaro desejava que Francine o ouvisse de coração aberto, faria bem em não mentir logo de pronto.

Ele esvaziou sua xícara em um único gole, preparando-se para falar.

— Sou um homem jovem e... um herdeiro — ele começou. — E muito rico.

— Conheço seus atributos, senhor, não precisa enumerar.

— Não! Não é isso... Puxa, como é difícil — Mister Ícaro choramingou, esfregando os dedos nos cachos arrepiados do cabelo. — É só que... para cavalheiros em minha posição, o casamento não é... como posso dizer... não é um arranjo de amor.

Francine estreitou os olhos para ele.

— Está dizendo que não ama minha prima.

— Eu...

— Se for só isso, senhor...

— Insisto que me chame de Ícaro.

— Se for só isso, *senhor* — ela frisou bem a última palavra —, não é nenhuma surpresa. Todos nesta casa sabem que tal união é um contrato de benefício mútuo. O senhor me surpreenderia, e perderia qualquer chance de obter minha boa opinião um dia, caso tivesse dito que a amava, uma menina inocente recém-saída da infância. Ninguém espera que exista amor aqui, ao menos não no início. Mesmo assim, é esperado que exista respeito. E o jeito como... como *flertou* comigo... foi vergonhoso!

— Mas não foi minha intenção! — ele se defendeu, mortificado. — Estava procurando por sua prima, porque ela sempre fica feliz quando aceno, e aí vi a senhorita. Achei que alguém tivesse lhe dito quem eu era, porque ficou me encarando e...

— Eu não fiquei encarando! — Francine abriu a boca com indignação. — Claro que eu não sabia quem o senhor era, ou eu não teria...

— *Não teria*? Então a senhorita *estava* me encarando.

A garota sentiu o rosto esquentar até a altura da raiz dos cabelos. Pousou a xícara de volta na mesinha e fez menção de se levantar. Ultrajada como estava, era bem capaz de soltar fumaça pelas orelhas. Mas Ícaro riu com frustração, não exatamente dela, mas da situação dos dois.

— Por favor, Francine, sente-se...

Chamá-la pelo primeiro nome com aquela voz de veludo era uma ousadia bastante baixa, ela julgou, mas voltou a se acomodar na poltrona. Ícaro a olhava com gentileza, o riso ainda brincando nas feições de seu rosto perfeito.

— Jamais quis desonrar sua prima — ele continuou, e o pior era que o patife parecia sincero —, mas também não sou imune à beleza quando a encontro. Tenho o coração livre. A senhorita era a dama mais linda daquele teatro, Francine, tão diferente e tão... e estava olhando para mim. Jamais cogitei levar o flerte adiante, admito, mas... como eu poderia ignorar?

Algo quente se insinuou pelo peito de Francine, o que era terrível, pois a distraía da raiva que deveria estar nutrindo pelo cavalheiro. Em seu campo de visão, de repente, não havia espaço para muita coisa que não fossem aqueles olhos castanhos, as pupilas profundas como um abismo. Em nome de tudo o que era mais sagrado, o que ela poderia responder?

Talvez por providência divina, nenhuma resposta foi necessária. Justo quando a tensão entre os dois ameaçava tornar-se sólida, a porta da saleta foi aberta e Coralina entrou deslizando pelo recinto.

— Mister Ícaro, como é bom vê-lo por aqui! — ela gracejou, fazendo uma breve reverência com as saias cor-de-rosa. Estava muito bem-vestida e penteada. — O que acha da minha roupa?

Ícaro imediatamente se pôs em pé, ergueu as sobrancelhas e sorriu, devolvendo a reverência da menina com os braços atrás do corpo.

— Está muito elegante, senhorita Tulli, como sempre. Inclusive, soube de fontes confiáveis que era a jovem moça mais distinta de toda a ópera.

Francine observou a prima com atenção. O rosto de Coralina iluminou-se, e até seus olhos pálidos estavam brilhando. Nunca vira a prima tão cheia de vida, tão faceira, despertando para os primeiros sinais da mulher que um dia habitaria aquele corpo. E, se parte dela encheu-se de ternura com aquela imagem, uma outra parte, uma que era mais mesquinha, desejou que as coisas pudessem ser diferentes. Mas ela suprimiu com rapidez essa outra parte de si mesma.

— Bem, venha sentar-se junto ao seu noivo, vou servir mais chá para vocês — Francine falou com prontidão, levantando-se ela mesma da poltrona que ocupava. O lugar de Coralina.

— Ah, não... — a mocinha loira reclamou. Em seguida, virou-se animada para Mister Ícaro — Pensei em fazermos algo novo. Dar uma volta pela praça, o que acham? Francine poderia nos acompanhar.

— Não creio que seja uma boa ideia. — Francine lançou-lhe um olhar ferino.

— Mas está um dia tão lindo!

— Talvez quando a sua mãe voltar.

— Estou presa nessa casa faz tantos dias. — Coralina juntou as mãos em uma súplica. — E mamãe ficaria feliz de me ver tomando ar fresco, não ficaria? Estou me sentindo bem, juro!

— Eu não sei...

— Por favor, por favor! De que serve ficar noiva se eu não posso mostrar isso para ninguém?

— Na verdade, essa é uma excelente ideia – intrometeu-se Mister Ícaro, com um sorriso desavergonhado no rosto.

Francine ponderou, suspirando e torcendo as mãos. Seu olhar vagou pela prima, pelo cavalheiro tratante e por cada uma das pinturas a óleo penduradas nas paredes da tia. Era muito injusto que a decisão coubesse a ela. *Por que Lady Bibi simplesmente não voltava para casa?*

❧

Uma vez que a manhã já ia alta, a praça principal estava terrivelmente quente. Até o vento soprava abafado por entre as folhas estreitas das andirobas e das palmeiras. A praça era rodeada pelo centro comercial da cidade, um contraste verde e perfumado em meio às construções. Fazia até sentido que assim fosse: não havia melhor modo de fazer compras do que fugindo do sol a pino. Decerto deixava os compradores mais dispostos. Também era uma ótima oportunidade para a alta sociedade ver e ser vista e, por isso mesmo, a praça fervilhava de vida. Os de língua mais afiada chegavam a comparar a praça a um "daqueles lindos parques em Mancha, só que menor, mais pobre e mais litorânea", fazendo troça da mania da capital em imitar costumes dos colonizadores. Pelos bancos, cavalheiros conversavam animados com folhas de jornal nas mãos e cigarros na boca. Um grupo de damas preparava um piquenique sob a sombra das árvores, com as babás sempre atentas às crianças pequenas que brincavam ao redor. Pequenos grupos de donzelas passeavam, todas protegendo o rosto do sol com sombrinhas. Ninguém parecia notar, ou fazia o possível para não notar, o entorno empobrecido que rodeava a área verde apenas algumas quadras depois, com os marujos e encarregados, as casas de apostas e os galpões.

O trio improvável caminhava devagar, dando voltas pela praça. Trocavam poucas palavras, ao menos Francine e Mister Ícaro, já que Coralina falava bastante pelos três. Atualizava o noivo sobre as fofocas da semana, que sabe-se lá como ficava sabendo mesmo sem colocar os pés na rua. Distraído, Mister Ícaro sorria e concordava com a cabeça. De vez em quando, fazia elogios à jovem noiva, o que deixava a menina ainda mais feliz. Por duas ou três vezes, Francine flagrou olhares cobiçosos por parte das moças solteiras, acompanhando cada passo de Mister Ícaro. Ao que tudo indicava, Lady Bibi realmente escolhera para filha o marido mais almejado da região.

Após mais algumas voltas, entre um gracejo e outro, Coralina estancou de repente, quase fazendo com que Francine, que vinha apenas alguns passos atrás, colidisse com ela. A mais nova arregalou os olhos e levou uma das mãos ao peito. Seu semblante adquiriu um ar de travessura até então inédito.

— As irmãs Puffin!

Francine buscou o olhar de Mister Ícaro, mas ele parecia tão perdido quanto ela. Notando a confusão de ambos, Coralina suspirou com impaciência, apontando com o dedo para duas silhuetas que atravessavam a rua principal do comércio em direção à praça.

— As irmãs Puffin — ela repetiu.

Francine reconheceu as garotas da ópera: gêmeas idênticas e de berço muito nobre, que exalavam antipatia pelos poros. Não sabia dizer por que a prima se incomodava tanto, mas estava claro que havia uma rivalidade entre as meninas.

— Fiquem aqui — pediu Coralina, mal se contendo de ansiedade, parecendo uma criança às vésperas do Natal. — Fiquem aqui que eu vou lá falar com elas. Mal posso esperar para contar para mamãe! Elas vão morrer de inveja quando perceberem que estou aqui passeando com meu noivo.

Mister Ícaro franziu a testa.

— Não seria melhor se todos nós...

— Fiquem aqui! – repetiu Coralina com urgência, sem esperar pela resposta. Antes que pudessem acrescentar qualquer coisa, a menina já se estava se afastando a passos rápidos.

Francine deu de ombros para Ícaro, como que se desculpando

pela frivolidade da prima. Ela era jovem, o que poderiam fazer? *Isso é o que acontece quando se firma compromisso com uma mocinha tão nova...*

Mister Ícaro não pareceu se chatear. Convidou Francine para sentar-se em um dos bancos de madeira na lateral da praça, de onde podiam ficar de olho em Coralina sem que precisassem fazer parte da conversa. Ficaram lá, observando a menina de cor-de-rosa sorrir e abraçar cada uma das gêmeas com afetação. Um observador que não as conhecesse poderia tomá-las como velhas amigas.

Francine balançou a cabeça, divertida. Tinha vezes em que a prima se saía igualzinha à mãe, perdida naquele mundo de aparências e egos inflamados. Ao mesmo tempo, havia algo inocente no modo como Coralina enxergava a vida e seus privilégios. Fazia com que as coisas parecessem... simples, possíveis, fadadas à realização, e tal pensamento deixava Francine tranquila. Coralina tinha sede de vida.

Contrária a todas as probabilidades, acabou relaxando no banco. Fechou os olhos por um momento, apreciando a quentura do sol, os raios filtrados pelos galhos acariciando seu rosto. Antes, nunca lhe havia ocorrido que sentia tanta falta de estar ao ar livre, ou do apreço que nutria pelo som do vento no topo das árvores, pelo pio distante das gaivotas no litoral e mesmo pelos resquícios de maresia que chegavam até ali. Quase podia sentir a água do mar, a sensação do sal grudando em seus cabelos.

Quando voltou a abrir os olhos, Ícaro estava olhando fixamente para ela. O rapaz tinha a boca entreaberta, e o peito subia em respirações profundas. O semblante anuviado indicava que ele mesmo estava perdido em conjecturas. Mais especificamente, perdido em possibilidades que jamais viriam a se concretizar.

Francine estava tão em paz consigo mesma naquela praça que conseguiu responder ao olhar do rapaz bonito com serenidade. Não estava feliz nem triste, apenas conformada. O que poderia ter surgido entre ela e Ícaro, nas cabines daquele teatro, seria apenas um sonho, um desejo. Sem acusações, sem defesas ou rancor. O mundo real apenas tinha regras diferentes. Rígidas. E ela esperava, do fundo do coração, que ele estivesse chegando a conclusões parecidas.

Voltou a observar a prima, um sorriso leve espalhando-se pelo rosto sempre que pensava na menina. Mister Ícaro podia não estar apaixonado pela noiva, mas era gentil com Coralina e sabia escolher as palavras para deixá-la radiante. Francine não sabia se a felicidade conjugal podia nascer daquelas poucas migalhas, e a prima ainda era nada mais que uma criança, mas ao menos Coralina não seria completamente miserável, e isso era mais do que muitos casamentos poderiam desejar. Pelo menos ali, naquele banco sob o sol, ela resolveu ser otimista.

O cavalheiro sentado ao seu lado pareceu adivinhar-lhe os pensamentos.

– Tenho muito carinho por sua prima, Francine.

Ela aquiesceu.

– Pude perceber.

Foi a vez de ele balançar a cabeça. Repetiu o gesto que fizera mais cedo, bagunçando o cabelo com a ponta dos dedos.

– Mas não sei se um dia chegarei a amá-la. Ela é...

– Jovem demais – Francine completou o que ele não teve coragem de dizer.

Mister Ícaro se encolheu.

– Seus pais se casaram por amor, não foi? – ele perguntou depois de um tempo.

– Minha mãe não teria dado à luz quatro crianças para berrar a noite inteira se não estivesse apaixonada, eu acho.

O cavalheiro respondeu com um sorriso cansado.

– Dá para notar que a senhorita encara o casamento como algo diferente. A união entre duas pessoas tem significados mais profundos na sua visão.

– Nunca pensou em se casar por amor, senhor?

Francine arrependeu-se da pergunta no mesmo instante. Ainda assim, a imagem da mãe e do pai, nas poucas lembranças que trazia da infância, não permitiam que se contivesse. Quando Mister Ícaro respondeu, pareceu sincero. Também pareceu carregar um fardo, a voz distante.

– No dia em que minha mãe surgiu com a proposta desse casamento, de unir nossa família à dos Tulli, a ideia não me pareceu ruim.

Nunca havia pensado seriamente em ter uma esposa, sabe. Nunca me apaixonei por ninguém. Além disso, nasci homem, e a maioria de nós não deixa de se divertir só porque não é mais solteiro, se é que me entende. As mulheres sempre me observaram com olhos gentis. Então aceitei. Coralina Tulli é espirituosa, agradável, me faz rir... Nós conviveríamos em paz. E *em paz* me pareceu bom.

Ele hesitou, e uma sombra cruzou seu rosto. Francine assentiu para incentivá-lo a continuar. O peito dela estava apertado, e não saberia explicar muito bem o porquê.

— Bem — ele retomou, pigarreando para limpar a garganta —, acreditei que estava tudo certo, que me acomodaria nessa vida. Foi assim com os meus pais e também com os pais deles. Uma esposa para deixar em casa, uma vida fora dela. O surgimento da sua família é um ponto fora da curva, Francine, um conto de fadas que não pertence à realidade onde fui criado. E sei que Coralina compreende isso. Nunca me senti enganando ninguém. Mas aí eu vi você, tão destoante, tão bonita e... as coisas ficaram confusas. Acho que comecei a querer coisas diferentes. Uma história minha. Talvez meu próprio conto de fadas.

Francine balançou a cabeça. O jovem não parecia entender que as dúvidas provinham exclusivamente dele e não por mérito dela. No máximo, Francine agira como um espelho, apresentando ao jovem os próprios temores. Os pais de Mister Ícaro eram donos de fábricas e de um verdadeiro império em investimentos. Viviam para o trabalho. Moravam longe e raramente visitavam o filho. O rapaz morava em uma casa confortável, é verdade, e cuidava dos negócios da família na capital, mas fora isso era completamente sozinho desde criança. Não tinha parentes. Francine sabia disso porque Lady Bibi fizera questão de atualizá-la sobre tudo. Mister Ícaro podia ter dinheiro e amigos e jantares para frequentar, mas era solitário. Completamente sozinho. Não fazia ideia de como funcionava um lar.

Os dois se encararam com um punhado de frases não ditas pairando ao redor. Francine mordeu os lábios, e Ícaro moveu a mão ao longo do banco, apenas alguns centímetros pelo assento até que seus dedos encostassem discretamente nos dela.

— Se eu pudesse voltar atrás... Se houvesse uma forma...

– Coralina o idolatra, senhor. – Francine obrigou-se novamente a ser a voz da razão. – Ela o admira. Talvez não com paixão, é ainda muito nova para isso, mas como um modelo a ser seguido. Ela se orgulha do *status* de ser sua noiva, e desfazer o compromisso partiria seu jovem coração. Além disso, minha tia me acolheu com todo carinho, e eu jamais ousaria desapontá-la.

Não precisou dizer muito mais. O pedaço de pele que aquecia seus dedos afastou-se de súbito. Ícaro se empertigou, esticando a coluna, ajeitando o vinco da calça. Ainda a olhava com afeto, mas aquela ardência havia desaparecido. O momento deles se foi, sobreposto por um mundo de deveres muito mais pesados que suas vontades.

Terceiro Interlúdio

Doutor Acácio era um homem velho. Já tinha visto muito da vida. Inclusive, qualquer um ficaria assustado se soubesse o tanto de coisa que um médico presenciava. E ele não estava falando apenas de doenças e feridas escabrosas, não. Vira e mexe, alguém queria verificar a "pureza" de uma noiva, ou uma noiva nem tão pura queria se livrar de um bebê. As micoses se espalhavam com o clima abafado, e a alta sociedade fedia entre os dedos do pé tanto quanto os marinheiros nas docas durante o verão.

Com seus cabelos brancos, a barriga proeminente, a vista já não tão boa e as passadas amparadas pela bengala, era difícil encontrar algo que o surpreendesse, que ele já não tivesse visto (possivelmente mais de uma vez). Ainda assim, o cotidiano na medicina tinha seus desafios.

Naquela manhã, Doutor Acácio havia levantado cedo e feito a própria barba. Gostava de se barbear sozinho, pois se tinha algo que o fazia sentir-se um bom profissional era atestar seu talentoso manejo de lâminas e bisturis. Vestiu uma roupa surrada, tomando cuidado para não acordar a esposa, que ainda roncava. Pegou a maleta de trabalho, enfiou a carteira no bolso do paletó e saiu para a rua.

O sol já estava quente no centro da cidade. Andou pela calçada com passos apressados, sentindo a roupa grudar na pele. Parava ocasionalmente para cumprimentar trabalhadores do porto, comerciantes ou lavadeiras, pessoas que ele ajudara no passado. Prometeu fazer visitas a alguns deles. Ainda atendia os menos afortunados, uma espécie de caridade que realizava uma vez por semana. Era um homem temente a Deus, afinal.

Algumas quadras depois, enxergou o letreiro da botica caindo aos pedaços. O estabelecimento era chamado de botica só por causa do letreiro mesmo, já que na verdade era muito mais do que isso. Mão de Onça, boticário e velho amigo, era um homem de múltiplos talentos.

Entrou pela porta da loja, e seus olhos acostumados com a rua estranharam a escuridão repentina. As paredes do estabelecimento eram quase todas cobertas por prateleiras de madeira, que ostentavam vidros coloridos de vários tamanhos. Aqui e ali, amuletos e molhos de ervas pendiam do teto. Jarros no chão com emblemas esquisitos exibiam coleções de minérios e crânios de andorinha, pequenos tesouros que Mão de Onça meticulosamente garimpava pela orla e pelos matagais nos arredores da cidade. Outra estante exibia frutos secos de mancenilheira, capazes de matar um homem adulto com uma só mordida.

— Meu amigo! — Uma voz rouca ecoou das profundezas do balcão. — Não estava esperando vê-lo hoje.

Doutor Acácio sorriu, estreitando os olhos para enxergar a silhueta do boticário. Mão de Onça não era um homem muito impressionante à luz do dia, mas fazia uma figura grandiosa como mestre da própria loja. Combinava com a atmosfera do lugar. Era extremamente magro, com as costas encurvadas, o cabelo escuro e encaracolado de ilhéu cortado rente à cabeça. Tinham mais ou menos a mesma idade, e o desgraçado continuava com o cabelo todo preto.

— Vim mesmo de surpresa, queria conversar — respondeu Acácio, apertando a mão do amigo. — Chego em uma hora inoportuna?

Mão de Onça sorriu e abanou a mão ossuda.

— Para você? De jeito nenhum. Tem alguma coisa para mim aí?

O médico puxou do bolso do paletó uma listinha escrita à mão e estendeu ao boticário. Mão de Onça enfiou o nariz no papel, murmurando sílaba a sílaba. Ao menos ambos estavam ficando com a vista ruim.

— Pelo diabo de penacho, sua letra continua horrível. Espere aí que vou buscar o que você precisa, se é que consegui entender direito.

Acácio sorriu e puxou um banquinho de madeira para se sentar de frente ao balcão. O amigo sumiu pela porta dos fundos. Podia ouvir o barulho da escada de rodinhas sendo arrastada pelo estoque.

Ficou ali sentado, alisando o tampo da bancada com a palma da mão. A botica sempre cheirava engraçado, uma mistura de especiarias com produtos químicos, e também algo mais antigo. Poeira, talvez. Duvidava que Mão de Onça se preocupasse em limpar aquelas prateleiras.

Deixou escapar uma risadinha discreta. O que a nobreza diria se soubesse que boa parte de seus remédios saía dali? Que seus tratamentos importados e recomendados no exterior eram na verdade tônicos e lambedores de um boticário com sangue mareano?

Acácio tinha dado duro em sua juventude para alcançar o posto que tinha agora. O Doutor de Portomar. Nascera sem berço e sem instrução, em Mancha, filho de um prático do porto. Caíra na medicina por acaso quando, ainda garoto, se candidatara a viajar para a ilha recém-colonizada da Coroa e depois se mostrara frouxo demais para ir a combate com a milícia. Havia rodado a ilha, no término da guerra de colonização, serrando membros, identificando cobras venenosas e eliminando vermes. A sujeira e o horror tornaram-se companhias constantes, mas ainda era melhor do que lutar contra o que restara dos ilhéus insurgentes. Deus o livre pegar em armas e matar alguém. Em uma dessas incursões, deu sorte de curar o filho doente de um nobre, mais sorte do que gostaria de admitir. O lorde acabou por contratá-lo como médico pessoal da família, e sua influência foi tudo de que precisou para alavancar a carreira e se tornar quem era hoje. Acácio havia cuidado dos Tulli desde então, desde a construção da ferrovia. Até mesmo a casa onde morava, de sebes baixas e grades brancas, havia sido uma gentileza da família. E, agora, ele tinha mais uma herdeira doente sob sua responsabilidade.

Foi arrancado de seus pensamentos pelo arrastar de passos de Mão de Onça. O amigo sentou-se do outro lado do balcão, depositando na mesa uma série de mercadorias. Vidrinhos de remédio, um pote hermético de pomada, sacos de couro com ervas secas e uma enorme garrafa não rotulada de um líquido âmbar que Acácio não reconheceu.

– Acho que peguei tudo o que me pediu – falou o boticário.
– O que é essa garrafa? Outra das suas poções?

Mão de Onça riu e tirou dois copinhos miúdos de uma gaveta escondida sob o balcão.

– Uma poção para os amigos – respondeu, servindo uma dose da bebida para cada um. – Você não veio até aqui só para reabastecer seus remédios, não é?

– Não – admitiu Acácio, girando o copo recebido entre os dedos. – Estou preocupado com uma paciente.

– É a menina dos Tulli? – Mão de Onça virou o copo de uma só vez.

Acácio franziu o cenho. O sigilo médico era um imperativo em sua profissão, mas o amigo tinha o dom de lhe decifrar os pensamentos. Não sabia como ele fazia aquilo, já que Mão de Onça jamais pisara na mansão, a saúde da jovem Coralina era mascarada com esmero pela mãe e com certeza nenhum nobre entraria na botica. Mas Mão de Onça sempre sabia.

– Sim – acabou admitindo, contrariado, levando a bebida aos lábios. A cachaça era doce e ardida, possivelmente condimentada. Desceu rasgando a garganta e aqueceu de imediato a região do estômago. – Tenho dúvidas sobre como tratar Coralina Tulli.

O boticário assentiu, passando um dedo pálido pela boca encarquilhada. A ponta da unha estava preta e queimada, fruto de suas muitas manipulações alquímicas. Era das manchas de trabalho que advinha seu apelido.

– Não faz ideia do que ela tem? – Mão de Onça perguntou.
– Apenas as coisas superficiais – o médico respondeu, sincero. – Quando tem brotoejas, sei curar. Quando tem asma, sei o que fazer para que respire. Mas tem algo... por trás. Algo que faz com que as doenças continuem voltando. Existe um mal maior naquela garota, e nada do que eu já vi ou encontrei nos livros parece servir.

— Vai ver ela só puxou ao pai e nasceu fraca.

Acácio lançou um olhar de aviso para o amigo, mas este apenas ergueu os ombros e voltou a encher os copos.

— Ora, ele era doente desde criança também.

— Eu o curei – afirmou Acácio, batendo o indicador na mesa. – Lorde Tulli teve uma vida saudável e feliz até que seu coração sofreu um colapso. Não havia nada que eu pudesse fazer!

Mão de Onça ficou calado. O outro coçou a testa suada.

— Olhe, me desculpe. Só não existe similaridade entre o caso da garota e o do pai, está bem? – Acácio falou em um misto de súplica e conciliação. – Coralina é uma menina frágil, admito, mas só de uns tempos para cá é que começou a ter uma doença atrás da outra.

Pensou ter visto um riso irônico cruzar o semblante do boticário. Talvez fosse apenas sua imaginação. Era comum que as pessoas tivessem medo de Mão de Onça, por culpa da natureza excêntrica de seu trabalho. Alguns o chamavam de bruxo. O amigo também não nutria simpatia pela nobreza. Os manchões haviam tornado a vida de seus antepassados... difícil.

— Ave, ave, está bem – acabou dizendo o ilhéu, tomando outro trago. – Vamos supor que não seja um mal da linhagem.

— Por favor.

— Nesse caso, eu olharia alguma coisa de fora para dentro... Alergia?

— Não identifiquei nenhuma.

— A menina come bem?

— Como um pequeno touro – o Doutor riu.

— Foi amamentada?

— Pela própria Lady Bibiana, até os dois anos de idade.

Mão de Onça ergueu as sobrancelhas.

— Lady Bibiana não nega as origens plebeias, louvada seja.

— Deixe desse preconceito besta, Onça, a mulher tem bom coração. E o que ser ou não amamentada teria a ver com a saúde de alguém?

O boticário sorriu e balançou a cabeça, mas não ofereceu uma resposta.

– Mais alguma ideia? – perguntou o médico, já sem esperanças, coçando os cabelos brancos.

– Por acaso pensou que a menina pode simplesmente não ter nada?

A ideia pegou Acácio de surpresa.

– Como assim? Nada?

O outro homem levou as mãos até os amuletos pendurados no pescoço.

– Estou falando de espíritos.

– Sabe que não acredito nessas coisas.

– Acácio...

– Eu nem cogitaria tal blasfêmia. – O Doutor fez o sinal da cruz na própria testa.

Mão de Onça começou a rir, exibindo os dentes tortos e erguendo os olhos para o teto.

– Está bem, esqueça os espíritos. Mas a menina pode ter alguma fraqueza da alma. De fleuma, como vocês costumam falar.

Acácio hesitou por um momento.

– De fleuma? – perguntou, subitamente interessado na nova teoria.

– Sim, algum trauma, alguma ferida no espírito. Quem sabe até a morte do pai. Essas coisas pegam na carne.

– Já ouvi coisa parecida na medicina do leste continental... – ele divagou. – Mas nunca tinha me ocorrido essa possibilidade. Você teria... alguma coisa para isso?

Mão de Onça apoiou as mãos na bancada, erguendo-se devagar com um sorriso misterioso. Os ombros fizeram um ângulo esquisito nas costas ossudas. De vez em quando, ele parecia mesmo um felino.

O boticário voltou ao estoque nos fundos da loja, mas dessa vez Acácio não ouviu o som da escada. Tudo ficou no mais completo silêncio. O médico afrouxou um botão da camisa, sentindo-se enclausurado naquele espaço escuro. Olhou para um dos crânios de passarinho na estante ao lado, e as órbitas vazias o encararam de volta. Acácio conteve outro impulso de se benzer.

— Aqui está.

O médico deu um pulo no banquinho. Não vira Mão de Onça se aproximando. O amigo desatou a rir. Sempre achara graça no medo que os manchões nutriam por suas ciências.

— Quer me matar? Já não sou nenhum rapazote! — ralhou Acácio. Em seguida, analisou a garrafinha tampada com rolha que o boticário depositara no balcão. — O que é isso?

— Se eu disser, você vai ficar de pinimba e não vai querer usar. Mas vai ser bom para a menina, acredite, vai acalmar o espírito dela.

O líquido lá dentro parecia água. Era límpido, totalmente cristalino. Acácio tirou a tampa e abanou o ar com a mão para perto do nariz. Também não parecia ter cheiro de nada.

— Pode ao menos me explicar como se usa?

— Faça com que ela beba o conteúdo de uma só vez, até o final. Não costuma ter um gosto ruim.

— E isso vai deixar Coralina em paz?

— Vai ajudar.

Acácio coçou a cabeça.

— A menina vai se casar em breve. Vai ser um dia bem movimentado para ela, de fortes emoções...

— Dê a ela o remédio na noite da véspera, então.

— Eu não sei...

Mão de Onça deu de ombros, deixando claro que realmente não se importava.

— Você quem sabe.

O problema era que Doutor Acácio não sabia. Sentia em seu âmago que Coralina estava doente, mas realmente não sabia o que fazer. Não gostava de recorrer aos métodos... *inusitados* do amigo, mas já esgotara todas as outras opções. E, por mais que respeitasse a própria fé e jamais se desviasse do caminho de Deus, Acácio já havia provado demais daquela ilha para duvidar do poder dos mareanos. Já vira Mão de Onça fazer coisas impossíveis.

– Agradeço a ajuda – disse, erguendo a maleta e a apoiando-se no balcão. Começou a guardar os frascos de remédio lá dentro. – Vou levar o tônico e decido depois.

– Fique à vontade – comentou o boticário, ajudando-o com as compras. Acácio lhe estendeu o maço de dinheiro.

– Você sabe que está me pagando o dobro do que vale a mercadoria, certo? – perguntou Mão de Onça, olhando de esguelha para o amigo após conferir o dinheiro. Acácio guardou o frasco misterioso com cuidado junto ao peito.

– Considere um adiantamento pela consultoria e pela cachaça.

Capítulo 8

No qual Francine acorda assustada

AS SEMANAS SEGUINTES foram completamente dedicadas à preparação do matrimônio de Coralina e Mister Ícaro. Os criados da mansão adquiriram um ritmo febril de trabalho, preocupados com cada detalhe e cada lacinho de fita que pudesse fazer daquela festa um evento memorável. Como Francine logo percebeu, uma cerimônia de casamento era também uma oportunidade para reafirmar posições. Uma festa conduzida à perfeição podia erguer o nome de uma família às alturas. O contrário podia atirá-lo na lama.

Francine tentou permanecer neutra, tomando parte nas atividades que lhe cabiam com discrição. Sendo um pouco mais velha que as mocinhas em idade de se casar, seu *status* lhe conferia certa liberdade e independência. Francine podia sair para passeios curtos, desde que à luz do dia. E sempre havia algo a fazer e comprar para Lady Bibi, para o casamento ou para ambos.

Não estava a ponto de transbordar de alegria, mas também não sofria. Gostava de caminhar pelo centro com o canal e as chaminés ao fundo, gostava de conhecer e conversar com os comerciantes, com as pessoas que moviam a cidade. Lembravam um pouco as pessoas com as quais convivia na fazenda, com um jeito mais manso de falar e sem toda aquela pompa. E, entre um pacote e outro, aproveitava para visitar a sede do jornal, a agência dos correios e um maravilhoso e minúsculo sebo de livros onde encontrou verdadeiros tesouros, de enciclopédias a folhetins escandalosos. Ela e a prima sempre liam um pouco antes de dormir.

Coralina parecia feliz, e era a esse pensamento que Francine se agarrava. Mister Ícaro ia levá-la a Londínio em lua de mel para conhecer os sogros, e a menina mal se continha de ansiedade. E, por isso mesmo, Francine fez a prova de seu vestido de madrinha sem reclamar e ajudou a tia a montar o mapa de lugares e deu palpites sobre flores e escolheu o melhor local para instalar os músicos da festa. Sempre sorrindo, sempre com palavras gentis. Até escreveu uma carta para o pai, convidando todos, ele e seus irmãos, para o casamento. Sabia que não viriam: aqueles quatro tinham raízes profundas. Mas escreveu mesmo assim.

As coisas foram piorando conforme a festa tomou forma. Sua resiliência já não era mais a mesma, dando lugar ao mau humor e à falta de apetite. Parou de se enganar. Por sorte, todos estavam ocupados demais para perceber. Na véspera da subida de Coralina ao altar, a mansão dos Tulli começou a ser de fato preparada para o evento. A casa inteira cheirava a comida, e os fornos da cozinha trabalhavam sem parar desde a madrugada. Varais de fita colorida e lampiões foram erguidos no pátio do jardim. Lady Bibi optara por uma festa ao ar livre: estava quente demais para que ficassem dentro da mansão. A área da dança foi demarcada com faixas de tecido. Cada uma das dezenas de janelas foi decorada, com as sacadas entrelaçadas por flores e palha de coqueiro enchendo a casa de aromas doces e enjoativos. A mansão de paredes caiadas foi pouco a pouco se transformando em um verdadeiro arco-íris. E a presença física daqueles adereços foi o que acabou despertando Francine para a realidade: a prima ia mesmo se casar. Uma criança. Com Ícaro. Que a menina não amava. Que não amava a menina. Que talvez estivesse mais propenso a amar a prima pobretona dela.

Dito isso, Francine não estava se sentindo particularmente disposta naquela manhã de véspera. Executava seus afazeres sem prestar muita atenção ao que fazia. Lady Bibi, sumida de vez em meio ao burburinho de criados e carregadores, havia lhe deixado responsável por supervisionar a preparação da suíte nupcial dos noivos. Francine teria achado graça da ironia, se conseguisse.

Subiu pela centésima vez até o antigo quarto de Coralina. Estando a suíte principal ocupada pela própria Lady Tulli, os recém-casados teriam que se virar no segundo maior quarto da casa. A jovem noiva fora realocada temporariamente para o quarto de hóspedes (e, naquele momento, deveria estar fazendo a última prova de seu vestido), e uma reforma apressada fora conduzida no cômodo. Tudo para atender aos caprichos da matrona.

Francine abriu a porta e entrou no aposento. Precisou conter um arquejo. A delicada cama de dossel dourado de Coralina não estava mais lá. No lugar dela havia uma cama gigantesca e pesada, de madeira de lei, um colchão novo em folha e lençóis clássicos, brancos como algodão. A penteadeira da menina fora trocada por uma mais alta e mais escura, que servisse aos dois. Em cima dela, a escova e o vidro de perfume dividiam lugar com uma navalha e um pente fino de cavalheiro.

Também não havia mais sinal dos penduricalhos cor-de-rosa, e nenhuma boneca a espiava de cima da cômoda. Na noite anterior, dois homens haviam arrancado o papel de parede do quarto, substituindo-o por uma versão rebuscada de padrão florido, verde e dourada.

Francine levou a mão à nuca, balançando lentamente a cabeça de um lado para o outro. Parecia uma coisa cruel arrancar a infância de uma menina de modo tão abrupto. Dali a mais um dia, a doce Coralina seria uma mulher aos olhos da sociedade.

Bem, talvez estivesse sendo muito sentimental. Era a única dentro da casa a encarar aquele matrimônio como uma aberração. Todos pareciam felizes. Até mesmo a noiva, embora Francine suspeitasse que a prima ainda não compreendesse totalmente as implicações que um casamento traria para sua vida.

Na dúvida, optou por um pequeno ato de rebeldia, um protesto particular. Olhando por cima do ombro para garantir que ninguém mais subia pelas escadas, Francine agachou-se ao lado da cama. Tirou do bolso do vestido um pequeno ursinho de pelúcia. Capturara o brinquedo horas mais cedo, surrupiando-o discretamente da pilha de pertences de Coralina separados para o sótão. Escondeu o ursinho debaixo de um dos travesseiros.

— Para o caso de você precisar de um amigo — sussurrou. — Tudo vai ficar bem.

☙

Naquela noite, Francine recolheu-se tão logo terminaram o jantar. Coralina queria que ficassem acordadas lendo romances, mas

Lady Bibi fora bastante categórica: uma noiva devia aparecer na igreja com a pele descansada.

Já em seu quarto, à luz de uma única vela, Francine deitou-se na cama abraçada com o manual de boas maneiras. Tentou se lembrar de sua trajetória até ali, a viagem de trem, a ópera, as visitas para o chá... e agora o casamento. Fazia pouco tempo, mas, de certa forma, já não se sentia como a garota que deixara a fazenda do pai, a antiga Francine deslumbrada com regras de etiqueta e que sabia tão pouco sobre a vida de uma dama. Também não sabia dizer se era uma versão mais feliz de si mesma. Só poderia esperar, com sorte, que fosse ao menos uma versão mais sensata.

Correu a mão pela lombada de tecido gasto do livro, sentindo cada pequeno nó da encadernação. *Você não me falou sobre isso, Srta. Hartley.* Não havia nada naquele manual sobre o que fazer com o que estava sentindo ou com a resistência natural da sociedade à inserção de alguém como ela. *Sempre será julgada por não ter nascido no continente. Pelo jeito como fala, pela maneira com que se veste.*

Encostou a cabeça no travesseiro e se encolheu na cama, ajeitando o tecido fino da camisola de modo que a envolvesse até os pés, como um passarinho dentro do ovo. Ficou observando o movimento da chama da vela, o modo como a cera derretia, ora líquida e transparente, ora formando padrões arredondados, densos e brancos. Observou as sombras nas paredes e o modo como o fogo trazia contornos avermelhados aos fios de seu cabelo. Passaram-se minutos. Talvez horas. Mal percebeu o corpo relaxando e a consciência começando a se esvair. Pegaria no sono em breve, muito breve, e então seria o dia do casamento. O escuro a envolveu e...

...Francine acordou de imediato, sentando-se na cama com um único pulo e os olhos arregalados. O livro de boas maneiras caiu no chão com um baque. O quarto estava escuro, a vela esgotada muito tempo atrás. Que horas eram? E, mais importante, por que estava tão assustada e com aquela terrível sensação de urgência?

Ainda desnorteada, levou a mão à testa, forçando a memória. Ela estava sonhando. Tinha a vaga impressão de que havia sido um sonho bom. E aí... uma voz... Sim, alguém sussurrara para ela no sonho. Uma voz masculina, bem baixinho. Uma voz até parecida com...

— *Pssst*, Francine!

Francine congelou, incapaz de movimentar um único músculo. Por que estava ouvindo aquela voz?

— Francine, pelo amor de Deus, acorde!

Virou a cabeça em direção à janela, esperando encontrar qualquer coisa: um ladrão, uma assombração, um demônio. Mas achou ainda mais desconcertante ver a abertura envidraçada vazia, uma perfeita moldura do céu estrelado e tranquilo lá fora.

— Q-quem está aí? — ela sussurrou de volta, tateando na penumbra em busca do primeiro objeto pesado que pudesse usar em sua defesa. A voz do invasor parou de responder. Ela sentiu a mão fechar sobre metal e não teve dúvidas: segurou firme. Pé ante pé, aproximou-se do vidro da janela. — Quem está aí? — ela repetiu a pergunta, dessa vez com mais firmeza. Tentou se lembrar da única vez em que um ladrão de galinhas invadira a fazenda e fora colocado para correr pelo pai e seus cães. Tentou imitar o tom que ouvira em sua voz na época. — Estou avisando, é melhor se mostrar, ou eu...

— Francine, por favor! Aqui embaixo! — a voz choramingou em desespero.

A moça finalmente parou de olhar para a imensidão estrelada além do vidro e pousou os olhos no batente da janela, uma ripa de madeira finíssima que lhe servia como moldura. Do lado de fora, duas mãos pálidas feito fantasmas se agarravam precariamente aos apoios cobertos de flores do casamento.

A reação instintiva de Francine foi encher os pulmões de ar para gritar. No entanto, antes que emitisse sequer um arquejo, uma certa racionalidade providencial tomou conta de sua mente. Ora, aquela assombração sabia seu nome... E, caso fosse mesmo um ladrão, parecia estar passando por maus bocados. Devagar, Francine foi encostando a testa no vidro, até comprimir o nariz contra a superfície fria. Notou que as mãos do invasor estavam ligadas a um par de pulsos, por sua vez conectados a mangas de camisa, e de repente ela viu a ponta de uma cabeça com um topete de cachinhos bagunçados na frente e...

— Mister Ícaro! — ela exclamou, apressando-se para girar o trinco e abrir a janela. Escancarou as duas metades de vidro e enfiou a cabeça pela abertura.

O homem estava completamente pendurado no primeiro andar. Uma vez que as sacadas dos quartos da mansão eram ligeiramente voltadas para fora, afastadas do nível da parede, era impossível agarrar-se às aberturas sem perder por completo o apoio dos pés.

— O senhor ficou maluco? — Francine sussurrou com rispidez, inclinando-se pela janela e segurando o homem pela parte de trás do colarinho da camisa. Não podia deixar o futuro genro de Lady Bibi morrer estatelado no chão. — O que pensa que está fazendo?!

Assim que se viu livre do obstáculo do vidro, o rapaz emitiu um grunhido, erguendo-se apenas com a força dos braços e fazendo o restante do corpo passar pela abertura. Aquela demonstração de destreza poderia ter deixado Francine bastante impressionada em outra ocasião, mas ela já estava impactada o suficiente com tanta loucura para notar.

Mister Ícaro caiu sentado no chão aos pés dela, esfregando os nós dos dedos machucados.

— Meu Deus, mulher, pensei que não fosse acordar nunca! Quem diabos tranca a janela em um verão tórrido como esse?

— O cheiro das flores na sacada me dá dor de cabeça — ela respondeu mal-humorada.

— Mais um pouco e eu teria despencado.

— O senhor compreende que poderia ter morrido?

— Eu não ia morrer caindo do primeiro andar. No máximo quebrar uma perna.

— Ah, claro — disse ela, exasperada, o susto sendo substituído pela raiva —, porque tudo o que queremos é que o noivo quebre as pernas na véspera do casamento!

A menção à palavra *casamento* fez o homem se encolher.

— Quanto a isso, eu gostaria... — Ele se deteve ao fitar uma das mãos dela. — Espere, por que está segurando um candelabro?

Francine olhou para o próprio braço. Estivera portando sua arma improvisada aquele tempo todo. Na pressa e no escuro, pegara o candelabro com o minúsculo toco de vela derretida ainda encarapitado na ponta.

— Desculpe se pensei em me defender — ela ralhou. — Não é sempre que uma donzela tem o quarto invadido no meio da madrugada...

— A senhorita ia bater com isso na minha cabeça?

— Precisamente. Talvez eu ainda bata, quem pode dizer?

A ideia pareceu diverti-lo. Ele sorriu rapidamente, apenas por um segundo antes de recuperar a compostura. Infelizmente, a mera visão daqueles dentes perfeitos já foi o bastante para aplacar um pouco da raiva que Francine sentia. Ela largou o candelabro em cima da penteadeira, suspirou e se agachou ao lado dele.

— Está machucado?

— Estou bem.

Francine percorreu o rapaz com os olhos, em busca de possíveis contusões. Parecia estar bem, de fato. Bem até demais. Notou que Ícaro usava uma vestimenta incompleta, reservada apenas para uso doméstico: uma calça simples e uma camisa branca de botão que deixava boa parte do pescoço dele de fora. Também notou, com um pouco mais de embaraço, que ela própria não usava nada além da fina camisola.

Pigarreou, afastando-se para pegar o robe no cabideiro. Enquanto amarrava a peça ao redor da cintura, Ícaro aproveitou para ficar em pé, espanando pétalas de flores da camisa. Os dois se aproximaram, encarando-se na penumbra.

— O que está fazendo aqui, Mister Ícaro? — Francine perguntou, as mãos enfiadas no roupão abraçando o próprio corpo. — Essa situação toda é muito imprópria.

Ele concordou, desconcertado.

— Eu... eu acho que não consigo fazer isso, Francine.

— Isso o quê?

— Isso, ora. — Ele fez um gesto englobando os dois. — Nós. O casamento.

Se as entranhas de Francine fossem uma ninhada de gatinhos, eles estariam se contorcendo naquele momento.

— O que está querendo dizer? — perguntou. Precisava ter certeza de que não interpretava a situação da forma errada, embora não conseguisse imaginar outra interpretação possível.

O rapaz esfregou as mãos nas laterais da cabeça, como se lutasse para manter as ideias no lugar.

— Eu não posso me casar amanhã... Não posso! Não quero abrir mão da minha felicidade e passar o resto da vida atado a uma pessoa pela qual não sinto nada!

Francine sinalizou com as mãos erguidas, pedindo calma. Precisava que ele falasse mais baixo, ou acabaria acordando alguém e aí sim teriam um enorme problema. E também precisava que ele parasse de soar tão desesperado e indefeso, porque isso a atrapalhava a pensar.

— Mister Ícaro — ela disse, tão logo o rapaz se acalmou —, o senhor não pode desistir agora. Daqui a pouco vai amanhecer, e já está tudo preparado. As pessoas já foram convidadas. Tem flores na janela. Seria um escândalo!

— Não acha que devo ser leal aos meus sentimentos? — ele perguntou, novamente com aquela pontada de dor transparecendo na voz.

— Ora, sim — ela respondeu com sinceridade. — Mas deveria ter pensado nisso *antes* de firmar o compromisso. Ou deveria ter cancelado tudo com... bem, *um pouco mais de antecedência?*

— Mas eu tentei! Deus, eu tentei. — Ele começou a andar pelo quarto, esfregando a cabeça. — Na manhã em que passeamos na praça, não vim até aqui para visitar Coralina. Vim para falar com Lady Tulli. Ia explicar que não podia mais honrar o nosso acordo. Mas aí ela não estava, e você começou a falar comigo sobre como sua prima merecia ser feliz e...

— E por que diabos deixou que eu o convencesse do contrário, homem?! — Foi a vez de Francine levar as mãos ao rosto em desespero.

— Porque se você achava que eu devia me casar com Coralina...

— Eu? O que eu tenho a ver com isso? Estamos falando da sua vida!

— Estou apaixonado por você, Francine — declarou Ícaro, soltando os ombros em um gesto de rendição. — É com você que eu quero me casar.

Francine não teve tempo de reagir. Antes que pudesse sequer cogitar todas as implicações daquela declaração impensada, Ícaro avançou a passos largos e colou a boca à dela.

Os gatinhos nas entranhas de Francine foram à loucura. O beijo que Ícaro lhe deu foi cálido, urgente, seus lábios pressionados com tanta força contra os seus que chegavam a machucar. Uma das mãos dele surgiu em sua nuca e se embrenhou em seus cabelos, enquanto a outra a abraçava pela cintura, puxando-a para mais perto. Francine apoiou os braços contra o peito do rapaz em um esforço vão para manter o próprio equilíbrio. Foi inundada pelo cheiro dele, pelo calor de seu corpo, por suas atenções gentis. Sentia-se tão acolhida, tão boba em seus braços, a protagonista tola do tal conto de fadas. E, no entanto...

— Pare — ela pediu, afastando-se com dificuldade. A mão demorou-se um tantinho mais do que deveria antes de deixar o peito dele. — Pare, por favor.

A expressão de Ícaro ficou confusa, quase dolorida. Francine passou a mão pelos cabelos e ajeitou o robe, lutando para recuperar o pragmatismo. Como sempre, alguém ali devia ser a voz da razão, e estava claro que aquele homem era incapaz de desempenhar o papel.

— O que estamos fazendo não é certo — ela disse.

— Mas também não é certo que eu seja afastado da mulher que amo.

A frase saiu tão solene na voz grave e rouca dele, os lábios ainda brilhantes por causa do beijo, que Francine viu-se obrigada a se sentar na cama, inclinar a cabeça e lhe lançar um olhar intrigado. Em outra ocasião, ela poderia até ter caído na risada. Ele não estava falando sério, estava?

— Você não pode me amar — ela afirmou, categórica.

Mister Ícaro ficou atônito. Ao que parecia, aquela não era a reação que esperava de uma bela dama após um beijo de tirar o fôlego.

— Não? — ele questionou, ofendido, voltando a caminhar pelo quarto. Obviamente, havia interpretado a reação dela da pior forma possível. — Não tenho feito outra coisa senão pensar na senhorita dia e noite. Me arrisquei subindo até seu quarto. E diz que não estou apaixonado?

— Como poderia? — Francine rebateu, tentando falar com gentileza, porque talvez assim conseguisse alcançar aquela cabeça-dura. — Mal me conhece, Mister Ícaro...

— Não preciso! Sei que você é diferente de tudo. Soube no dia da ópera. Você se destacava, única, exótica. Uma mulher que...

— *Exótica*? Só porque nunca viu nenhuma jovem mareana trajando um vestido de festa?

O rapaz abriu a boca para argumentar, mas ela o interrompeu antes mesmo que começasse:

— O senhor sabe qual é a minha cor favorita? Sabe o nome dos meus irmãos? Faz ideia de quais são os meus defeitos? — Ela enumerou as perguntas na ponta dos dedos. Sorriu com bondade ao ver o olhar de cachorro abandonado do rapaz, incapaz de fornecer resposta para qualquer uma daquelas questões. – Ah, Mister Ícaro... O senhor se sente atraído por mim, e acredite, eu reconheço a força desse arrebatamento, pois sinto o mesmo. Mas está encantado pelo que poderíamos ser, pela promessa de um casamento que não seja só por conveniência. Curiosidade, até. Pensa que sou diferente das outras. O senhor olha para mim e pensa enxergar um mundo distinto daquele traçado por seus pais enquanto ainda estava no berço. Mas está errado. E isso... – Ela indicou os dois com um gesto. – Isso não é amor. Poderia vir a ser, mas ainda não é. E eu não posso permitir que tome uma decisão tão importante apenas baseado nisso.

Em silêncio, Ícaro foi se sentando devagarinho na cama ao lado dela. Francine pousou a mão no ombro dele em um gesto quase maternal, consolando o homenzarrão tão desolado quanto um menino. O colchão afundou sob o peso dos dois.

– Acha mesmo que poderíamos nos amar um dia? – ele finalmente perguntou, fitando o piso do quarto, as mãos metidas entre os joelhos.

– Talvez – Francine respondeu. Mexia distraída nos lacinhos de fita da barra da camisola. – Mas não vale a pena pensar nisso. Não vai acontecer.

– Nem mesmo por uma noite? Um único momento para guardarmos para sempre na memória?

Francine teria ficado bastante ofendida se as circunstâncias fossem outras, mas resolveu atribuir a pavorosa sugestão ao desespero do rapaz, mais perdido que cabrito em cercado novo.

– Não me ofenda, cavalheiro.

– Desculpe, foi uma sugestão idiota. – Ele parecia ter os olhos úmidos, embora fosse difícil dizer na penumbra. – É só que... Fiz uma besteira com a minha vida e agora vou ter que continuar mesmo assim, não é?

Francine segurou a mão dele. Ícaro suspirou.

– Como isso vai funcionar, Francine? Você e eu, na mesma casa, todos os dias.

– Nem sempre podemos escolher nosso destino – ela respondeu. Na memória, veio-lhe imediatamente a imagem da mãe. Daria tudo para tê-la de volta, mas não era assim que as coisas funcionavam. Limpou ela mesma uma lágrima no rosto, pigarreou e voltou a falar com o tom mais claro e objetivo possível: — Bem, o senhor é um homem adulto, Mister Ícaro, e especificamente nesse assunto tem o poder de tomar decisões. Pode decidir honrar o casamento com Coralina. Ou pode decidir não honrar. Seja qual for a sua escolha, vai precisar lidar com os desdobramentos dela para sempre. Mas aviso de antemão que em nenhuma delas poderemos nos casar. Essa escolha não existe para mim, pois seria como trair minha família. Então... precisa decidir pensando apenas no seu próprio bem, como deveria ter feito desde o princípio.

Ele aquiesceu devagar, mastigando as palavras dela, apertando os lábios. Francine sentiu-se um pouco constrangida ante ao despreparo do rapaz. Será que os pais dele nunca haviam tido uma conversa do tipo com o próprio filho? Precisaria ser ela a explicar tudo, sentada em sua cama de solteira no meio da noite logo após ser beijada?

— Se eu desfizesse o casamento — ele raciocinou em voz alta —, Lady Bibi me transformaria em um pária. Seria um escândalo. Meus pais seriam capazes de me deserdar.

— E isso seria pior do que um casamento com minha prima?

— Eu não sou como você, Francine. Não tenho toda essa fibra.

— Que fique claro que o senhor não me conhece — Francine provocou.

— Muito justo — ele riu, fungando. — Ao mesmo tempo, posso garantir que eu me conheço. Gosto da boa vida, da boa comida, das festas. Uma parte de mim não seria feliz fora do convívio aristocrático. Quero viajar, quero saborear o velho continente. Penso que essa mesma parte poderia abrir mão de tudo em nome do amor, mas talvez você esteja certa e esse amor nem exista ainda... — Ele limpou o nariz na manga da camisa. — Não sei. Estou confuso. Sem você... Mas não se pode ter tudo, não é? Você mesma disse.

Sim, eu disse, pensou Francine. Não esperava tanta sinceridade da parte dele. Ela o encarou, procurando novos traços de tristeza, mágoa ou raiva... mas só encontrou aceitação em suas íris escuras. Ícaro estava em paz com sua escolha. Estava em paz com aquela paixão gestada que jamais chegaria a nascer.

— Bem — ela disse, erguendo-se da cama e batendo as mãos de forma prática –, acho que estamos conversados.

Ícaro também ficou de pé, pigarreando. Ajeitou a gola da camisa.

— Peço desculpas por ter vindo aqui na calada da noite. Não foi um feito racional de minha parte. Arrisquei a sua honra.

— Tudo bem, não contaremos a ninguém — ela o tranquilizou. — Vocês nobres são muito dramáticos. Vejo você amanhã.

Mister Ícaro passou os nós dos dedos pela lateral do rosto dela.

— Vejo você amanhã. Obrigado por tudo, Francine. Espero que alguém a faça muito, muito feliz um dia.

Os dois caminharam até a janela. O céu já trazia os primeiros sinais amarelados da alvorada. Lá embaixo, o chão parecia assustadoramente distante.

— Só por curiosidade — comentou Francine, enfiando a cabeça pela janela para ter uma noção melhor da altura em que estavam –, o senhor tem ideia de como vai fazer para chegar até o chão?

— Ah, eu não cheguei a planejar essa parte...

Francine riu.

— Venha, acho que podemos amarrar os lençóis ao pé da cama e improvisar uma corda.

Capítulo 9

No qual uma donzela descobre os efeitos do álcool

MISTER ÍCARO E CORALINA TULLI disseram sim e se tornaram marido e mulher às quatro horas de uma linda tarde ensolarada. Não havia casal mais harmonioso, mais digno ou mais afortunado em toda a cidade. Quando Mister Ícaro inclinou-se para a noiva e depositou-lhe um beijo casto na testa, fazendo com que as bochechas da garota flamejassem de vergonha, os convidados na igreja entraram em êxtase. Ficaram na ponta dos pés, procurando uma visão melhor dos recém-casados, felizes pelo simples privilégio de poder contemplá-los no altar.

Bem, quase todos.

☙

Francine pegou uma nova taça de espumante com o criado. Em seu uniforme impecável, o homem a fitou com ares de censura, mas a moça pouco ligou. Não havia ninguém sentado ali com ela na mesinha mais afastada e mais sem graça do jardim. Esperava-se que as pessoas dançassem e confraternizassem em festas como aquela, sendo as mesas meras formalidades destinadas aos mais idosos. E mesmo estes estavam de pé.

A tarde já estava quase terminada, e o céu arroxeado trazia consigo uma refrescante brisa oceânica. O ritmo constante da banda de rabeca e acordeão era um convite à alegria e à dança. Ninguém poderia dizer que a festa não seguia às mil maravilhas. E decerto os convidados estavam ocupados demais bailando, comendo, fofocando e flertando para notar uma madrinha amuada em seu vestido laranja, com uma indecorosa quinta taça de espumante na mão.

Francine não se arrependera de ter feito Mister Ícaro ir embora de seu quarto nem mesmo quando o sol nascente iluminara o topete arrepiado dele como ouro. Fizera a coisa certa, a coisa digna. Porém, e que Deus a ajudasse, era incrivelmente difícil não passar cada segundo daquela cerimônia pensando no beijo que ele lhe dera e em como as coisas ficariam esquisitas quando o rapaz voltasse da lua de mel para morar na mesma casa que ela.

A jovem suspirou e levou a taça aos lábios: as bolhinhas da bebida arranharam sua garganta. Fechou os olhos com força para conter a sensação, desfigurando o rosto em uma careta. Nunca havia bebido espumante antes. O líquido era caro e precisava ser importado até a ilha. Francine sabia que o pai era chegado a tragos de aguardente, sobretudo quando sentia falta da esposa e achava que os filhos estavam dormindo. Aqueles golinhos de álcool o acalmavam, algo diferente do vinho de mesa que acompanhava as refeições. Mas não havia aguardente na festa. Lady Bibi morreria antes de servir algo tão *local*. Então, considerando que Francine deixara o melhor partido da região escapar de seu quarto pendurado em um jogo de lençóis, espumante lhe parecera uma boa opção. Mesmo que fosse ruim e arranhasse a garganta.

Sua mente já começava a adentrar um agradável território anuviado, forçando um ar pateta em seu rosto. Não é que estivesse mais feliz, mas estava... *menos*. Menos preocupada, menos tensa, menos beijada pelo marido da prima. As sensações se perdiam, e as lembranças se dissipavam com a mesma velocidade com a qual os casais rodopiavam no jardim.

Achava que havia feito tudo certinho até ali. Lembrava-se de ter ficado ao lado de Coralina durante a manhã, apesar da noite em claro, e de ter segurado a mão dela enquanto Doutor Acácio a examinava uma última vez. A prima estava cheia de brotoejas nas costas, atribuídas pelo médico a seu estado de nervos pré-casamento. Ele havia administrado uma pomada e um tônico, e Coralina parecia mesmo melhor depois de tê-lo ingerido. Quando seu vestido de casamento foi retirado da enorme caixa com as iniciais "M.G." pintadas em dourado na tampa, Coralina ficou tão impressionada e empolgada quanto seria possível.

Francine gostaria de registrar, não que houvesse alguém interessado em sua opinião, que achava Marcel o desgraçado presunçoso mais talentoso que já conhecera e que o amaldiçoava por isso. Quando Coralina Tulli desceu as escadas em seu último dia de solteira, envolta no mais lindo e mais verde vestido de noiva que o mundo já vira, não houve um único habitante daquela mansão que não tenha perdido o fôlego. A cor do vestido era tão intensa que deveria ser pecaminosa. Imoral. O verde se espalhava com uniformidade pelas mangas volumosas, pelo espartilho com decote em formato de coração e também pelos cordões que o atavam às costas. As saias eram uma profusão de rendas que lembrava o desabrochar de uma flor, a crinolina tão larga que mal conseguia passar pela porta. Com aquele vestido, uma garota poderia ser o que quisesse.

Só Deus sabe como conseguiram enfiar todas elas – Francine, Lady Bibi, Coralina e as saias de Coralina – dentro da carruagem da família. Lady Bibi se abanou do início ao fim do caminho, mesmo com as janelas do veículo abertas. Tinha o rosto vermelho e batia com a ponta do leque em Francine a cada movimento. A jovem não sabia dizer se a tia estava acalorada, se nervosa por casar a filha ou se apenas rezava para que a noite não fosse de chuva, já que nuvens suspeitas brincavam no horizonte. As pessoas na rua acenavam para elas e lançavam beijos no ar.

Daí em diante, suas memórias não passavam de borrões. Chegaram à igreja. Lady Bibi entrou na frente. Depois foi a vez de Francine e seu vestido laranja amassado. Viu Mister Ícaro no altar. Ele estava lindo, altivo, muito bem-vestido e sem a menor disposição para olhá-la nos olhos. O padre estava suando. E, então, a música. A chegada da noiva. Palavras sem sentido, uma bênção, um beijo. Palmas. Alguém havia lhe dado um saquinho de filó cheio de arroz, mas Francine não lembrava o que fizera com ele.

Ficou com a sensação de que a cerimônia havia sido rápida: em um piscar de olhos, estavam voltando à mansão (e mais confortáveis, uma vez que a noiva seguira com o novo marido). A única coisa que Francine lembrava com clareza era de ter escolhido um cantinho no jardim – o mais discreto e inabitado possível – e de ter agarrado a primeira taça que apareceu na sua frente. Não havia feito nada muito diferente disso até então.

Terminou de esvaziar o copo e recostou-se na cadeira, abraçando o torso para se proteger da brisa fria. Olhou para o alto, admirando as bandeirolas e os lampiões balançando nos varais. As nuvens carregadas ainda se aproximavam, e as sebes e os arbustos começavam a farfalhar. O movimento e a profusão de cores a deixaram com vertigens.

Ouviu a estridente risada de Lady Bibi. A tia estava próxima aos músicos e seus instrumentos. Conversava com um punhado de senhoras da associação, decerto trocando confidências sobre a dura rotina de garantir bons casamentos à prole. Alguns passos à frente dela, os casais dançavam, pisoteando as folhas secas de palmeira que cobriam o chão. Dois cavalheiros haviam tentado tirá-la para dançar alguns minutos antes, mas Francine havia recusado o pedido e se esquivado com educação. As irmãs Puffin também estavam dançando.

Crianças travessas passaram correndo junto à mesa, uma delas com a roupa já completamente suja e amarrotada, e Francine acompanhou-as com o olhar até o outro extremo da festa. Por uma infelicidade, os noivos estavam passando exatamente por ali em sua romaria para cumprimentar os convidados, e a atenção de Francine recaiu inevitavelmente sobre eles. Estava fazendo o possível para não os bisbilhotar, mas era difícil.

Mister Ícaro e Coralina ficavam bem juntos. Pareciam mais um par de irmãos, é verdade, com o rapaz portando-se de modo tão paternal com relação à menina, mas ambos sabiam entreter seus convidados. Seus gestos vinham com naturalidade, e dava para ver que eram apreciados. Levavam jeito para o papel de futuros senhores das duas famílias.

Francine os observava com olhos compridos e a certeza de que jamais a aprovariam como uma noiva adequada para alguém como Mister Ícaro. Nenhum dos convidados daquela festa sequer cogitaria a possibilidade de que fosse Francine, e não Coralina, a subir ao altar.

Os filhos dele serão ricos e nobres. Não vejo uma combinação melhor. Oh, Deus.

Seu escrutínio descuidado acabou chamando a atenção da prima. A jovem noiva do outro lado do pátio abriu um enorme sorriso, acenando para Francine e cutucando a manga do paletó do marido. Ícaro também olhou em sua direção, sorrindo timidamente e um tanto sem graça.

As orelhas dele estavam vermelhas. A moça ergueu a taça vazia para os dois, simulando um brinde. Seu estômago se contorceu de imediato. As sensações incômodas, aquelas que a faziam recordar um certo beijo, ameaçaram voltar à tona. Tudo o que ela precisava era de...

— Talvez eu esteja fazendo algo condenável — disse uma voz debochada pelas suas costas —, mas achei que a senhorita estava precisando de mais uns goles, se é que isso é possível.

Surgido do nada, Marcel colocou uma nova taça de espumante na mão dela. Francine ainda não o tinha visto na festa, muito menos na igreja. Ele se sentou ao lado dela à mesa, usando a armação metálica do encosto da cadeira para apoiar os braços.

— Estou muito bem, obrigada — a garota retrucou, mas não recusou o espumante. — O que está fazendo aqui, Marcel? Não tem ninguém mais importante para adular hoje?

— Ora, muitas pessoas, sim — ele riu, torcendo a pontinha do bigode entre os dedos. Francine não pôde deixar de notar o quanto ele estava elegante de casaca cinzenta. Talvez até mais bem-vestido do que o noivo. — No entanto, a curiosidade me é irresistível. Preciso saber por quais caprichos do destino uma jovem senhorita como você prefere ficar sentada e sozinha em vez de aproveitar a festa.

— Quem disse que não estou aproveitando a festa? — Ela ergueu a taça de espumante e sorveu um longo gole. O álcool definitivamente a deixava espirituosa.

O modista apoiou o rosto em uma das mãos e observou tranquilo enquanto ela dava cabo do líquido borbulhante.

— Não sabia que a senhorita era ébria — ele comentou, casualmente. — O alcoolismo não é um vício muito comum entre jovens solteiras.

Francine riu, e um desconcertante soluço subiu por sua garganta.

— E o que o senhor entende de jovens solteiras? — perguntou. A sensação de torpor voltou a assaltá-la, espalhando-se perigosamente pelas extremidades do corpo. Sentia sono, mas também sentia-se hilária o bastante para aproveitar as pequenas farpas trocadas entre ela e o modista.

— Bem, vejamos... — Marcel fingiu uma expressão concentrada. — A senhorita podia estar triste devido ao bom casamento de sua prima, mas já deixou claro em nosso encontro anterior que tem um carinho real pela menina. Além disso, a inveja não combina com você. Também poderia estar entristecida por não ter seu próprio par, abandonada aqui no canto, mas observei que já dispensou pelo menos dois cavalheiros hoje. Não me parece doente, não me parece nem mesmo com raiva, o que explicaria o espumante. O que nos leva...

Francine, que de repente fazia força para acompanhar o raciocínio com a mente embotada, não conteve a pergunta:

– O que nos leva...?

Marcel riu.

– O que nos leva a estar usando o álcool ou para aplacar desconforto ou para simular desenvoltura social. Desenvoltura não deve ser, porque o seu azedume está perigando estragar a festa, então só nos resta o desconforto. Mas *o que* poderia ter deixado a senhorita desconfortável, eu me pergunto. Ou *quem*.

De costas aprumadas, o modista ergueu a cabeça e começou a espiar os convidados. Em um fugaz lampejo de clareza, Francine observou o olhar faiscante de Marcel seguir na direção dos noivos. Sem conseguir pensar direito, ela agarrou uma das mãos do cavalheiro sobre a mesa.

– Não ouse tentar desvendar a minha vida como se me conhecesse, senhor. – Ela foi obrigada a conter outro soluço. – Você a reduziria muito, e com certeza não faria a devida justiça aos fatos.

Marcel baixou os olhos para ela, a expressão de raposa no semblante.

– Então *existe alguém* tirando seu juízo.

– Marcel... – Ela transmitiu o máximo de seriedade que conseguiu encontrar debaixo do álcool. – Por favor.

Ele libertou a mão para mexer mais uma vez na ponta dos bigodes. Seu sorriso de astúcia manteve-se firme enquanto ponderava sobre acatar ou não o pedido da moça. Por fim, Marcel finalmente suspirou, levantou-se da cadeira, desamarrotou a casaca e convidou-a para dançar.

– D-Dançar? – Francine quase se engasgou com o soluço e a surpresa.

– Ora, vamos – ele riu. – Se está mesmo decidida a seguir com a bebedeira, deixe-me ao menos ajudar a senhorita a fazer isso direito.

Francine precisaria de um momento a sós no futuro, de preferência bastante sóbria, para compreender os motivos que a levaram a aceitar dançar com Marcel. Naquele momento, porém, a única coisa que fez foi passar o braço por dentro do dele e deixar que o cavalheiro a conduzisse para longe da mesinha de canto. Ficou tonta com o movimento, o calor fazendo o suor brotar na nuca, e suas pernas dormentes quase cederam, mas o modista a ancorou com o ombro e a manteve mais ou menos de pé.

– Primeira regra – disse ele, surrupiando um canapé da bandeja de um criado –, mantenha-se sempre comendo.

Francine enfiou o salgado na boca. O estômago estranhou a novidade: parecia disposto a aceitar apenas mais espumante. Mas tão logo terminou de engolir já se sentiu mais lúcida, mais inteira.

Alcançaram a borda dos pares que dançavam. O modista fez com que virasse de frente para ele e apoiasse uma das mãos em seu ombro. Enquanto aguardavam uma deixa na melodia, Marcel inclinou-se para falar junto ao seu ouvido:

– Segunda regra, mantenha-se em movimento. Assim a bebida pode transpirar e sair pelos seus poros.

Os dois entraram na dança. A valsa em Portomar seguia os moldes da Coroa, mas em uma versão mais rápida e mais íntima, influenciada pelos ritmos locais. Eles dançaram a música até o fim, e depois a seguinte. Marcel conduzia com elegância, mantendo-os em um compasso sereno o bastante para que a garota se sentisse confortável e pudesse disfarçar os passos que porventura errava. Logo o corpo de Francine ficou aquecido, e o torpor que ela sentia deu lugar a uma animação contagiante, uma ânsia. Os soluços foram embora. Ela ria, gargalhava com qualquer piada, acenava para Lady Bibi quando a tia passava. Sentia-se invencível, viva, inundada por uma estranha crença de que tudo seria superado e ficaria bem. Nem mesmo lembrava que os noivos estavam ali.

– Agora está usando o álcool como se deve – Marcel sussurrou, fazendo cosquinhas em sua orelha.

– Existe uma terceira regra? – ela perguntou, meio boba, assim que pararam para aplaudir o final de mais uma dança. – Sei que geralmente essas coisas têm três regras...

Marcel riu.

– Existe uma terceira, mas não sei se quero ensinar.

Francine soltou um muxoxo.

– Ora, vamos. – Ela depositou seu olhar mais cândido sobre o cavalheiro. – O que diz a regra?

– A terceira regra – Marcel cedeu, ainda sorrindo –, é nunca falar sobre a sua vida pessoal e nunca tentar ações ousadas sob efeito de bebida, primeiro porque você não vai lembrar de nada na manhã seguinte, e segundo porque o seu juízo estará comprometido. O que, é claro, estragaria toda a diversão de ver a senhorita tão desinibida.

Francine riu, inclinada para frente.

– Gostaria de lembrar que foi o senhor quem me tirou para dançar.

– Você está usando um dos meus vestidos – ele respondeu com um erguer de ombros. – Um não tão magnífico, eu sei, mas é o vestido correto para uma madrinha. E eu odiaria vê-lo sendo desperdiçado por uma jovem que só fica sentada.

A garota deu tapinhas nas costas dele e uma nova risada.

– Seguindo a terceira regra, Marcel, muito bem. Ninguém aqui gostaria de ver o senhor tendo de admitir uma gentileza.

O clarão de um relâmpago iluminou o jardim, e a chuva prometida começou a desabar. Os pingos grossos lavaram a festa, os convidados, desmancharam os adereços e derrubaram as flores com a maravilhosa força de uma tempestade de verão tropical. Francine ainda ria quando Marcel a levou às pressas, encharcada, até a segurança da mansão.

Quarto Interlúdio

A jovem se levantou, esticou os braços e alongou o pescoço. Olhou ao redor. Com certeza já era dia, embora ainda chovesse, e estava sozinha. Estranho que a criada não tivesse vindo acordá-la. Mas talvez agora fosse assim em sua nova vida. Ainda tinha muito o que aprender.

Abriu a porta do quarto e espiou o corredor. Nada. Chamou duas vezes pela criada, mas ninguém respondeu. Aquilo era mesmo estranho. Não poderiam estar todos dormindo.

Pensou ter ouvido vozes vindas do andar de baixo. Agachou-se junto às grades da escada, tentando espiar o saguão. Sim, eram vozes. Várias vozes, incluindo algumas que ela não reconheceu. Pareciam preocupadas, ou estavam com raiva de alguma coisa. Uma grande comoção acontecia lá embaixo.

Embora estivesse curiosa, não podia descer assim de camisola. Não com tantos estranhos na casa. Onde estava a criada para vesti-la?

Na dúvida, a jovem resolveu voltar para a cama. Não faria mal dormir mais alguns minutos, e ela se sentia mesmo cansada. Largou-se no enorme colchão da cama de casal, abraçada ao ursinho de pelúcia favorito.

Capítulo 10

No qual somos lembrados de Medeia

NA MANHÃ SEGUINTE, a família Tulli acordou com o barulho da chuva e de um grito. Francine foi uma das primeiras a registrar aquele som de puro e verdadeiro horror. A bem da verdade, já estava acordada, lutando contra a sensação de que algo pesado colidira muitas vezes contra sua cabeça. Sua boca estava seca, as lembranças embotadas. Infelizmente, Marcel não havia falado nada sobre uma quarta regra que a preparasse para a ressaca.

Ainda assim, o grito fez com que se levantasse no mesmo instante, e quase tropeçou nas próprias pernas. O grito, com voz de mulher, continha tanto desespero e tanta angústia que deixou seus braços arrepiados. Francine ficou parada no meio do quarto, de prontidão, ouvindo atentamente enquanto a chuva fustigava a janela e a dor de cabeça martelava suas têmporas.

Não precisou esperar muito. Um novo grito chegou até ela, tão terrível quanto o primeiro, e, então, logo vieram as palavras:

– SOCORRO! ACUDAM!

A garota reconheceu a voz de Denise. Esquecendo-se do mal-estar, saiu derrapando pelas tábuas enceradas do piso, erguendo a bainha da camisola para acudir quem quer que fosse. Seus pressentimentos não lhe diziam nada de bom.

Passou voando pela porta e deu de cara com a criada no corredor. Denise tinha o rosto desfigurado pelo pânico, as unhas enterradas nas bochechas deixando trilhas avermelhadas sobre a carne. Seus olhos estavam fixos nas portas duplas escancaradas da suíte nupcial, o antigo quarto de Coralina.

Lady Bibi foi a segunda a surgir pela porta do próprio quarto. Ela também estava de camisola e descalça, com os cabelos salpicados de grisalho presos em uma trança. Passos apressados na escada revelaram Mister Ícaro, vindo do térreo acompanhado do administrador e da cozinheira. A julgar pelos rostos pálidos, todos haviam escutado os gritos. O grupo rodeou Denise, e todos se entreolharam em um breve instante de dúvida.

– O que está acontecendo aqui?! – Lady Bibi exigiu saber, adiantando-se para chacoalhar os ombros de Denise, tentando tirar a camareira do estupor em que se encontrava. – Anda, mulher! O que aconteceu?

A mulher parecia incapaz de falar. Seus olhos vertiam lágrimas, e ela balbuciava sílabas desconexas e sem sentido. Com esforço, apontou para as portas da suíte.

Lady Bibi a soltou e rumou com impaciência para o quarto enquanto Denise chorava e era amparada pela cozinheira. Francine foi logo atrás, Ícaro em seus calcanhares. Era o quarto de Coralina, e aquilo não podia significar boa coisa.

A princípio, encoberta pela silhueta da tia, Francine não notou nada de incomum. Havia apenas a enorme cama de dossel, as cortinas reluzindo com a luz cinzenta do aguaceiro que caía lá fora. Tudo parecia calmo, imóvel. Mas Lady Bibi decerto percebeu alguma coisa, porque também começou a gritar. Com o coração martelando contra o peito, Francine puxou a tia para o lado e deu um passo à frente.

Seu olhar foi atraído de imediato por um amontoado de lençóis amassados no chão. Embolada neles, ao lado da cama, Coralina Tulli jazia com olhos vitrificados, sem vida.

Os joelhos de Francine cederam. Ela tombou no chão, incapaz de falar ou agir. Viu Lady Bibi se apoiar na parede com a mão fechada sobre o peito. Viu Mister Ícaro surgir atrás dela e gritar para que alguém chamasse um médico. Ouviu o som de passos ecoando nos degraus da escada. Sua mente registrava os fatos, mas apenas de forma superficial e sem prestar atenção. Parecia apenas assistir ao desenrolar da cena, uma mera expectadora, sem conseguir desviar o rosto daquele par de olhos azuis e mortos.

Não podia ser verdade. Não era justo que fosse verdade. Pessoas tão jovens e tão gentis não morriam do dia para a noite. Não depois de uma festa de casamento. Não Coralina.

As cenas sucediam-se uma após a outra sem que reagisse. Ícaro retornando ao quarto. Lady Bibi desmaiando sentada no chão com as costas apoiadas na parede. Denise chorando abraçada com a cozinheira.

Mister Ícaro envolveu a noiva morta com o amontoado de lençóis. Ergueu-a gentilmente, e como ela era pequenina em contraste ao corpo dele! Tão frágil, tão fria. A compreensão do que havia acontecido só chegou a Francine no momento em que Ícaro acomodou o pequeno cadáver sobre a cama, afofando os travesseiros ao redor dos cabelos dourados.

Coralina Tulli estava morta. E não havia nada que pudesse ser feito para remediar aquele fato.

Doutor Acácio chegou tempos depois, esbaforido, vermelho, a testa e o cabelo empapados de suor. Sem dizer uma palavra, cerrou os olhos de Coralina com mãos trêmulas e puxou a ponta do lençol sobre a cabeça dela. Parecia tão perplexo e aflito quanto todos os outros. Ficou parado por algum tempo, olhando o nada, como se precisasse se recuperar do susto. Demorou para finalmente consultar o relógio de corda do bolso.

– Hora do óbito, 9h25 da manhã...

Francine abraçou os joelhos quando Doutor Acácio passou por ela para examinar Lady Bibi. O médico achou por bem que deixassem a dama desmaiada repousar, e que fosse colocada na própria cama para acordar o mais tranquila possível. As coisas não seriam nada fáceis quando ela recobrasse a consciência. O administrador da mansão ajudou a carregá-la para fora do quarto.

Francine também foi levada embora. Alguém, ela não sabia quem, a tinha conduzido com suavidade pela cintura até a cozinha. Sentaram-na em uma banqueta, de frente para o enorme fogão escuro a fim de absorver um pouco de calor. Estava gelada, tremendo sob a camisola fina. O forno ainda cheirava levemente à gordura de porco e salmoura, resquícios do jantar de casamento. Serviram-lhe caldo de cana e especiarias para acalmar os nervos. Vestiram-lhe um robe. A garota evitava falar, voltada para dentro, a mente borbulhando em perguntas, tentando compreender como a morte de Coralina podia ter acontecido bem debaixo do seu nariz enquanto todos dormiam.

Como não puderam protegê-la, como ela, ainda embriagada e molhada de chuva, havia observado a prima recolher-se para sua primeira noite de mulher casada. Coralina não estava sozinha. Ela *não deveria* estar sozinha. Por que Mister Ícaro não a defendera?

Perguntas e mais perguntas, e todas tiveram de esperar. A casa era um tumulto, passos ecoando por todos os lados, tecidos negros sendo desentocados no fundo de armários esquecidos. A morte, sobretudo a morte recente, tem um jeito próprio de fazer-se muito ocupada.

☙

Eis o que aconteceu.

Lady Bibi recobrou a consciência e não suportava a ideia de ter a filha morta deitada no quarto ao lado. Fora de seu juízo perfeito, fez um escândalo. Mandou chamar tanto o serviço funerário como a polícia. Denise não parou de chorar por um minuto sequer. Doutor Acácio, no papel de médico, sugeriu levar o corpo para uma análise mais profunda, mas a ideia só causou mais protestos. Ícaro se prontificou a tomar as providências para que o enterro fosse acertado.

Francine não fez muito mais do que esperar o arrastar das horas, sentada no sofá e observando a vida. Ela simplesmente continuava. Os ponteiros do relógio de parede giravam no mesmo ritmo de sempre. O mundo seguiria sem Coralina, e Francine sabia que cedo ou tarde acabaria fazendo o mesmo, assim como fizera ao perder a mãe. Mas aquela transição, o limiar entre existência e memória, era um momento singular e horrível. Francine não sentia nada além de vazio e impotência, e talvez por isso ainda não chorasse. O luto para ela sempre fora um lento processo de assimilação.

Lady Bibi também havia demandado a presença de um fotógrafo para um último retrato da filha, talvez uma tentativa de manter Coralina viva, impressa em algo material e duradouro. Mister Ícaro deixou que o homem franzino subisse as escadas carregando o maquinário e se jogou no sofá ao lado de Francine, esfregando o rosto.

— Eu sinto muito — ele disse, expirando longamente. — Como está a sua tia?

— Doutor Acácio está lá em cima com ela — Francine respondeu. — Também mandaram buscar Marcel.

— Eu sinto muito – ele repetiu. – Não consigo entender como algo assim pode ter acontecido.

Francine tomou coragem para fazer uma das muitas perguntas incômodas que a rondavam.

— Por que minha prima estava sozinha naquele quarto, Mister Ícaro?

O rapaz ergueu as sobrancelhas, ressabiado com a gravidade do questionamento.

— Coralina ainda dormia quando me levantei para o café. Pensei que seria melhor se eu a deixasse...

A frase foi interrompida por uma nova comoção na soleira da porta.

— Por aqui, senhor inspetor – era a voz do administrador da mansão. – Lady Tulli o aguarda.

Mister Ícaro soltou um rosnado baixo e frustrado.

— Sua tia insiste nesse despautério – ele reclamou, levantando-se com esforço para receber os representantes da polícia. Parecia ter assumido para si o papel de dono da casa enquanto Lady Bibi não recobrava o juízo. Ao todo, vieram três deles, sendo dois guardas e um inspetor de casaca preta.

O inspetor era um mareano jovem, mas de aparência cansada. Era pálido e tinha ares de quem dormia pouco e trabalhava muito, e certamente passava pouco tempo debaixo do sol. Os cabelos eram mal cortados, saindo para todos os lados, acompanhados por um cavanhaque ralo e um par de olheiras. Francine também percebeu que ele não fazia a menor questão de parecer agradável ou cortês. O sujeito lembrava os cães sabujos que o pai usava na fazenda, que, se não estivessem trabalhando, dormiam em qualquer pedaço de chão e babavam em cima de tudo.

— Inspetor Timóteo – o homem se apresentou com uma discreta mesura. Seus cabelos pareciam ensebados. – Minhas condolências. Onde está a dona da casa?

— Com todo respeito, inspetor, mas não acho que o momento seja adequado para esse tipo de coisa. – Ícaro continuava irredutível. – Lady Tulli está muito sensível, mas creio ser um exagero envolver a polícia nesse caso.

O homem da lei parecia acostumado àquele tipo de rejeição. Manteve um semblante tranquilo e relaxado, e ouviu atentamente todos os argumentos do outro cavalheiro. Quando Mister Ícaro terminou, ele deu um meio-sorriso.

— Bem, a participação ou não da força policial cabe apenas a mim decidir. — O inspetor lançou um olhar de esguelha para seus homens. — Fomos chamados aqui para investigar uma denúncia de assassinato.

— *Assassinato?* — Francine ergueu o corpo do sofá para se intrometer na conversa.

O inspetor a olhou com a testa franzida por um momento, talvez notando-a pela primeira vez, mas não teve oportunidade de explicar muita coisa. Antes que pudesse falar, Lady Bibi irrompeu pelas escadas com olhos vermelhos de lágrimas e fúria. Doutor Acácio corria atrás dela, pálido feito um palmito.

— A polícia! A polícia está aqui! Achou que ia se safar, não foi? — disse a tia, com um sorriso maníaco espalhando-se pelo rosto. Ela apontava um dedo acusatório para o genro. — Achou que mataria a minha menina e ninguém perceberia, não é?

— O quê? A senhora enlouqueceu, madame? — Mister Ícaro dividia-se entre o ultraje e a confusão. A cada passo de Lady Bibi para frente, ele respondia com outro para trás. — Vamos nos acalmar, minha senhora, sei que está nervosa...

— Acalmar-me uma ova! — Lady Bibi praguejou, e Doutor Acácio precisou segurá-la pelo cotovelo para que não avançasse no pescoço do rapaz. — Teve o que queria, não foi? Trouxe o título dos Tulli para a sua família. Virou um Lorde. E depois a descartou, como se fosse uma mercadoria usada!

— Lady Bibiana... — Mister Ícaro sibilou em tom de aviso, mas a velha dama encontrava-se em um estado mental muito além da prudência. Atrás dos dois, Inspetor Timóteo fez um gesto com o queixo, e seus homens ficaram a postos para intervir.

— Coralina não era rica o suficiente para você e suas fábricas? — a tia continuava a despejar acusações. — Não era bonita o suficiente, é isso? Então resolveu matar a minha filha?

— Lady Bibiana, a senhora está me ofendendo.

Francine alternava o olhar da tia para Mister Ícaro.

— Maldita hora em que aceitei esse casamento – cuspiu Lady Bibi.

— Mas se foi a senhora mesma quem o propôs! – Ícaro também estava perto de perder as estribeiras.

— Como ousa... Vai se fazer de inocente mesmo? Tenha brios! Polícia, leve este assassino preso! Tirem ele das minhas vistas, agora!

Uma vez que os dois policiais continuavam parados e ligeiramente confusos, Inspetor Timóteo foi obrigado a remediar ele mesmo a situação. Enfiou-se entre acusadora e acusado, erguendo os braços em um gesto conciliatório.

— Senhores, senhoras! – ele fez soar a voz cheia de autoridade. – Vamos todos nos acalmar. Não vou levar ninguém preso antes de apurar os fatos.

— Não existe nada a ser apurado.

O inspetor fez um novo sinal para que Lady Bibi se calasse.

— A situação que temos aqui é delicada, e deve ser levada adiante nos termos da lei – ele disse. – Estou abrindo oficialmente um inquérito. Desejo ver o corpo da moça, o local onde foi encontrada morta, tudo. Não quero que ninguém mexa em nada. Também precisarei do depoimento de todos os envolvidos.

— Isso não pode estar acontecendo...

Ícaro tinha as mãos na cabeça. Olhou para Francine. Pelas feições de cachorro abandonado na chuva, a jovem sabia que ele buscava apoio. Mas Francine não estava em condições de apoiar ninguém. Sua mente girava com as possibilidades, as teorias, as suposições. Acabara de ver a prima morta no chão, ora essa, e não se podia cobrar posicionamento algum de uma pessoa naquele estado. Mas o rapaz pareceu ofendido por sua hesitação.

— Eu não fiz isso – ele quase sussurrou. Em seguida, ajeitou a postura e dirigiu-se em alto e bom som para quem quisesse ouvir: – É um absurdo que me acusem desse jeito! Vocês me conhecem: eu jamais faria mal a Coralina Tulli, minha noiva, a quem eu nutri muito carinho e respeito. Diante dessa ofensa, não posso ficar nesta casa nem mais um minuto. Peço permissão ao inspetor para prestar esclarecimentos em minha antiga residência, onde ficarei feliz em recebê-lo e contar minha versão dos fatos, bem longe das deturpações vis dessa senhora que *claramente não está raciocinando direito*!

Dessa vez, Lady Bibi precisou mesmo ser contida. Doutor Acácio teve de agarrá-la pela cintura para que ficasse no lugar.

– Ele está fugindo! Está fugindo, o sacripanta!

O inspetor teve de gritar para se fazer ouvir em meio à balbúrdia. Sem provas, era tecnicamente contra a lei manter um cidadão confinado contra sua vontade. Mister Ícaro era livre para ir embora, desde que não deixasse Portomar e cooperasse com a investigação. O rapaz não precisou de outro convite para girar nos calcanhares e sair batendo a porta. Francine, ainda estuporada por toda aquela situação, não fez nada para impedi-lo.

A investigação seguiu como pôde. A gritaria havia chamado a atenção dos vizinhos, e agora cada vez mais pessoas apareciam na soleira. A notícia do falecimento de Coralina espalhou-se rápido, atraindo curiosos com a mesma eficácia com a qual os carregamentos de peixe fresco atraíam as gaivotas no porto. A presença simultânea de uma carruagem funerária e uma carruagem de polícia na porta da mansão só contribuía para instigar ainda mais os vizinhos.

Inspetor Timóteo levou todos os envolvidos para o andar de cima. Francine, Lady Bibi, Doutor Acácio, Denise, o administrador, a cozinheira, o jardineiro, todos de pé lado a lado junto à porta da suíte. Reunidos ali, era triste constatar o quanto estavam abatidos. Doutor Acácio tremia como vara verde ao lado dela e, do outro lado de Francine, Denise continuava fungando.

Enquanto esperavam, o investigador andava pelo cômodo dos recém-casados, de pinça e lupa na mão, observando cada mínimo detalhe. Francine sentia-se torturada sempre que Timóteo se aproximava do corpo inerte de Coralina sobre a cama, pinçando seu cabelo ou olhando debaixo das unhas da menina com o ar distante de quem examina uma boneca. Era lamentável que ele os fizesse assistir àquilo tudo, especialmente Lady Bibi. Mas o inspetor, ao que tudo indicava, preferia a praticidade a qualquer tipo de tato.

Esporadicamente, Timóteo fazia perguntas a cada um deles. Queria saber quem entrara no quarto, quem fizera a cama, quem havia conversado com Coralina antes de ela subir para a noite de núpcias. Denise contou em detalhes sobre a reforma e a arrumação do quarto na véspera. O administrador prometeu fornecer a lista de convidados do casamento. Inspetor Timóteo também requisitou a opinião profissional de Doutor Acácio sobre o assunto.

— D-difícil dizer, senhor — falou o médico. — Eu precisaria de uma análise mais profunda, é claro, mas até o momento nada aponta violência física.

O homem da lei apenas assentiu. Falava bem pouco. Rodeou a cama mais algumas vezes antes de se abaixar e enfiar os braços no vão da cama. Ficou de pé e ergueu a mão para que todos pudessem ver o que segurava. Um ursinho de pelúcia, preso à pinça por uma das orelhas. Francine prendeu a respiração.

— Isto também foi colocado aqui após a mudança? — perguntou.

— Os brinquedos da senhorita Coralina foram todos levados ao sótão — Denise respondeu, um tanto rápida e esganiçada, talvez com medo de sofrer alguma acusação. — Eu não sei o que esse ursinho está fazendo aí. Não me lembro dele. Eu não...

— Eu levei para o quarto.

O inspetor ergueu uma sobrancelha para Francine.

— E em que momento a senhorita fez isso?

— Na véspera do casamento. Depois que os criados terminaram a arrumação. Era uma lembrança para confortar minha prima.

O homem coçou o queixo. Voltou a andar pelo quarto, dando voltas no cadáver.

— E alguém poderia confirmar que este ursinho já estava aqui antes do incidente que levou a menina à morte?

— Dificilmente. Eu mesma tranquei o cômodo, e ele só foi reaberto pelo casal na noite de núpcias.

— Então talvez o noivo possa confirmar sua história.

— Coralina nunca deixaria que Mister Ícaro visse o brinquedo. — Francine fazia uma conjectura, mas sabia que estava certa. — Eu o escondi sob o travesseiro justamente para não constranger minha prima na frente do marido.

Timóteo assentiu, observando atentamente o ursinho pendurado pela orelha, o nariz pontudo quase encostado no objeto. Passados alguns segundos, ele suspirou, enrolou o brinquedo em um pedaço de pano limpo e o entregou a um de seus homens.

— Senhorita Francine, já que é tão inclinada a falar, eu gostaria de obter o seu depoimento completo por escrito, a sós. Poderia me acompanhar até a delegacia?

※

Eis o que houve mais uma vez.

A simples sugestão de que Francine estaria sendo considerada suspeita de assassinato foi o suficiente para causar uma nova algazarra. Lady Bibi acusou o inspetor de incompetência por investigar uma menina de boa família enquanto a solução do mistério estava claramente debaixo do nariz dele. Denise não resistiu ao nervosismo e teve outra crise de choro. Francine ralhou que aquilo era um absurdo sem tamanho e que ninguém poderia achar que ela teria feito mal à prima por causa de um ursinho. E o inspetor, louvada fosse sua paciência, apenas repetiu termos como "rigor da lei" e "análise das circunstâncias".

Por fim, ficou acertado que Francine não iria à delegacia. Lady Bibi fora categórica: o escândalo arruinaria a reputação da garota. Com tanta gente lá embaixo, mexericos é que não iam faltar. Então, Francine foi levada ao antigo escritório de Lorde Tulli, onde a tia cuidava das finanças. Foi deixada ali sozinha sentada à mesa com o inspetor, entre pilhas de papel, canetas e um suprimento incrível de tinta.

– Muito bem – disse Timóteo, sentado na escrivaninha, testando uma das canetas. Vários respingos em preto borraram a folha de papel. – Como pode ver, não sou um exímio escrivão, mas vamos tentar fazer as coisas da melhor forma possível.

Francine crispou os lábios e se ajeitou como pôde na cadeira de encosto reto. Tinha sentimentos conflitantes sobre o sujeito. Sabia que o pobre não fazia mais do que seu trabalho, e que seu trabalho era justamente desconfiar de tudo e todos. Ainda assim, ele suspeitava que ela pudesse *matar* a própria prima, e isso contribuía muito pouco para garantir-lhe alguma simpatia.

– Eu não matei Coralina – ela já foi logo dizendo. – E o senhor nem mesmo tem certeza de que ela tenha sido assassinada.

– Calma, senhorita – ele riu, exibindo dentes perfeitos. Parecia mais simpático quando fazia aquilo, embora fizesse muito pouco. – Uma coisa de cada vez. Não a estou acusando de nada. Como bem observou, nem sei se existe alguém para acusar. Mas preciso de provas concretas.

Ela cruzou os braços. Resolveu cooperar. Relatou cada detalhe que conseguiu se lembrar das últimas semanas, respondendo a todas as perguntas enquanto Timóteo arranhava o papel. A caligrafia do homem era pavorosa.

— Então a senhorita passou boa parte da festa de casamento dançando, é isso? — ele perguntou em determinado momento.

— Sim, com Marcel.

— Marcel é o modista pavoneado que costura roupas verdes? O pupilo de Lady Bibi?

Francine não poderia tê-lo descrito melhor.

— E esse modista poderia corroborar que esteve com a senhorita até a hora em que a família se recolheu para dormir?

— Certamente — Francine respondeu com secura. Ora essa, agora ela dependeria da boa vontade de Marcel para dizer a verdade e livrar a cara dela?

O inspetor fez mais um punhado de anotações. Depois coçou o topo desgrenhado da cabeça.

— Tem uma coisa que ainda não compreendo. A senhorita disse que deixou o ursinho para sua prima como uma forma de conforto.

— Sim.

— Conforto de quê?

Francine se engasgou.

— B-bem, era a noite de núpcias dela e... e eu não queria que Coralina ficasse com medo.

— Então a senhorita estava apreensiva de que Mister Ícaro pudesse fazer algo de ruim com a menina?

— Eu não disse isso. — Ela levantou o indicador. — Estava apenas preocupada com a pouca idade e... *experiência* da minha prima, se é que o senhor me entende. Mas tenho motivos para acreditar que Mister Ícaro não desejaria mal a Coralina.

— É mesmo? — O inspetor entrelaçou os dedos das mãos sobre o tampo lustroso da escrivaninha. — Quais motivos?

A jovem sentiu as bochechas ficando quentes, e tinha certeza de que o homem da lei era capaz de notar sua hesitação. Tentou disfarçar com um dar de ombros.

— Ora, desde que o conheci, ele sempre me pareceu um cavalheiro bastante honrado.

O inspetor sorriu novamente, consultando seus registros.

— Desde que o conheceu há pouco mais de... *um mês*, quando chegou à cidade? Me parece pouco tempo para criar uma opinião tão firme sobre alguém.

Francine não estava com espírito para tolerar deboches. *Em um mês, o cavalheiro em questão apareceu na minha janela.* Ficou quieta e retribuiu o olhar do inspetor. Após um silêncio prolongado, Timóteo ergueu os papéis e os bateu na mesa para alinhar as folhas.

— Bem, por ora tenho tudo o que preciso. — Ele se levantou da cadeira. — Agora vou fazer o mesmo com Mister Ícaro. A senhorita está liberada. Não precisa se preocupar até segunda ordem, mas peço que não se envolva em nenhuma bobagem.

A jovem assentiu a contragosto. O homem a deixou sozinha.

Ao vê-lo sair, ainda aturdida com o interrogatório e com a visão da prima morta, Francine foi inundada por uma inesperada e devastadora lembrança: Medeia.

Tal qual a peça de teatro, ali estava ela, suspeita de assassinar a noiva do cavalheiro que desejava. Apenas algumas horas antes daquilo tudo, ela estivera sentada em uma mesa de toalha branca, bebendo champanhe e sonhando que as coisas fossem diferentes. E agora as coisas *estavam* diferentes. Coralina estava morta, tão morta em seu leito nupcial quanto a noiva de Jasão.

Francine apoiou os braços no tampo da escrivaninha. Voltou a sentir os efeitos da bebedeira, potencializados pelo cansaço e pelo nervosismo. O mundo girou ao seu redor, e sua boca ficou seca. Estava muito cansada.

De um jeito esquisito, tão esquisito quanto somente os muito desnorteados conseguem fazer, Francine teve a clara impressão de que tudo aquilo acontecera por sua culpa. Dela e de mais ninguém. O universo, ou o destino, ouvira seus anseios e depois os atendera da pior forma. Não havia nada racional no pensamento, mas ela o sentia mesmo assim. Se tivesse ficado com o pai na fazenda... se tivesse aceitado seu destino... Coralina estaria viva.

– Sou como Medeia – ela sussurrou, apenas para si.

E somente então Francine chorou.

☙

O enterro foi rápido e o mais discreto possível: ao contrário do casamento, naquele momento Lady Tulli não tinha nada do que se gabar.

Após Inspetor Timóteo autorizar o pessoal da funerária a preparar o corpo, o fotógrafo colocou o vestido de noiva na menina morta. Lady Bibi achou uma boa ideia enterrá-la com o Verde-Marcel. Antes do retrato, que deixou fumaça e um cheiro de ovo podre pairando pelo quarto, Doutor Acácio fora autorizado a examinar Coralina. Uma imposição do inspetor: era isso ou não haveria enterro. Afinal, Doutor Acácio era o melhor médico da região e conhecia a herdeira dos Tulli desde o berço. Também já havia auxiliado em investigações da polícia antes, geralmente brigas de bar e assassinatos nas docas. O médico pediu lençóis limpos, água e sabão. Passou algumas horas trancado lá dentro, motivo pelo qual, juntamente com o clarear da tempestade, o velório foi adiado para o fim do dia.

O cemitério ficava nos limites da capital, onde ainda havia mata virgem e ar fresco. Os bichos estavam agitados após o temporal, e lagartos coloridos corriam por cima das cruzes e das estátuas de anjos com olhos de pedra. Francine não prestou atenção ao sermão do padre. Estava coberta de preto da cabeça aos pés. Divagava, ouvindo os sons das árvores, sentindo os saltos das sapatilhas afundarem no terreno encharcado pela chuva. Repassava mentalmente todas as cenas daquele dia, desde o grito, as acusações da tia, a saída de Mister Ícaro e o interrogatório. Lady Bibi estava estranhamente calma agora. Ficara quieta durante todo o trajeto da carruagem até o cemitério. Talvez também estivesse pensando.

Francine admitia que havia fundamento no raciocínio da tia. Era a primeira noite de mulher casada de Coralina. A primeira noite dela com o marido. E ele a deixara sozinha e descera para o café. Ninguém vira a menina com vida naquela manhã, não havia testemunhas para confirmar o fato. Também não era difícil perceber que aquele era um casamento por conveniência, sem amor, e que o maior benefício para Mister Ícaro seria herdar um título de nobreza para sua família.

Esse benefício não se perderia com a morte de Coralina: em função do casamento e na falta de parentes próximos à menina por parte de pai, o rapaz continuaria sendo Lorde. A situação dele era... complicada. A mera existência dessa possibilidade deixava Francine enjoada, e fazia com que as garras da culpa apertassem mais fundo suas entranhas de ressaca. Ícaro seria capaz?

Durante o restante da cerimônia, Francine manteve os olhos fixos nos sapatos e nos vestidos com barras enlameadas que passavam ao redor. Só se mexeu duas vezes: a primeira quando Marcel chegou, esbaforido, atravessando o gramado com passos largos para abraçá-las, e a segunda quando precisou amparar Lady Bibi no momento em que desceram o caixão.

Na volta para casa, a tia tocou em seu joelho dentro da carruagem. Francine ergueu os olhos para ela. Lady Bibi limpou o rosto e sorriu levemente, abrindo a bolsinha de veludo que carregava e tirando de lá um quadradinho de papel.

Francine compreendeu do que se tratava antes mesmo que a tia lhe entregasse. Via apenas o verso em branco, mas as bordas picotadas do quadradinho eram inconfundíveis. Uma fotografia. *A fotografia*.

– *Memento mori* – disse Lady Bibi, estendendo o retrato.

A sobrinha o recebeu com cuidado, quase que com uma reverência. As lágrimas a inundaram e embaçaram seus olhos assim que virou o papel, estampado pela química com a imagem de Coralina. Ela estava tão plácida em seu vestido de noiva, parecia adormecida. A fotografia em preto e branco era absurdamente nítida, já que os mortos não podiam se mexer durante a captura. Francine percorreu os traços do rosto da prima, tentando memorizar cada detalhe, com medo de que escapulissem com o passar do tempo.

– Mandei que fizessem uma revelação para você – explicou a tia. – Coralina ia querer que se lembrasse.

– Eu nunca a esqueceria.

Lady Bibi aquiesceu. Fungou profundamente e voltou a dar tapinhas na perna da sobrinha.

— Faremos justiça – disse ela. – Pela graça do bom Deus, não descansarei até colocar aquele patife na cadeia. Não me importa que a família dele seja podre de rica.

Francine ainda olhava a fotografia. Retratos, de modo geral, eram caros. Os ilhéus podiam contar nos dedos a quantidade de fotografias que veriam ao longo da vida. Retratos de pessoas mortas eram ainda mais caros. E ainda assim a tia lhe mandara revelar uma cópia. Para ela, Francine, suspeita de assassinato. Justo ela, que recebia homens comprometidos em seu próprio quarto na calada da noite.

— Cora sempre quis uma irmã – a tia confidenciou, novamente se enchendo de lágrimas. – Foi uma bênção que você tenha vindo para cá. Sei que vocês tiveram pouco tempo, mas... – A mulher não conseguiu terminar a frase. Seu rosto sumiu atrás do lenço. As duas choraram juntas.

Quando chegaram à mansão, Francine se sentia péssima. Ao menos havia sido dispensada para subir ao quarto. Ninguém esperava que fizessem nada além de prantear pelos próximos dias. Cansada e derrotada, subiu os degraus. Escondeu a fotografia por dentro do corpete, ao lado do coração. Talvez depois a colocasse dentro de um livro, mas, por ora, preferia tê-la ali. Um gesto bobo para manter a prima por perto.

Tudo o que Francine queria era tirar os sapatos, cair na cama e perder a noção das horas. No entanto, foi impedida de realizar seus desejos tão logo atravessou a porta, porque já havia alguém no quarto. Coralina Tulli em pessoa estava sentada em sua cama, esperando por ela.

Capítulo 11

No qual um fantasma se senta na cama

FORÇAS DESCONHECIDAS impediram Francine de gritar. Talvez seus nervos já estivessem em frangalhos, talvez se sentisse tão culpada que julgava merecer um castigo divino: não gritou. Ao ver aquilo que só poderia ser o fantasma da prima falecida, a reação de Francine foi fechar com força a porta atrás de si e escorregar até o chão com olhos esbugalhados. O fantasma levantou-se da cama assim que a viu.

— Está louca? — a aparição perguntou. — Aconteceu alguma coisa? Sua cara está branca feito papel...

— V-você... — Francine gaguejou. Só podia estar delirando.

O fantasma de Coralina parecia ter chegado a uma conclusão parecida.

— Deixa-me ver se está com febre. — A aparição fez menção de avançar para tocar em sua testa. Francine deu um gritinho e pulou como um gato, correndo aos tropeços pelo quarto até se enfiar por trás do biombo. Agarrou a armação de bambu como se fosse o escudo de um templário, espiando com um único olho pelas frestas da madeira.

— Não toque em mim! — choramingou.

O fantasma ainda usava o vestido verde de casamento com o qual fora enterrado. Ou devia ter sido enterrado. Ou enterrada. *Argh.*

— Ora, Francine. — A versão translúcida de Coralina cruzou os bracinhos sobre o peito. — Você está me assustando. Por que está toda de preto? Acho mesmo que você deve estar doente.

Ah, então era Francine que a estava assustando?

— Acho melhor chamar mamãe, ela vai saber o que fazer...

O fantasma caminhou – ou flutuou – em direção à porta. Francine teve um rápido vislumbre do pandemônio que seria caso a silhueta da falecida Coralina Tulli fosse visto andando pelo corredor. Talvez fosse a vez da tia bater as botas.

– Espere! – Francine ergueu a mão, e a aparição estancou.

Não sabia o que dizer. O fantasma a olhava com os mesmos olhos curiosos que tivera em vida, só que agora era possível *ver* através deles. Coralina inteira tinha uma aparência diáfana, como se seus contornos fossem pura fumaça. Não era invisível de todo, tendo seu próprio volume um tom esverdeado e brilhante. Ainda assim, Francine conseguia enxergar a parede por trás dela, da mesma forma como a luz atravessa um lençol molhado no varal.

– O que está acontecendo, Francine? – O fantasma assumiu uma expressão de choro. – Está tudo tão esquisito hoje... Ninguém apareceu nem me explicou nada. Não vejo mamãe desde ontem. Aconteceu alguma coisa, não foi? Onde está Mister Ícaro?

Francine sentiu os olhos umedecerem. Sabia que não seria capaz de segurar as lágrimas. Acabara de lhe ocorrer que Coralina não fazia ideia de que havia morrido. A menina estava claramente confusa. Acreditava estar viva. E, embora não soubesse explicar como um espírito se materializara em seu quarto, a mais velha foi tomada por um dolorido sentimento de compaixão. Por outro lado, aquele fantasma também não parecia muito violento ou assustador.

– Oh, minha prima... – lamentou Francine. – Eu sinto tanto...

A aparição arregalou os olhos.

– Ai, meu Deus. Então aconteceu *mesmo* alguma coisa! Foi Mister Ícaro? Ele se arrependeu de ter casado comigo? Ele não me quer mais?

Francine, ainda com metade do corpo atrás do biombo, apenas negou com a cabeça, encarando as próprias lágrimas que pingavam na roupa. O fantasma veio até ela, e suas mãos de fumaça agarraram os antebraços de Francine. A sensação era fria e discreta, como sentir o borrifo vindo de um vidro de perfume.

– Me diga o que está acontecendo – implorou Coralina. – Por favor...

Francine inspirou devagar para buscar as palavras certas. Mas não havia palavras certas. Não havia nem mesmo um gesto correto, já que não fazia ideia de como segurar um fantasma, sentá-lo na cama e afagar suas costas. Fantasmas desmaiavam com notícias ruins? Na dúvida, preferiu apelar ao pragmatismo: diria a verdade.

– Você está certa, aconteceu uma coisa. – Francine enxugou os olhos na manga do vestido preto. – Aconteceu uma coisa com você.

– Comigo? – Coralina franziu a testa.

– Sim, você.

– Não entendo... Como pode ter acontecido algo comigo se não me avisaram de nada?

– Bem, nós não sabemos explicar ainda como aconteceu, ou mesmo por que aconteceu, nem quando, mas... mas você está meio... ora, meio...

– Meio?

– ...meio morta.

Francine mordeu o lábio. Aguardou o momento em que o cérebro de Coralina entenderia as palavras que acabara de ouvir. Mas a menina continuou apenas com uma expressão vincada de estranhamento. Pelo visto, a única conclusão a que Cora chegara era a de que a prima de fato enlouquecera.

– Morta? – ela riu. – Mas se eu estou aqui com você...

– Olhe para si mesma. – Francine sinalizou gentilmente em direção à figura.

O fantasma baixou as vistas, girou o tronco, olhou-se sob todos os ângulos.

– Não vejo nada de errado. Quer dizer, não sei por que ainda estou com esse vestido. Tenho certeza de que tirei para dormir.

– E o vestido é a única coisa errada que está vendo?

Coralina começou a esfregar os próprios braços.

– Pare com essa brincadeira, Francine. Estou ficando assustada de verdade.

– Mas você morreu!

– Não morri!

– Eu fui ao seu enterro.

– Você está delirando!

Foi a vez de Francine levar as mãos às têmporas em desespero.

– Vai ver estou mesmo presa em um pesadelo, e de muito mau gosto.

O fantasma assentiu. Também achava isso.

– Não quer que eu peça para mamãe trazer Doutor Acácio? Ele pode examinar você.

– Não – respondeu Francine, olhando em volta. Procurava algo que pudesse ajudá-la a provar a verdade, algo que convencesse Coralina. Mas, quanto mais olhava, mais comuns e ordinários pareciam os objetos do quarto. Até que finalmente lhe ocorreu uma ideia.

Francine puxou a fotografia de dentro do corpete.

– Veja isto. – Ela ergueu o papel de bordas picotadas na altura do rosto de Coralina. A menina estreitou os olhos para enxergar, e os arregalou logo em seguida.

– Eu não lembro de ter posado para um retrato – disse ela com assombro. – Muito menos deitada desse jeito horrível! Quando foi isso? Quem fez isso?

– Foi hoje mesmo, pouco antes do velório. Eu acabei de voltar do cemitério, Cora... Não é possível que o dia inteiro tenha sido um sonho.

A aparição entrou em choque, negando sem parar com a cabeça enquanto fitava a fotografia.

– Não, é impossível.

– Pense, querida – instigou Francine, tentando conduzir a prima a um estado mental mais lógico. – De que outro modo eu poderia ter essa fotografia?

– Mas eu não posso ter morrido. Eu me casei ontem, e... e... eu me sinto ótima!

A palavra fisgou a atenção de Francine.

– Ótima? – Ergueu uma sobrancelha. – Disse que se sente ótima?

– Exato.

– Ótima, ótima, *completamente ótima*?

– Sim, como há muito não me sentia – o fantasma respondeu.

– Então quer dizer que não está sentindo nenhum dos inúmeros desconfortos sem solução que a acometeram diariamente ao longo dos últimos meses? Nenhuma brotoeja? Nem uma tontura sequer?

Coralina demorou para responder. Ficou confusa por um tempo, mas então a compreensão a atingiu. Deu dois passos para trás e deixou-se cair sentada na poltrona da penteadeira.

– Ah, meu Deus. Eu estou morta.

Francine passou as horas seguintes tentando consolar tanto o fantasma quanto a si mesma. Coralina chorou copiosamente, e suas lágrimas de fumaça rolavam pelo rosto para sumir ao pingar no vazio. Ela transitou por todos os estágios possíveis do luto, desde a triste constatação de que a morte a separava da família até o desagrado por ter morrido antes de poder desfilar pela cidade como uma mulher casada. Francine escutou tudo com paciência e gentileza, agachada sobre os joelhos ao lado da menina.

– Eu não entendo – disse a menina, entre um soluço e outro, assim que conseguiu se acalmar. – Não senti nadinha! Quando papai morreu, todo mundo sabia que ele ia morrer.

Francine prendeu a respiração, preocupada sobre qual seria a próxima pergunta. Aquele raciocínio levava a um único caminho. De fato, passaram-se apenas alguns segundos até que Coralina erguesse seus imensos olhos fantasmagóricos para ela.

– Como foi que eu morri?

Pelo tom, Francine sabia que a prima estava ao mesmo tempo curiosa e receosa com a resposta. Optou por responder com uma nova pergunta.

– Do que você se lembra? Digo, depois do casamento. O que aconteceu?

A menina fitou o teto com ares de concentração.

– Hum... é engraçado, não consigo me lembrar direito. Eu dei boa noite para vocês. Subi as escadas. Estava chovendo. Acho que Denise me secou e me ajudou a vestir a camisola. E depois... não consigo me lembrar.

– Você não se lembra de nada da sua noite de núpcias? – Francine adoraria ter perguntado de um jeito mais delicado (ou não ter perguntado de forma alguma), mas não havia uma boa maneira de fazer isso. Aquela conversa era um poço sem fundo, e elas continuavam cavando.

Coralina se encolheu, acanhada com a pergunta, abraçando as pernas e escondendo o rosto. Se tivesse sangue correndo nas veias, o fantasma decerto estaria com as bochechas vermelhas.

– Por favor – Francine insistiu. – Sei que fica sem jeito, mas é uma coisa importante. O que aconteceu depois que Mister Ícaro chegou?

— A única coisa da qual me lembro – disse a aparição, ainda envergonhada, espiando a prima com um único olho – é que eu estava com muito medo.

— Com medo? – Francine se empertigou. – Com medo de Mister Ícaro?

— Não. Quer dizer, mais ou menos... – a menina tentou explicar. – Mamãe havia me chamado logo antes para uma conversa, para explicar meus deveres de esposa. Disse que o marido faz coisas com a mulher, e que eu não deveria ficar assustada mesmo que fossem coisas estranhas. E aí ela falou um monte de coisas sem pé nem cabeça, algo sobre abelhas, pássaros e potes de mel... e flores. Tinha flores. E abelhas. Não entendi muita coisa, mas você sabe como odeio abelhas, e então fiquei muito assustada porque não sabia o que Mister Ícaro iria fazer com as abelhas, e eu não queria que ele trouxesse abelhas para o nosso quarto.

Coralina falou tudo aquilo muito rápido, acelerando a cada palavra. Quando terminou, estava sem fôlego e parecia que ia voltar a chorar. Francine, consideravelmente melhor em metáforas do que a prima mais nova, praguejou mentalmente contra a tia. Lady Bibi conseguira um verdadeiro feito: além de deixar a filha completamente despreparada para a noite de núpcias, ainda a deixara morrendo de medo. Olhou bem para o fantasma, pouco mais que uma criança.

— Oh, Cora, eu sinto tanto... Mas você não lembra de mais nada? Nem se Mister Ícaro fez algo contra você?

— Contra mim? – O fantasma ergueu a cabeça e franziu a testa. – Por que ele faria isso?

Francine percebeu depressa que o poço sem fundo teria ainda muitos palmos a cavar.

— Bem... existe uma possibilidade... quer dizer, Doutor Acácio levou você, ou melhor, o seu corpo, para análise. Mas existe uma suspeita de que você possa ter sido... hum... assassinada.

A menina soltou um gritinho. Levou as mãos ao peito.

— Que horror! Alguém tentou me matar?

— Mas não tem nada provado – Francine acrescentou de imediato, resistindo à vontade de comentar que alguém não só tinha tentado matá-la como também havia conseguido. – São só conjecturas.

— E você acha que foi Mister Ícaro?

— A sua mãe suspeita dele, por causa da noite de núpcias e do seu título de nobreza. Mas vamos precisar esperar a investigação.

A aparição negou com a cabeça.

— Não acho que tenha sido ele. Mister Ícaro é um cavalheiro. Muito bonzinho.

Francine acabou relatando para a prima todos os detalhes daquela manhã, desde o grito de Denise até a volta do cemitério. Omitiu algumas partes, como o olhar vitrificado da Coralina cadáver e os impropérios ditos pela mãe dela. Mas contou sobre o interrogatório e também sobre as suspeitas do inspetor acerca do ursinho.

O fantasma entrou em divagação profunda. Sem falar nada, refletia e olhava o teto. Francine tentava imaginar como seria a sensação de repensar a vida (ou a morte) daquele jeito. Continuou agachada, esperando, ainda que seus joelhos estivessem ardendo. Lá fora, a noite ia alta, e as duas estavam quase que totalmente imersas na penumbra.

— Mas por que estou aqui? – Coralina perguntou, por fim. – Por que não fui embora? Por que não estou vendo meu pai?

— Não faço ideia – Francine admitiu com um dar de ombros. Lembrou-se das histórias que os mareanos mais velhos costumavam contar quando ela era pequena. – Dizem que algumas almas ficam presas ao mundo físico quando têm assuntos inacabados a resolver.

— Bem, eu certamente não queria morrer agora... – Coralina fez uma careta de desagrado. Começou a balançar os pezinhos incorpóreos que pendiam da banqueta.

— Eu sinto muito, Cora.

— Não posso mesmo tentar falar com mamãe?

Francine imaginou mais uma vez a reação da tia vendo a filha moribunda entrar em seu quarto vestida em verde e fumaça. Não precisou imaginar muito.

— Não acho que ela esteja pronta, querida. Foi um dia bem difícil. É mais provável que ela a considere um delírio.

Coralina suspirou, mas pareceu concordar. Sentiria saudades da mãe, ainda mais naquele estado, mas até mesmo ela percebia que revelar-se agora era má ideia.

– Sabe – o fantasma falou –, acho que eu gostaria de saber como morri. Gostaria mesmo. Talvez seja por isso que ainda não fui para o Paraíso encontrar papai.

A prima mais velha ofereceu-lhe um sorriso suave.

– Não vamos descansar até descobrir o que houve com você, está bem? E, se alguém tiver lhe feito algum mal, faremos com que pague. Eu prometo. Eu só preciso de... tempo.

A assombração pareceu achar graça na palavra.

– Eu vou ter bastante tempo agora – ela respondeu, um tanto soturna.

Capítulo 12

No qual um cavalheiro não tão nobre opta pela fuga

CORALINA, COMO ESPERADO, estava tendo dificuldades para aceitar e se adaptar à nova rotina, e Francine começou a fazer a maior parte das refeições no quarto. Sempre que podia, contrabandeava jornais e revistas e os deixava abertos sobre a cama para que a prima pudesse lê-los. Haviam descoberto, depois de alguns testes, que a menina era incapaz de interagir com objetos do mundo real. Quer dizer, Cora até podia derrubar um jarro ou apagar uma vela com um sopro, mas a ação precisava ser realizada em um único ímpeto e consumia muito de suas energias. Virar as páginas de um livro, por exemplo, exigia uma delicadeza que estava fora de cogitação.

O maior problema de estar a meio caminho entre a vida e a morte é o tédio. Coralina não sentia sono nem fome, sede nem frio. Francine passou a deixar uma vela acesa durante a noite, para que o fantasma pudesse ao menos circular pelo quarto, mas lhe partia o coração vê-la ali sem objetivo ou distração. Não raro chorava.

Também não podiam sair de casa, nenhuma das duas. Cora por motivos óbvios, e a outra porque não era de bom-tom que uma moça pisasse na rua antes de cumprir o período de luto. Principalmente moças investigadas por assassinato. Por sorte, as coisas estavam tão estranhas na mansão que ninguém se preocupava muito com as excentricidades recém-adquiridas de Francine.

Às vezes, por distração, o fantasma acabava atravessando a cama ou passando pelas portas do armário sem nem sentir. Francine estava convicta de que a prima seria capaz de atravessar paredes. Mas mal notava o que havia feito e a aparição já se afastava de imediato, horrorizada com o acontecimento. *Alguns costumes demoram mais para mudar*, pensava Francine.

Bem, atravessando ou não paredes, Coralina permanecia confinada ao quarto da prima. Havia sempre um empregado perambulando pela casa, e vez por outra havia uma visita na sala de chá, pois Lady Bibi andava implacável na cruzada contra Mister Ícaro. Convidava pessoas importantes, homens da política e senhoras influentes, e passava horas tentando convencê-los de que a filha havia sofrido um atentado. E, justamente por causa disso, a filha em questão permanecia trancada. Quando Francine precisava deixar o quarto ou quando Denise vinha para trocar os lençóis, ainda ostentando um olhar choroso na fronte marcada, o fantasma tinha de ficar entrincheirado dentro do armário.

Naquela noite em particular, as duas primas conversavam após a janta.

— Sua mãe disse que ninguém vê Mister Ícaro faz dias — Francine comentou, agachada para mexer no baú aos pés da cama. Havia tido uma ideia para distrair Coralina. — Não é nada bom para a situação dele, sabe. Levanta ainda mais suspeitas.

— Ele só está com medo de mamãe. Eu também estaria se fosse ele — Coralina riu. De um jeito mórbido e inesperado, o humor dela havia aflorado nos últimos dias. — Alguma notícia da família dele?

— Nada. Parece que os pais enviaram uma carta ao jornal, reiterando a inocência do filho e dando a entender que somos uma corja de golpistas. Mas não vão se dar ao trabalho de vir até a ilha defender o herdeiro. Pessoas adoráveis.

— Mamãe ficou muito contrariada por eles não terem vindo à festa. Que coisa mais feia, perder o casamento do único filho...

— Olha, eu estive pensando. — Francine finalmente encontrou o manual de boas maneiras no fundo do baú. — Acho que deveríamos criar uma lista.

— Uma lista?

— Sim, com todas as pessoas que poderiam querer algum mal a você.

— Uma lista de suspeitos? Como fazem os detetives? — Cora empolgou-se no ato com a perspectiva de conduzir uma investigação.

Francine levou o livro, caneta e tinta para perto da vela sobre a escrivaninha. Fazia algum tempo que não abria o manual de etiqueta da Srta. Hartley. Mais precisamente, desde o casamento. Escolheu uma página aleatória. Parte do capítulo que ensinava como escrever e selar cartas, ela se lembrava bem. As ilustrações no rodapé, desbotadas pela passagem dos anos, mostravam os vários modos de dobrar envelopes. *Uma tolice e uma perda de tempo*, pensou Francine, flagrando-se surpresa com o próprio pensamento.

— Pensei que pudéssemos esconder a lista no manual — ela explicou, tentando deixar as divagações de lado. — Você sabe, para evitar que alguém a encontre.

Coralina adorou a ideia. Aproximou-se com seus passos inaudíveis até a escrivaninha, pairando ao redor da prima.

— Anote aí: Melinda e Isadora Puffin. Principais suspeitas.

Francine precisou rir.

— Não acho que as irmãs Puffin sejam más a esse ponto, Cora...

— Nota-se logo que você não as conhece.

— Falo sério, Cora, as meninas têm a sua idade. Acha mesmo que matariam alguém? Que tal começarmos por alguém mais propenso a maldades? Quem sabe... Lorde Edmundo?

A imagem do lorde careca fazendo pouco de suas origens e olhando-a de maneira imprópria ainda a assombrava. Se alguém tinha motivos e coragem para assassinar uma garota recém-casada, Lorde Edmundo seria um bom palpite.

— Oh, aquele homem horrendo... — Coralina fingiu um arrepio.

Francine escolheu um dos cantos da borda do papel. Rabiscando com cuidado para não exagerar na tinta e diminuir a caligrafia ao máximo, acrescentou as duas palavrinhas. *Lorde Edmundo.*

— Quem mais além dele poderia lucrar com a sua morte? — Girou sobre a cadeira para encarar o fantasma.

Coralina curvou os lábios, pensativa.

— Não sei, não temos muitos inimigos por aqui. Algumas ladies da associação tentam derrubar mamãe da liderança há anos, mas nunca fizeram nada sério.

— Não o suficiente para matar a filha dela. — Francine olhou desanimada para sua lista de um nome só.

— Acho que você deveria colocar os pais de Mister Ícaro aí.

— Mesmo? — Francine se surpreendeu com a sugestão. — Assassinar a própria nora?

— Eu não confio nadinha em gente que falta em casamentos.

Francine não estava bem certa sobre aquilo. Se elas fossem policiais de verdade, não deixariam que opiniões pessoais atropelassem as evidências. Os pais de Ícaro estavam a milhas de distância, e dificilmente poderiam arquitetar algo assim sem o conhecimento do filho. Sendo bem imparcial, preferiu então escrever "Mister Ícaro" no papel e, após os protestos de Coralina, acrescentou "e família" entre parênteses. Também colocou o próprio nome na lista e o riscou logo em seguida. Mas era importante que ele constasse ali. Não sabia dizer o porquê, mas lhe parecia o certo. Talvez o Inspetor Timóteo tivesse uma lista igualzinha àquela na delegacia.

Após uma nova rodada de protestos do fantasma, acabou cedendo e colocando as irmãs Puffin na listagem, mas só porque estava incomodada com o tamanho diminuto do rol de suspeitos. Colocou o nome das garotas no finalzinho da página, bem afastado dos outros.

— Acho que é só... — ela falou ao desenhar o último N do nome de Isadora Puffin. Não conseguiu conter um bocejo.

— Ah, não, você está ficando com sono — lamentou a outra.

— Sinto muito, Cora. Se pudesse, ficaria acordada com você.

— Tudo bem — respondeu o fantasma, indo se acomodar junto à janela. — Vou contar estrelas cadentes até amanhecer.

— Por que não dá umas voltas pela casa? Quando todos estiverem dormindo, claro.

— Eu não consigo abrir as portas.

— Cora...

— Já falamos sobre isso. — A menina cruzou os braços fantasmagóricos de forma decidida sobre o vestido de noiva. — Nada de atravessar paredes!

Francine resolveu não insistir. Deixaria que a prima seguisse seu próprio tempo, afinal, ela tinha muito. Um dia o tédio a faria mudar de ideia, não era possível. Não havia muita coisa boa em estar morta, então era melhor não desperdiçar as poucas vantagens de se encontrar em tal estado. Ainda pensando com os próprios botões, Francine enfiou-se na cama e adormeceu quase no mesmo instante.

☙

E talvez porque aquilo já estivesse virando rotina, Francine acordou assustada.

Foi acordada, na verdade, pelos imensos olhos de Coralina, com o teto refletindo o luar através de sua cabeça transparente.

A menina tapou-lhe a boca para que fizesse silêncio, mas as mãos incorpóreas dificilmente serviriam para tanto. Francine conseguiu falar com facilidade apesar da sensação gelada sobre os lábios:

– Quer me matar do coração?!

– *Shhh*. Acho que Mister Ícaro está tentando subir até aqui. Está pendurado do lado de fora da janela como um gato!

– Mister Ícaro? De novo? – Francine ergueu-se nos cotovelos. – Ele não andava sumido?

– Isso já aconteceu antes? – O rosto de Coralina formava uma imensa interrogação.

As duas saíram da cama. Francine virou-se para a prima.

– Vá para dentro do armário! Agora!

– O que ele veio fazer aqui?

– Depois eu explico! – A garota tentou empurrar o fantasma, mas suas mãos atravessaram em vão pelo vestido de noiva transparente.

– Não! – teimou Coralina, rígida. – E se ele estiver planejando assassiná-la também?

– Não era você quem acreditava que ele era inocente?

– E se eu estiver errada? Melhor trancar a janela. Melhor chamar mamãe!

Sem tempo para mais explicações, Francine abriu a porta do armário e indicou o vão escuro com urgência, os lábios crispados em um apelo silencioso. A aparição flutuou a contragosto, indo se esconder muito insatisfeita entre um par de cabides.

Francine bateu a porta bem a tempo de ver as botas de Ícaro

passando pela moldura da janela. Ela manteve as mãos para trás, segurando o trinco do armário. Os dois se olharam. O semblante dele mostrou-se intrigado.

— Sabia que eu vinha? — Ele ergueu uma sobrancelha.

— O que o faz pensar que pode subir no meu quarto sempre que quiser? — Às vezes, a melhor estratégia para não responder perguntas era *fazer* perguntas. — O senhor não andava sumido? Pensei que estivesse se escondendo da minha tia.

— Da sua tia? — Ícaro emitiu um riso cansado, apoiando o corpo no batente da janela. Parecia ter mordido a isca de Francine e esquecido a própria pergunta. — Estou mais preocupado com a polícia batendo na minha porta.

Francine notou as olheiras enormes sob os olhos dele, as feições cheias de cansaço. Também percebeu que o rapaz vestia uma capa de viagem por cima da roupa e estava com botas pesadas. Parecia pronto para iniciar o dia ou uma expedição, mas não poderiam estar mais longe do nascer do sol. Estaria se escondendo para não ser reconhecido?

— Inspetor Timóteo não pode prender o senhor sem provas — ela disse, talvez para reforçar a própria convicção. Depois acrescentou depressa: — Considerando que o senhor não seja o culpado, claro.

— Está mesmo me perguntando isso? — ele endureceu o tom, ofendido.

— Ora, precisa se colocar no meu lugar! — Francine retrucou. — O senhor foi o último a ver Coralina com vida. E aí se tranca em casa, evita todo mundo e...

— Eu não ma... — Ícaro se interrompeu ao notar que falava alto demais para o avançar da hora. — Eu não matei sua prima! — sussurrou com urgência. — Precisa acreditar em mim, você mais do que qualquer outra pessoa!

Francine queria acreditar. Queria muito acreditar. Mas devia à menina fantasma trancada no armário um pouquinho de bom senso.

— Não sei. Não me parece um assassino, mas... era a noite de núpcias. O senhor é um homem, e ela era uma jovem muito delicada. Todos nós havíamos bebido e estávamos cansados. Talvez um acidente, talvez alguém tenha se excedido...

O homem chiou de frustração, sacudindo a cabeça sem parar e amassando os cachos do cabelo entre os dedos.

– Eu não acredito nisso. Não acredito que você vai me fazer falar sobre a minha noite de núpcias!

– Bem, não vou mentir: acho mesmo necessário escutar a sua versão dos fatos – ralhou Francine que, na verdade, sentia o estômago embolar só de pensar na palavra "núpcias". – Seria ótimo que tentasse me explicar o que aconteceu. Aí quem sabe eu possa acreditar na sua inocência, senhor.

– Detesto que me chame assim.

– É melhor do que assassino.

Ícaro entortou a boca. Se não estivessem no meio da madrugada, ele provavelmente já estaria gritando. Mas um fiapinho de prudência se esgueirou por seu espírito, porque ele inspirou fundo e tentou se acalmar.

– Tudo bem – ele disse. – Vou contar o que aconteceu naquela noite. Mas saiba que acho tudo isso muito inadequado.

Não me diga. Francine prendeu a respiração, enjoada com a perspectiva do que teria de ouvir. Do que o fantasma da prima, trancado no armário, teria de ouvir. Uma conversa como aquela no meio da noite já era o suficiente para condená-las a uma vida de penitência em um convento.

– A verdade... – Ícaro também parecia sem jeito. – É que não houve consumação do casamento. Sua prima faleceu tão pura quanto no minuto em que entrou na igreja, que Deus a tenha.

Francine piscou. Aquela não era a resposta que estava esperando. Aquilo era bom? Era ruim? Não estava entendendo mais nada.

O rapaz ficou rígido como uma vassoura, retorcendo as mãos no bolso da capa.

– N-não houve consumação? – Francine tentou soar plácida e madura, sem muito sucesso. Resolveu acrescentar uma pergunta porque a ideia de parecer uma mocinha pudica na frente daquele homem a incomodava. – O senhor teve algum problema físico? Uma indisposição?

Ícaro chiava feito chaleira a cada nova conjectura.

— Não tem nada de errado comigo! – ele se justificou de pronto. – Subi aquelas escadas com uma ótima disposição, muito obrigado. Mas...

Francine se pendurou naquela pausa.

— Coralina estava muito assustada. Tentei acalmar, mas ela não parava de falar sobre abelhas. Cheguei até a procurar se tinha mesmo algum inseto no quarto, mas a janela estava fechada. Não sei de onde ela tirou aquilo.

A jovem mordeu o lábio para conter uma risada imprópria. Ícaro gesticulava, nervoso, ciente de que sua versão pareceria sem pé nem cabeça para qualquer pessoa que não tivesse uma Coralina fantasma presa no próprio armário.

— Ela parecia prestes a chorar, e eu já estava me sentindo terrivelmente culpado. Lembrei-me da promessa que lhe havia feito. E, então, fiz a única coisa que me veio à cabeça: deitei-a na cama, puxei um travesseiro e um lençol, desejei boa noite e fui dormir no chão.

O coração de Francine aqueceu um pouquinho. Ela engoliu a risada e olhou com um pouco mais de fé para o jovem encostado na janela.

— Então você dormiu no chão?

— Sim. E dormi como um cachorro pulguento, se quer saber. Por isso desci para o café tão logo o sol deu o ar da graça. Eu estava exausto e completamente dolorido.

— E quando Coralina foi encontrada... os lençóis no chão...

— Foram os que usei para improvisar uma cama – ele confirmou. – Não sei como ela foi parar ali.

Francine levou o indicador à boca, pensativa. Aquela era uma versão plausível. Combinava com as poucas lembranças da prima. Além disso, ninguém que desconhecesse a existência de uma Coralina fantasma mencionaria as abelhas. Existiam mentiras mais críveis e menos vergonhosas do que aquela. Ainda assim, era a palavra dele contra o mundo.

— Você falou sobre isso para a polícia?

— E arruinar a minha reputação? Além de suspeito de assassinato, ser considerado um homem incapaz de consumar um casamento? É claro que não falei nada. Não sei nem por que estou contando isso.

Ah, os códigos de conduta da masculinidade... Francine revirou os olhos.

– Isso poderia ajudar a provar sua inocência – ela tentou argumentar. – Talvez sua prudência com Coralina fosse levada em consideração.

– Ah, se as coisas fossem simples assim... – Ele coçou a nuca. – Minha prudência contra a palavra de alguém como Lady Bibiana Tulli? Eu já estou condenado.

– Doutor Acácio poderia corroborar sua versão. E Inspetor Timóteo me parece um homem justo. Terrivelmente sem modos, mas...

– Não sou um nobre – Ícaro a interrompeu. Depois parou, confuso. – Quer dizer, talvez agora eu seja. Não sei bem. De qualquer forma – ele retomou –, sou só um colono mareano de uma família que ganhou dinheiro. Ninguém vai ficar do meu lado nessa tragédia, ao menos não contra Lady Tulli, que sustenta um nome respeitado e manchão, mesmo perante a Coroa. Todos a conhecem há décadas, e soube que sua tia vem angariando apoios influentes nos últimos dias. A polícia sempre obedecerá aos interesses da Coroa, e isso inclui seu amigo inspetor. Sou um caso perdido, Francine. Eles vão precisar colocar a culpa em alguém. Não há mais nada aqui para mim.

– Eu acredito na sua inocência... – A jovem ficou com tanta pena que achou por bem confessar.

Diante de tais palavras, o homem desabou. Literalmente desabou: abraçou Francine, apoiou a testa em seu ombro e desatou a chorar. E é claro que Francine tinha irmãos, e é claro que ela já os havia consolado algumas vezes. Homens choravam em mais ocasiões do que gostariam de admitir. Mas parecia diferente quando o homem em questão era o viúvo da sua prima morta que te espiava pelo buraco da fechadura e tudo o que você estava vestindo, de novo, era uma camisola. Precisava fazer algo para que ele parasse de chorar, então deu alguns tapinhas constrangidos nas costas largas cobertas pela capa, fazendo sons tranquilizadores com a boca, como se ninasse um gatinho.

Céus, este homem é uma manteiga!

Aos poucos, Mister Ícaro foi deixando os braços penderem ao lado do corpo e se afastou dela, fungando. Parecia ter finalmente notado o quanto o momento era impróprio. Ele limpou o rosto úmido, pigarreou e aprumou as costas. Estava um caco.

– Peço desculpas. Não foi para despejar minhas mágoas que vim até aqui.

– Posso ajudar o senhor a provar sua inocência. – Francine quis deixar aquilo claro antes que ele precisasse pedir.

Mas deduzira errado as intenções do cavalheiro, porque Ícaro negou sua oferta.

– Esqueça isso – ele disse. – Nunca seríamos capazes de provar nada.

– Mas...

– Não foi para isso que eu vim. Escute, não tenho muito tempo. – Ícaro a puxou pela mão até a janela, iluminando-os com o luar. – Na verdade, vim fazer uma proposta.

Francine, achando tudo aquilo cada vez mais estranho, limitou-se a erguer as sobrancelhas. O rapaz sorriu.

– Quero que fuja comigo – ele despejou, sem grandes rodeios. – Ainda hoje, antes do sol nascer.

– Perdão?! – Francine sentiu a cor sumir das faces.

– Não posso ficar aqui no olho da tempestade. Minha reputação ficará arruinada. Logo eu teria de vender as fábricas da ilha, porque sua tia me tiraria todo o crédito. Troquei correspondências com meus pais, e eles também acreditam que a melhor solução é um afastamento estratégico. Dar tempo para que a poeira baixe e todos se esqueçam do escândalo. É o melhor para proteger a família, e também o título dos Tulli.

Francine estava fazendo força para entender.

– Você está fugindo?

– Você faz com que pareça uma coisa terrível.

– Mas e a sua inocência? E a justiça?

– Francine... – Ele a fez parar. – Não tenho nenhuma chance a não ser me preservar. O meu futuro depende disso.

– E para onde você iria? – Ela deu de ombros, ainda achando a ideia terrível.

– *Le Grand'Tour* – Ícaro respondeu com um sotaque perfeito.

– *Le* o quê?

Ele riu.

– *Grand'Tour*. É uma tradição do velho continente. Uma grande viagem pelo mundo para adquirir conhecimento e maturidade. Os cavalheiros em Mancha fazem essa jornada antes de assumir negócios, títulos ou propriedades. Não tive oportunidade de fazer isso ainda porque... bem, tive de administrar desde cedo as fábricas, e não tínhamos tanto dinheiro assim na época. Mas agora seria uma justificativa perfeita! No futuro, ninguém na ilha pensaria mal disso. Achariam até sofisticado!

Francine estava incrédula.

– Estamos falando da morte da sua esposa na noite de núpcias.

– Eu sei! – Ele passou a mão pelo cabelo. – Sei que é terrível, mas sabemos como as coisas podem se tornar difíceis. Sou inocente, Francine. E por mais que eu deseje colocar essa história a limpo, preciso primeiro impedir a destruição do meu nome.

– E você quer que eu vá junto com você, é isso?

– Sim! – Ícaro apertou-lhe as mãos com ardor. – Seria maravilhoso! Ainda tenho as passagens de navio que comprei para a lua de mel. Poderíamos conhecer tantas cidades, tantas pessoas. Poderíamos conhecer até mesmo desertos, glaciais, pradarias! Sair dessa ilha maldita! Poderíamos fazer o que quiséssemos.

– E o que eu seria, a sua esposa de fachada? – A cada segundo, ela achava o plano ainda pior.

– Só por um tempo – ele respondeu com rapidez. – Eu não a desonraria dessa forma. Você tem minha palavra de que nos casaríamos assim que eu conseguisse comprovar minha viuvez a um juiz.

– Mas que coisa mais sem cabimento. – Francine tirou as mãos das dele e cruzou os braços. – O senhor está sendo um covarde!

Ícaro rosnou de frustração e começou a andar pelo quarto. A pressão dos últimos dias estava fazendo com que ele transitasse depressa entre as emoções.

– E o que espera que eu faça, senhorita? – ele a provocou, mal-humorado. – O que faria no meu lugar?

Por sorte, Francine sabia exatamente a resposta.

– Provaria a minha inocência.

Ele emitiu um som de escárnio pelo nariz.

– Quer que eu vá para a cadeia e espere por um milagre, é isso o que quer dizer.

– Quero que enfrente a situação como um homem inocente – ela replicou, fulminando-o com o olhar. – Quando tudo estiver às claras, as acusações serão retiradas.

— Até lá, e se é que chegaremos lá, já estarei arruinado! Não só eu como o título da família. Ninguém vai se esquecer de que o novo Lorde Ícaro um dia já dormiu na prisão. Isso seria péssimo para você. Quem além de mim ia pedir você em casamento?

Francine retraiu o corpo ao ser pega desprevenida pela ofensa. Notando o que havia feito, Ícaro suavizou imediatamente.

— Peço desculpas — ele disse. — Mas vim aqui de peito aberto oferecer a única opção que encontrei para que sejamos felizes. Estou oferecendo a perspectiva de um casamento, de uma aventura, de novos lugares. Longe daqui e de todas essas tristezas. Não é possível que não compreenda, mulher!

Mas, na verdade, Francine compreendia. Era capaz de enxergar a sedução que emanava da opção mais fácil, do caminho mais tranquilo. Casar-se com o homem que queria e deixar todas as lembranças ruins e seus fantasmas para trás? Era de fato tentador, e entendia por que a ideia deixava Ícaro fascinado. Ter dinheiro para fugir dos próprios problemas era um privilégio para poucos.

Porém, e era aí que os dois diferiam, Francine havia sido criada em uma família de criadores de gado e plantadores de cana. Para ela, a posição social jamais importaria tanto quanto sua honra: afinal, era a única riqueza real que possuíam. Sua consciência tranquila era intransferível e, se tudo desse certo e ela se mantivesse andando na linha, incorruptível. Às favas com a reputação, desde que pudesse colocar o travesseiro sob a cabeça e dormir o sono dos justos. Claro que o fato de ter uma prima fantasma também pesava na decisão, mas Francine sabia que escolheria o caminho difícil com ou sem Coralina.

— Queira me desculpar — ela escolheu cada palavra e falou com o máximo de seriedade que pôde reunir —, mas o senhor, Mister Ícaro, está sendo um grande frouxo. É assim que meu pai o chamaria. Um frouxo. E depois ele o colocaria para tomar banho de tina ao ar livre na noite mais fria do ano, até seus dentes baterem tanto que lhe dariam dor de cabeça. Eu jamais o acompanharei no seu *Le Grande* qualquer coisa, porque quero ficar e lutar pelo esclarecimento da morte da minha prima. Então, resta-me apenas desejar uma boa viagem, e que os bons ventos do oceano possam conceder mais juízo ao senhor.

Os dois se encararam em total silêncio. Nem mesmo as rãs coaxavam lá embaixo. O cômodo inteiro era apenas mágoa, sombras e recortes.

Talvez Mister Ícaro pudesse mudar de ideia. Talvez pudesse se desculpar. Ou quem sabe ficasse entristecido com a ideia de partir sem ela. O coração de Francine decerto desejava cada uma das opções. Mas a verdade é que já sabia como o cavalheiro ia reagir. Ele já selara seu destino. Assim como previsto, o rapaz fez jus às tradições que o haviam criado: escolheu novamente a estabilidade. Ele se recompôs, umedeceu os lábios e ajeitou o colarinho da capa escura.

– De qualquer forma, preciso mesmo ir. Já estou atrasado: o primeiro navio parte ao amanhecer. Obrigado por me escutar, Francine. Adeus.

Se estava triste, o tom controlado da voz não o entregava. Francine assentiu. Refizeram juntos a corda de lençóis que o levaria para baixo em segurança. Ele beijou sua mão sem nenhuma paixão em particular, passou a perna pela moldura da janela e foi embora sem olhar para trás.

ଏ

– Pode sair. Agora você já sabe de tudo.

Francine puxava de volta a última pontinha de lençol branco. Permanecia em pé, fitando pela janela o horizonte arroxeado, incapaz de olhar o fantasma nos olhos. Estava com medo da reação da prima. De que ficasse triste, de que se sentisse traída. A culpa voltou a corroê-la, e Francine tentou se preparar para o julgamento que decerto merecia.

Mas era difícil se preparar para Coralina. Mal havia terminado de chamá-la e a forma fantasmagórica da garota irrompeu pelo armário de madeira, esquecida de qualquer pacto sobre não atravessar paredes.

– Por que não foi com ele?

Francine a encarou para ter certeza de que ela própria não estava delirando.

Cora parecia contrariada. Seu vestido esvoaçava na barra da saia, como se movido por uma brisa que soprava do além. Se um dia Coralina Tulli viesse a se tornar um espírito maligno, aquela aparência com certeza daria conta do recado.

Francine estava lívida.

– C-como? Você ouviu a conversa inteira?

– Sim, cada palavra!

E, então, o fantasma fez a coisa mais esquisita: flutuou até a cama e se jogou de costas sobre o colchão, espalhando os cachos loiros, imensamente frustrada. Suspirou alto e disse palavras das quais Francine jamais se esqueceria até o último dia de sua vida:

– Você deixou o melhor partido da região escapar! Que Deus tenha piedade da sua burrice, Francine.

Quinto Interlúdio

Coralina Tulli fora uma criança peculiar. Filha única de um lorde, crescera rodeada de mimos e ares de importância. Ao mesmo tempo, desfrutara da felicidade incomum de ter pais que, por acaso, se amavam. E por isso mesmo familiarizou-se cedo com as implicações de um casamento entre pessoas de origens diferentes. Lady Bibi havia tido muito trabalho para ser aceita na alta sociedade da capital.

Coralina não queria seguir o caminho da mãe. Não sabia bem, mas o amor aparentava dar trabalho e fazer mal para a cútis. Certa vez pensou ter se apaixonado. Foi por um garoto com o qual brincou durante o verão, um ano antes de ela debutar. A menina e a mãe haviam passado aquela temporada em uma casa de veraneio à beira-mar, junto às ladies da associação. O garoto era neto de alguém. Mas, então, ele arrancara a cabeça de sua boneca favorita, e o sentimento que nutria pelo menino logo deixou de existir. De todo modo, ele era muito feio.

Depois de debutar e se tornar uma noiva em potencial, assim que suas regras vieram aos 13 anos, Coralina nunca acalentou interesses especiais por seus pretendentes. Ora, é claro que ela fantasiava. Gostava de se colocar no papel da bela dama, receber flores e cortesias. Era tudo muito emocionante. Mas os homens em si eram estranhos. Eles tinham pelos na cara e a maioria deles cheirava mal.

Aos 14 anos de idade, a herdeira dos Tulli fantasiava com um casamento bonito e que fosse o mais distante possível da comoção vivida por seus pais. A paixão era muito *rústica*. De sua parte, a menina desejava apenas bons bailes, bons jantares e algumas crianças que puxassem seus cabelos dourados para que pudesse vesti-las como príncipes e princesas.

Mister Ícaro fora uma escolha maravilhosa. Era educado, rico e bonito. Era todo o ingrediente necessário para criar uma família dos sonhos (além disso, ele quase não tinha barba e cheirava a sabonete).

Mas Coralina Tulli havia sido uma criança peculiar também graças ao seu enorme coração. Ela era genuína e invariavelmente uma pessoa boa. E, ainda que não experimentasse o sentimento por si mesma, a menina não era imune aos apelos de uma boa história de amor.

Nem mesmo depois de morta.

Coralina podia não saber disso, mas o pragmatismo era um traço de família que corria em seu sangue. A mãe o usara para ampliar os negócios do finado marido. Cora, por sua vez, usava-o para se manter sempre tranquila. Ora, se não estava mais viva, e isso era mesmo um terrível infortúnio, por que não deveria torcer para que a prima querida fisgasse o melhor partido da capital? Mister Ícaro não tinha mais muita serventia para ela depois de morta mesmo, e Francine parecia gostar do cavalheiro. Além disso, era um ótimo modo de manter o título de nobreza dentro da família. Ela jamais se perdoaria por ter morrido caso Mister Ícaro acabasse se casando com uma irmã Puffin.

A finada herdeira dos Tulli não conseguia entender o motivo de a prima ter começado a chorar daquele jeito. Como poderia se sentir traída, se não havia acontecido traição alguma? Mister Ícaro havia se casado com ela, certo? Se ele a tivesse deixado no altar na frente de todos, aí sim ela estaria chateada. Mas eles tiveram uma senhora festança de casamento! Uma pena que tivesse sido assassinada no outro dia, mas não estava inclinada a chorar por causa disso para sempre.

Também não entendia por que Francine havia recusado a viagem. Um *Grand' Tour*! De navio! Uma das maiores tristezas de Coralina fora perder a lua de mel em Londínio. Se Francine fosse em seu lugar e pedisse com jeitinho, talvez Mister Ícaro até deixasse ela ir junto. Os três formariam um ótimo time. Seria o máximo.

Gostava muito de Francine, mas a prima era um tanto excêntrica. Ficou horas se desculpando, garantindo que não lhe queria mal, que faria de tudo para passar as coisas a limpo. Levou séculos para ir dormir. Até mesmo agora, enquanto Coralina a observava sob a luz tardia da alvorada, a respiração da prima parecia angustiada. Coitadinha de Francine.

Capítulo 13

No qual Doutor Acácio
mostra-se evasivo

ASSIM QUE TROCOU o preto pelo cinza e tornou-se socialmente aceitável que saísse de casa, Francine tomou café da manhã, colocou um chapéu na cabeça e foi para a rua. Estava decidida a procurar ela mesma por justiça, uma vez que, de certa forma, sentia-se parte de toda aquela tragédia. E, após muita reflexão, decidiu que a melhor maneira de descobrir uma pista seria visitando Doutor Acácio, médico pessoal e legista de Coralina.

As pessoas a olhavam na rua. Discretamente, mas olhavam, de canto de olho ou logo depois que ela passava. Francine os sentia em sua nuca. A curiosidade era esperada: a morte de Coralina tornara-se a fofoca favorita nos dois lados do canal. A história que corria pelas ruas falava em assassinato claro e aberto, com um Mister Ícaro vilanesco cortando a garganta da noiva no leito de núpcias, deixando um rastro de sangue nos lençóis imaculados. Os mexericos eram outro motivo para Francine ter escolhido visitar Doutor Acácio: ninguém acharia esquisito se ela fosse ver o médico da família. Decerto a tomariam por uma moça fragilizada. Melhor que isso, só se fosse à igreja.

O médico, assim como Marcel, morava em um sobrado cedido pelos Tulli. Ficava em uma das muitas vias residenciais da capital, faixas compridas ocupadas apenas por casinhas e árvores. Era engraçado como as pessoas acabavam por se organizar entre seus iguais: os casebres e as fábricas do outro lado do canal, separando a cidade da imundície do porto, o comércio rodeando a praça, os sobrados em suas ruas exclusivas e, sempre o mais afastadas possível da pobreza, as mansões.

Francine atravessou as grades brancas da casa, ladeando sebes viçosas e bem aparadas. A casa também era branca, e a fachada meticulosamente limpa passava uma estranha sensação de esterilidade. Também cheirava a gente velha e gaze. Francine poderia dizer que um médico morava ali mesmo se já não o soubesse.

Foi o próprio Doutor Acácio quem a recebeu na porta. Ele estava mais abatido do que ela se lembrava, mais magro, com os cabelos brancos despenteados. Mas talvez não devesse julgá-lo: quem dentre os chegados a Coralina não estava passando por maus bocados?

— Senhorita Francine? — Ele se afastou para convidá-la a entrar. — Está se sentindo bem? Aconteceu alguma coisa?

— Tudo na mais perfeita ordem, doutor. Não precisa se preocupar — disse ela, atravessando a soleira. E depois, porque o homem continuava a fitá-la com curiosidade, acrescentou: — Na verdade, vim para conversar. Atrapalho?

— Imagine — o médico respondeu. Seu tom era amigável, mas ele parecia um tanto nervoso. — Eu só... bem, tenho que ver alguns pacientes daqui a pouco, mas podemos conversar, se não for nada muito demorado.

— Quem está aí? — disse uma voz rouca do alto da escada. Francine ergueu a vista para a senhora baixinha e rechonchuda que descia os degraus.

A Sra. Acácio era tudo o que se espera de uma avó (ainda que Francine não tivesse conhecido as suas), com olhos bondosos repuxados por rugas e o cabelo branco rodeando a cabeça como uma coroa de algodão. Era só sorrisos, embora vez por outra parecesse esquecida das coisas ou um tanto aérea, e tratou Francine com toda cortesia. Ofereceu-lhes biscoitos e chá, ao que o marido negou com veemência antes mesmo que a convidada pudesse responder.

— Tenho pouco tempo, querida — ele disse, e novamente Francine sentiu a tensão escondendo-se em suas palavras. — Venha, senhorita, vamos ao meu consultório, por favor.

Francine agradeceu mesmo assim à Sra. Acácio pela gentileza antes de seguir o marido dela até o consultório. O espaço, na verdade, não passava de uma saleta como outra qualquer, só que mobiliada com instrumentos médicos, uma maca e um biombo, além da escrivaninha. Era um tanto apertada.

— E então... — Doutor Acácio sentou-se na enorme cadeira estofada e cruzou as mãos sobre a barriga alta. — O que deseja me contar?

Francine, que ocupava a cadeira minúscula à frente dele com a bolsa no colo, remexeu-se desconfortável. O homem insistia em conduzir a conversa como se iniciasse uma consulta médica.

— Na verdade — disse ela, limpando a garganta —, eu gostaria de saber mais detalhes sobre a morte de minha prima. Do ponto de vista da sua profissão, é claro.

— Penso não estar entendendo a senhorita direito.

— Quero saber do que Coralina morreu — disse Francine, mas sentiu que precisava acrescentar uma justificativa, porque o homem ficara lívido. — Sinto que conhecer os detalhes me acalmaria. A história está tão vaga... minha mente começa a criar suposições terríveis! Me diga, doutor, ela sofreu?

O falso abatimento de Francine pareceu crível. Doutor Acácio relaxou um pouco, recostando-se na poltrona.

— Não havia sinais de violência direta, senhorita. O coração dela apenas parou, assim como o do pai. — Ele suspirou. — Posso lhe assegurar de que foi uma morte rápida.

— Mas ela sofreu? — Francine fingia-se prestes a chorar. — A coitadinha, caída daquele jeito entre os lençóis... no chão...

— É difícil dizer, essas coisas são bem imprevisíveis. Um susto, uma forte emoção... É possível que ela tenha passado por certa fadiga quando... — o médico se interrompeu, coçando o couro cabeludo logo acima da orelha. — Deixe para lá. Esse tipo de detalhe é assunto da polícia. Tem certeza de que está se sentindo bem?

A intuição de Francine apitava. O doutor tentava esconder dela algum detalhe importante.

— Então é possível que minha prima tenha morrido de susto? — ela insistiu. — Ou o senhor acredita em causas naturais? Acha que ela morreu ainda dormindo?

— Senhorita Francine...

– O senhor sabia que Coralina corria esse risco? A morte foi consequência de suas enfermidades anteriores?

O homem começou a chiar, ficando vermelho na base do pescoço. Seus olhos corriam por toda a sala tal qual um bicho acuado e ansioso para fugir.

– Senhorita Francine, como médico da família, eu posso assegurar...

– O senhor tem certeza de que não tinha nenhum sinal de violência? Quem sabe algum comportamento inadequado entre marido e mulher na noite de núpcias? O senhor verificou se eles...

– Senhorita Francine! – O homem apoiou os punhos na mesa e inclinou-se para ela. Estava completamente vermelho e quase dava para ouvir o sangue sendo bombeado por baixo de sua pele. – Não acho que esse tipo de conversa seja adequada. Me esclareça uma coisa: a sua tia sabe que está aqui?

A jovem se calou. Encarou o médico com os lábios contraídos e o queixo erguido de quem não tinha uma boa resposta a oferecer, mas que nem por isso se daria por vencida. Ele precisava entender que ela iria até o fundo naquela história, a qualquer custo.

Doutor Acácio inspirou profundamente. Sua garganta continuou produzindo um chiado esquisito. Ele se levantou e começou a mexer em uma maleta de couro que repousava aos pés da escrivaninha.

– Preciso ver meus pacientes agora – ele disse. – Peço desculpas, mas doenças não marcam horários e nem gostam de esperar.

– Mas o senhor não me contou absolutamente nada!

– E nem preciso – ele a repreendeu enquanto afivelava a maleta. – O sigilo médico é uma das bases da medicina, minha cara, e não acho pertinente revelar esse tipo de detalhe para a senhorita, sobretudo sem o consentimento de Lady Bibi. Ou da polícia.

– Mas...

– Sugiro fortemente – ele voltou a interrompê-la, já colocando um chapéu sobre a cabeça e enfiando a maleta debaixo do braço –, que a senhorita procure alívio para suas dores em um lugar mais específico. Converse com sua tia. Ou talvez com o vigário. Eles terão respostas melhores a oferecer.

Francine foi deixada sozinha no consultório, contra toda a cortesia, fitando indignada os instrumentos médicos e os vidros de remédio.

É claro que o doutor escondia algo. O homem até poderia querer poupá-la dos detalhes sórdidos, tomando-a por uma mocinha de estômago fraco, mas, se fosse este o caso, ao menos teria lhe oferecido algum consolo. Revelado algum detalhe. Simplesmente ficado ali com ela, ora, oferecido um ombro amigo ou um lenço retirado do bolso. Francine já vira Doutor Acácio em outras ocasiões, e ele sempre parecera ser um bom homem, do tipo afetuoso e gentil. Aquele nervosismo evasivo não combinava com ele. Não combinava com um médico de consciência tranquila.

Felizmente, Francine não ficou sozinha por muito tempo. Logo ouviu o som de passos, e a Sra. Acácio entrou no consultório segurando uma fornada de biscoitos.

— Meu marido é sempre tão apressado — ela lamentou. — Acaba sendo descortês. Que mal há em fazer uma pausa para biscoitos?

A primeira reação da garota foi recusar. Não estava com fome, queria continuar as investigações. Porém, não fazia ideia do que fazer ou de quem visitar em seguida, e a Sra. Acácio trazia um sorriso tão caridoso naquelas bochechas macias...

A mulher depositou a bandeja na frente de Francine, deu a volta na mesa e ocupou ela mesma a cadeira vaga do doutor. Espanou alguns papéis do marido para o lado, como se o censurando mentalmente pela bagunça.

— Então — ela puxou assunto enquanto Francine provava um dos biscoitos. Eram incrivelmente bons. — Você é a sobrinha de Lady Bibi.

Francine confirmou com um aceno, a boca ocupada em mastigar.

— Sua família tem sido muito boa para a minha — disse a Sra. Acácio, e seus olhos claros e ligeiramente opacos vagaram para longe. — Criamos nossos filhos, ganhamos esta casa... mas sempre tem um preço. Sempre. Meu marido se ressente, sabe? Quando não consegue ajudar. Foi assim com o pai, e agora a filha. Acha que a culpa é dele.

Francine engoliu e esfregou os dedos para se livrar dos farelos.

— Doutor Acácio se sente culpado?

— Oh, sim — respondeu a senhora. — Terrivelmente. Não estão sendo dias fáceis.

A jovem ficou quieta. Não queria interromper o fluxo de pensamento da outra mulher. Esperava que a esposa do médico lhe fornecesse mais informações, e foi exatamente isso que a Sra. Acácio fez.

— Ele mal dorme — ela disse, entre suspiros de consternação. — Mal come e mal fica quieto no lugar. Está trabalhando como um louco, dia e noite. Acho que usa os pacientes para esquecer os próprios fantasmas, entende?

— Sim — disse Francine, com mais sinceridade do que gostaria.

— No dia em que ela morreu — a Sra. Acácio contou, baixando o tom da voz para uma confidência, a ponta do dedo fazendo círculos no tampo da mesa —, ele passou horas com o corpo. Não aqui... não, claro que não, eu não deixo que traga gente morta para cá...

— Na mansão dos Tulli — Francine ajudou. — Ele examinou Cora na mansão.

— Isso mesmo! — A senhora sorriu. — A minha cabeça, às vezes... Você é a sobrinha de Lady Bibi, não é?

— Sim, eu sou, me chamo Francine. A senhora estava falando sobre o dia em que Coralina Tulli morreu.

— É claro que estava. Bem, quando voltamos do enterro, meu marido trancou-se imediatamente nesta sala e só saiu de madrugada. E no dia seguinte? Mal raiava o dia e ele já estava de pé, anotando coisas nos malditos caderninhos...

— Caderninhos?

— Ele sempre teve o costume de anotar pensamentos e detalhes sobre os casos importantes. — A Sra. Acácio deu uma risada. — Coisa de médico. Ele está sempre anotando coisas, mesmo durante as refeições. Temos muitas desavenças acerca dos caderninhos... — Ela riu com mais franqueza dessa vez. — Veja só quantos caderninhos estão naquela estante logo ali!

De fato, havia ao menos uma dúzia de volumes idênticos cuidadosamente enfileirados. Francine sorriu de volta, capturando outro biscoito da pilha na bandeja. Estava decidida a ser agradável com a mulher, o que aliviava um pouco a culpa de usar sua frágil memória para obter informações. A bem da verdade, a idosa parecia ávida por companhia e pela oportunidade de conversar. Francine não se lembrava de Coralina ou Lady Bibi terem mencionado algo sobre

Doutor Acácio ter parentes na capital. Nem sequer sabia que tinha filhos! Decerto tinham voltado ao continente para estudar medicina. De qualquer forma, desconfiava que a esposa do doutor levava uma rotina bastante solitária naquela casa.

A Sra. Acácio a observou dar cabo dos biscoitos e contou mais algumas de suas histórias. Estava mais animada, e não voltou a se esquecer do nome de Francine.

Por fim, quando já estavam juntas no consultório por mais de uma hora, Francine fez uma careta e levou a mão à garganta.

– Sem querer ser indelicada, senhora – ela usou o tom afável que aprendera com as ladies da associação –, mas temo que todos esses biscoitos tenham me deixado com uma sede terrível...

A Sra. Acácio reagiu como uma boa anfitriã.

– Oh, por favor, deveria ter pedido antes! – Ela se apressou a ficar de pé. – Fique aqui. Trarei uma jarra de água fresca para você. Ou quem sabe um refresco?

– Um refresco seria ótimo, obrigada – Francine sorriu.

A idosa saiu da sala levando consigo a bandeja vazia de biscoitos.

Toda a culpa que Francine sentia por enganá-la teve de ser varrida depressa. Precisava ser rápida e silenciosa (além da própria Sra. Acácio, não sabia dizer se havia na casa mais alguém que pudesse pegá-la com a boca na botija).

Aproximou-se da estante e foi puxando os cadernos para verificar a data marcada na capa. Puxou o mais recente e desfez o nó da fita de couro que o mantinha fechado. As folhas estavam inchadas lá dentro, como se manuseadas muitas e muitas vezes por mãos suadas.

A letra de Doutor Acácio era péssima. Quase não havia palavras legíveis. Francine apertou os olhos, balbuciando as sílabas que, acreditava ela, haviam sido escritas ali. *Contratura? Partitura?* A maior parte dos escritos pareciam relatos, recortes da situação dos pacientes, com setas ligando termos importantes. Francine começou a folhear as páginas com urgência, um tanto frustrada, vendo seu tempo esgotar.

Finalmente, quase na última página, encontrou algo familiar no meio dos garranchos: o nome de Coralina. Seu coração acelerou. Ela engoliu em seco, correndo os olhos pela página, tentando absorver tudo o que podia. Doutor Acácio escrevera muita coisa ali, muitas palavras difíceis. Mas uma em especial se destacava na página. Escrita em letras capitulares e circulada mais de duas vezes, a palavra pairava ao lado do nome da prima como uma epígrafe agourenta: VENENO. A escrita desleixada, com a tinta borrada deixando respingos no papel, revelava a pressa de um escritor que chegara à mesma conclusão assustadora que Francine. Coralina Tulli não havia morrido do coração e nem sequer por acidente. Fora envenenada. E o médico sabia disso.

Francine refez o nó do diário e depositou-o na mesma posição em que o havia encontrado. Sentou-se na cadeira. Quando a Sra. Acácio voltou, com uma bela jarra e duas taças bem polidas, nem sequer desconfiou que a jovem à sua frente estava a um passo de entrar em pânico.

Capítulo 14

No qual se realiza um jantar

FRANCINE NÃO SOUBE para onde ir quando seus pés tocaram as pedras da rua. Tudo o que importava era deixar as cercas brancas da casa de Doutor Acácio para trás o quanto antes. Estava tremendo.

Não queria voltar para a mansão. Estava abalada demais para encarar a tia com naturalidade. Ou a prima. *Deus, não quero por nada nesse mundo ter que contar isso a Cora.* E, talvez por coincidência ou talvez porque seus pés assustados tenham traçado um plano próprio, o fato é que Francine dobrou uma esquina e se viu repentinamente parada na soleira do sobrado de Marcel.

Ela mordeu o lábio, encarando a porta amarela, indecisa. Será que podia confiar nele? Doutor Acácio era o médico de confiança da família e ainda assim havia mentido. O que dizer então do modista e seu riso fácil?

Francine respirou fundo e bateu à porta. Não conhecia mais ninguém naquela cidade e precisava de ajuda para se acalmar. Marcel fora praticamente criado por Lady Bibi, e conhecia Coralina desde criancinha. Marcel teria de servir.

Não demorou muito para que ele surgisse atrás da porta. Assim que a viu, as sobrancelhas do modista se arquearam, mas apenas por um breve momento antes de ele se curvar em uma reverência impecável.

— Receber visitas a essa hora já é uma surpresa, mas ainda mais surpresa é receber sua visita, senhorita Francine... A que devo a honra?

Para uma pessoa que não esperava por visitas, Marcel continuava muitíssimo bem-vestido, com a gola da camisa vincada e os nós da gravata impecáveis. Não havia uma dobra sequer fora do lugar. Ele estava sempre pronto. Ossos do ofício, talvez.

Ela ofereceu um sorriso desanimado para ele, balbuciando em resposta:

— Preciso conversar com você sobre... uma coisa.

Marcel voltou a erguer as sobrancelhas.

— Está tudo bem com Lady Bibi? Você quer entrar?

— Minha tia está bem, dentro do possível... – ela disse, mas firmou os pés na soleira. – Quanto a entrar... Eu... não sei se seria adequado.

O modista desviou os olhos dela para observar o entorno. Àquela hora, as senhoras de bem e suas filhas já caminhavam pela calçada em seus passeios diários, o que significava também uma rede infindável de mexericos. Uma donzela entrando sozinha na residência de um jovem cavalheiro? Com certeza era algo que não passaria despercebido.

— Essa regra é ridícula – ele disse, sorrindo de lado. – Ninguém ligaria para isso do outro lado do canal.

— Preferia que o senhor me acompanhasse em uma caminhada – Francine sugeriu, sem querer prolongar muito a discussão. Era interessante ouvir as rebeldias do modista, mas ela não estava com humor para tanto.

Marcel deu de ombros. Pediu um momento, encostou a porta do sobrado e sumiu por alguns minutos. Quando voltou, estava de cartola e vestia a extravagante casaca estampada. A lapela alta, que lhe encobria a nuca, deixava-o ainda mais impressionante.

Os dois caminharam pela cidade a passos lentos, desviando das pessoas sempre que possível enquanto Francine confidenciava sua mais recente descoberta acerca do médico. Marcel estava chocado com a revelação.

— Doutor Acácio? Mentindo? – ele falou enquanto fingia um sorriso e acenava para um casal na rua. – Mas o homem serve à família desde a época do falecido avô de Coralina.

— Eu sei, é inacreditável – respondeu Francine. – Mas li com meus próprios olhos. E não acho que a esposa dele esteja tentando me enganar. O homem estava uma pilha de nervos!

— Isso é muito grave, Francine. Muito grave mesmo. Acha que é melhor voltarmos para contar tudo à sua tia?

— Não! – A garota foi categórica. Aquela seria a última opção que escolheria. – Lady Bibi não acreditaria, e então tudo estaria perdido.

Marcel puxou o colarinho da casaca em um gesto nervoso, depois tentou chamá-la à razão:

— Francine, estamos falando de uma omissão grave no laudo médico.

— Eu sei. – Ela o encarou com olhos suplicantes. – Mas se existe mesmo um assassino andando à solta por aí, preciso de mais provas antes de falar com minha tia. Ou então tudo pode ir por água abaixo!

— Não foi Mister Ícaro que a convenceu a xeretar essa história, foi? – o modista perguntou. – Porque eu entendo que ele tenha um discurso de bom sujeito e coisa e tal, mas ainda assim, um fugitivo...

— Não me ofenda! – Francine virou a cara para o outro lado da rua. – Estou fazendo isso por Coralina.

Marcel suspirou, frustrado. Os dois andaram lado a lado, em silêncio, fazendo o mesmo percurso em círculos para evitar as ruas mais movimentadas. Ao virarem pela terceira vez a mesma esquina, a jovem finalmente deu de ombros e disse:

— Mas ainda não consigo encaixar algo no quebra-cabeça.

O modista ergueu as sobrancelhas para ela em uma pergunta silenciosa.

— A motivação para a mentira – ela respondeu. – Doutor Acácio não ganha nada caso os sintomas da morte de Coralina permaneçam inconclusivos. É até bastante ruim para a reputação dele, não acha? Um médico que não sabe o que aconteceu?

— E o que você acha que explicaria tudo isso?

— Estou tão perdida quanto você.

Marcel assentiu, observando o horizonte.

— Certo, vamos pensar então. Todo mundo segue uma lógica. Às vezes fora do senso comum, é claro, mas ainda assim acaba seguindo. E não vejo como o doutor poderia lucrar com essa história. Seria o mesmo que eu fazendo algo contra a sua tia.

— Bem – raciocinou a garota –, ele obviamente precisa ter outras motivações que não sejam só profissionais, algo que não estamos levando em conta. Vingança?

— Contra a sua prima? Duvido muito. Se queria se vingar dos Tulli, seria mais lógico envenenar Lady Bibi.

— Ora, Marcel — Francine o censurou —, tenha lá um pouco de tato!

— Estou apenas pensando de forma prática — ele se defendeu, solene, tal qual o carrasco que puxa a corda da forca impelido pelo dever.

E ele estava mesmo certo. Colaborar em um assassinato não parecia se encaixar no perfil de Doutor Acácio (embora com essas coisas nunca se saiba ao certo), e era difícil acreditar que um médico psicopata demoraria tantos anos para fazer sua primeira vítima e que, depois, ficaria dias e dias investigando os próprios feitos como um homem atormentado. Olhando por aquele ângulo, parecia mais que Doutor Acácio estava conduzindo uma investigação particular, assim como ela. Mas então por que mentir? Por que ocultar pistas da polícia? Estaria apenas sendo cauteloso? Com certeza havia algo a mais, algo que estava deixando escapar.

— A não ser que... — Marcel começou a enrolar a ponta dos bigodes, em silêncio, maltratando os nervos e a paciência de Francine.

— A não ser que...? — ela incentivou, ranheta.

— A não ser que ele não tenha culpa alguma, mas sim que esteja encobrindo o assassino.

Francine sentiu um arrepio desconfortável na espinha.

— Acha que ele está protegendo o culpado pela morte de Coralina?

— Ou tentando descobrir quem é. Ou sendo pago por ele — Marcel lhe ofereceu uma piscadela maldosa. — Isso seria uma explicação plausível, na minha opinião. Convenhamos, ninguém escreveria um caderninho inteiro sobre os próprios crimes. E o Doutor está sofrendo dos nervos porque não está acostumado a agir assim.

— Talvez ele esteja sendo forçado — sugeriu a jovem, lembrando-se do relato da esposa de Doutor Acácio. *Ele está obcecado com esse caso*, ela havia dito. Mas talvez o homem estivesse, na realidade, *assombrado* por ele. — Ele pode estar procurando um jeito de se safar e revelar o verdadeiro culpado de maneira indireta!

— Pode ser — Marcel ponderou um instante. — Vai ver está preso por dívida ou chantagem. Nosso prestigiado médico pode ter algum segredinho sujo guardado sob o colchão.

Francine abraçou o próprio corpo para não fraquejar ali mesmo no meio da rua.

– Quem você acha que poderia comprar uma mentira de Doutor Acácio?

O modista mordeu o lábio inferior. Depois, soltou uma risada.

– Quem? – ele disse. – Não consegue mesmo pensar em ninguém que quisesse muito ferir sua tia?

E, assim que ele disse aquilo, uma lembrança se formou na mente de Francine. A lista de suspeitos no rodapé do livro de boas maneiras. A imagem de um homem careca, que a olhava de forma indecente e que fazia pouco de seus traços e de suas origens. Um homem muito, muito rico, e que já tinha se mostrado um adversário da família em outras ocasiões.

– Você acha que ele...? – A insinuação morreu em seus lábios. Mas era claro que Marcel achava. A própria Francine o havia posto como primeiro palpite.

O modista parou de andar. Virou-se para Francine e a segurou com delicadeza pelos ombros para que o olhasse nos olhos.

– Tive uma ideia. Volte para casa e finja que nada aconteceu. Vai ter um jantar na casa de Lorde Edmundo esta noite, fui convidado. A filha dele quer muito usar um Verde-Marcel na próxima temporada, então está me bajulando. Vou pedir à sua tia que me deixe levar você como minha acompanhante. Vou dizer que está precisando de novos ares, novas distrações. E então investigaremos isso.

O plano era descabido, mas Francine tinha apenas uma pergunta:

– E desde quando minha tia vai deixar que eu frequente a casa de Lorde Edmundo?

– Ela vai deixar.

– Como pode ter certeza?

– Porque sou eu que vou pedir.

Francine deu um passinho para trás e chiou em escárnio.

– Você realmente tem a si próprio em alta conta, não é?

– Na verdade, não – ele respondeu, muito calmo e de olhos brilhantes.

– Então por que tem tanta certeza assim de que ela vai autorizar?

– Porque até onde me consta, sua tia está desesperada em nos casar.

☙

Contra todas as expectativas e para surpresa geral do universo, Lady Bibi não só autorizou a ida de Francine ao jantar como fez questão de deixar bem clara a sua aprovação. Ao que tudo indicava, era verdade que a velha dama acalentava a esperança de encaminhar a sobrinha e o pupilo para o altar. E foi assim que Francine se viu, algumas horas mais tarde naquela noite, atravessando ao lado de Marcel os portões da mansão de Lorde Edmundo, usando a gargantilha de Lady Bibi, o pente de cabelo de Lady Bibi e também a carruagem de Lady Bibi. Porque é claro que a tia não a mandaria para território inimigo sem o máximo de luxo e sofisticação.

– Precisa pelo menos fazer de conta que está tranquila – Marcel sussurrou em seu ouvido enquanto fingia distrair-se com os jardins bem-cuidados que os cercavam.

– Este vestido me aperta – ela resmungou, tentando girar o tronco para um lado e para o outro. A peça que usava (criação enviada por Marcel, porque é claro que ele escolheu o vestido dela) era uma versão mais ousada do vestido vermelho que usara na ópera. O tecido era o mesmo, e as mangas também, mas o corpete era muito mais alto e apertado, fazendo seus volumes pularem em locais indecentes.

– Não é o vestido, é o seu nervosismo. Eu nunca erro as medidas – ele rebateu, bem no instante em que a porta da frente se abria e um criado os convidava a entrar. – Apenas continue respirando, está bem?

A tarefa mostrou-se difícil: a mansão de Lorde Edmundo era mesmo de tirar o fôlego, no pior dos sentidos. Se houvesse uma definição visual para a palavra *opulência*, com certeza seria aquela casa.

O mordomo os levou pelo corredor até a sala de jantar, e para Francine era como se adentrasse os aposentos de um rei. Não havia sequer uma parede que não estivesse coberta por tapeçarias, estantes e obras de arte. O piso encerado parecia frio e duro, dava uma sensação muito mais de disciplina do que de aconchego, como se os visitantes devessem marchar por ali e jamais baixar a guarda. As espadas de guerra penduradas como troféus nas paredes e as coleções com outras honrarias da Coroa ajudavam a incrementar ainda mais a sensação, que se tornava completa sob a luz bruxuleante de candelabros de ouro. Tudo milimetricamente posicionado, é claro, e tudo muito limpo. Nem mesmo um grão de poeira. Francine não sabia (e nem gostaria de saber) como alguém podia se sentir em casa em um lugar como aquele. Não havia vestígio de riso ou calor na mansão de Lorde Edmundo.

Francine e Marcel não haviam sido os primeiros a chegar. A sala de jantar, com uma enorme mesa e uma infindável quantidade de cadeiras, já se encontrava com a louça posta, e ao menos quatro pares de convidados conversavam e bebericavam pequenas taças ao redor dela.

– Seja gentil e discreta – Marcel sussurrou quando as pessoas se viraram para recebê-los, e era um mistério como ele conseguia sussurrar e sorrir ao mesmo tempo.

A primeira a se dirigir aos recém-chegados foi a filha de Lorde Edmundo, Victoria, uma jovem de cabelos loiros e olhinhos astutos como os do pai. Ela havia se casado no ano anterior com um representante do exército manchão, vindo do continente, e ainda desfrutava daquela expressão aérea das pessoas para quem de repente todos os sonhos viraram realidade.

Victoria foi amável com eles, seja por contraste a Lorde Edmundo ou por estar interessada nos talentos de modista de Marcel, e os dois logo foram incluídos nas rodas de conversa.

A parcela da sociedade que frequentava aquela mansão com certeza diferia da que frequentava a casa de Lady Bibi. A não ser por um ou outro rosto proveniente da associação, Francine não conhecia ninguém entre aquele mar de cabeças loiras. E como não estava muito a fim de conhecer, achou conveniente assumir o papel da acompanhante meio cabeça-oca que falava pouco e sorria demais. Incrível como as pessoas a aceitavam fácil daquele jeito. Talvez já esperassem que ela fosse assim. A bem da verdade, era preciso dar também um pouco de crédito a Marcel. O homem era tão bom com a dinâmica social quanto com as agulhas.

Bem, ao menos até a chegada de Lorde Edmundo e sua desagradável pessoa.

– Mas se não é a acolhida de Bibiana. – O homem fez uma reverência mínima e passou a mão pela careca. – Nunca pensei em ver a senhorita aqui em minha casa. Este senhor Marcel deve mesmo ser um prodígio!

Algumas pessoas riram. Marcel devolveu o gracejo com alguma saída inteligente, mas Francine não conseguiu escutá-lo, porque seus ouvidos começaram a zumbir de raiva. Com o canto do olho, viu que Victoria fez uma careta silenciosa para o pai, censurando-o. Francine ficou um tantinho mais inclinada a simpatizar com ela.

Não demorou muito para que o jantar começasse a ser servido. Lorde Edmundo ocupou uma ponta da mesa, sua esposa ocupando a ponta oposta. A mulher de Lorde Edmundo era uma criatura tão miúda, tão pálida e tão quieta que por vezes Francine se esquecia de que ela estava ali. Ninguém as havia apresentado. Ela mal falava com o marido ou com a filha. Mal falava com qualquer pessoa, e talvez estivesse a um passo de tornar-se tão translúcida quanto o fantasma de Coralina, só que com muito menos viço. Bem, mas o que se poderia esperar de uma vida de matrimônio ao lado daquele verme?

Marcel e Francine sentaram-se um de frente para o outro, no meio da mesa, ao lado de uma senhorinha faladeira e seu filho mais velho. Enquanto criados passavam com as bandejas naquele ritmo quase militar, Francine ouvia cada uma das intermináveis histórias da velha dama e seu filho. Porém, mais ou menos quando todos terminaram o primeiro prato, Lorde Edmundo limpou a boca no guardanapo e chamou a atenção de Marcel.

— Você, o modista — ele disse, alto o suficiente para que toda a mesa interrompesse os próprios burburinhos para ouvir —, soube que está pensando em abrir seu próprio ateliê. Minha filha não poderia estar mais empolgada. Mas me diga uma coisa... se importaria em discutir sobre negócios? Sou um curioso incurável da economia e dos investimentos...

Francine analisou atentamente o rosto de Marcel. Aquele era o tipo de pergunta que não permitia mais de uma resposta. Era mais como uma ordem. Mas, se o jovem sentia algum receio ou intimidação, não deixava transparecer. Ofereceu a Lorde Edmundo um daqueles seus sorrisos desconcertantes, reclinou-se na cadeira e postou as mãos cruzadas sobre o torso, fechando a casaca.

— Jamais negaria este prazer a um anfitrião tão generoso — ele respondeu, e, se Francine não fosse Francine, poderia ter acreditado de verdade naquelas palavras.

Lorde Edmundo devolveu-lhe o sorriso.

— Então me conte, o que seria exatamente o seu ateliê? Porque os modistas que conheço, sobretudo os do continente, têm métodos bem exclusivos. Visitam suas clientes para tirar medidas e essas coisas, oferecem tecidos, e então se trancam em suas oficinas e costuram em segredo feito velhas futriqueiras. Pelo que ouvi dizer, a sua proposta é um tanto diferente...

— O senhor anda muito bem informado — respondeu Marcel com bom humor. — Minha proposta é justamente o oposto do que se costuma fazer. Quero criar um espaço, tornar a alta-costura um livro aberto. Com novas técnicas e maquinário, consigo acelerar a produção, torná-la menos artesanal e entregar em larga escala. Em outras palavras, quero que as pessoas venham até mim e façam seus pedidos. Quero criar uma marca. — Neste ponto, os olhos verdes do modista já se dirigiam a todos na mesa, seduzindo-os com seu brilho faiscante e seus gestos amplos. — Um símbolo que possa ser reconhecido e desejado por todas as damas, em qualquer lugar. Nada de modistas exclusivos presos aos serviços de pequenos núcleos, embora, é claro, eu deva tudo o que tenho ao apoio de Lady Bibiana Tulli. Mas posso assegurar que minha patrona apoia minha visão.

A menção ao sobrenome dos Tulli deixou Lorde Edmundo desconfortável. Ele se mexeu na cadeira, e suas feições indicavam reprovação.

— Acha que perder os favores de uma família de posses é uma ideia sensata? Que eu saiba, vestidos de festa custam muito caro... E alguém precisará pagar por eles.

— Mas isso é porque a alta-costura que temos hoje anda de mãos dadas com a confecção artesanal — Marcel argumentou. — Vestidos custam caro porque são demorados e trabalhosos de fazer. E, por serem trabalhosos, criamos apenas algumas dezenas de peças por ano. É um ciclo vicioso e insustentável. Enquanto isso, temos um mercado consumidor ávido se formando nas camadas medianas da população. São comerciantes, militares de baixa patente, preceptoras, acadêmicos, todos sedentos pela oportunidade de provar o luxo e a sofisticação que tanto almejam, aqui e no continente. Imagine se pudéssemos agilizar a produção das peças, imagine se a costura pudesse ser feita por trabalhadores contratados e não só apenas pelo modista. Imagine o quanto de demanda poderíamos atender... e o tamanho do lucro.

Lorde Edmundo meneou a cabeça, pensativo.

– O senhor é um progressista, então – disse ele.

– Prefiro pensar em mim mesmo como alguém que aproveita boas oportunidades de negócio. – Marcel deu uma piscadinha, e algumas das damas presentes deixaram escapar risinhos. Francine se perguntou se um dia seria capaz de enfeitiçar uma audiência daquele jeito, trazendo-a para si com tão pouco esforço.

Mas Lorde Edmundo não parecia totalmente convencido.

– Pensei que vocês modistas se consideravam artistas tanto quanto os ourives. Mas o senhor parece ter uma visão bastante desapaixonada do próprio ofício.

– Pelo contrário. – Marcel levou a taça de vinho aos lábios em um gesto deliberado, seduzindo ainda mais sua plateia. – Acredito que a costura seja uma arte muito nobre. Toda e qualquer civilização para a qual os senhores olhem terá manifestações de moda. Gostaria de lembrar que a própria Portomar tem seu estilo, adaptado ao clima e às necessidades. Se compararmos os vestidos das damas aqui presentes, encontraremos diferenças amplas com relação aos vestidos das damas de Mancha.

– Elas usam tecido demais! – alguém fez troça do outro lado da mesa, provocando risadas. Marcel ergueu sua taça em um brinde simulado, agradecendo o gracejo.

– A intervenção da indústria e do progresso – ele continuou – é a democratização da própria moda. É permitir que todas as pessoas tenham acesso a peças de bom gosto e qualidade, pelo que estou certo de que estarão dispostas a pagar. Lógico que algumas peças serão mais caras do que outras, ou mais trabalhadas, mas pretendo atender a todos. Esse é meu plano como artista da costura, Lorde Edmundo. No entanto, meu plano como homem de negócios, e o senhor há de entender, é não enxergar problema algum em relacionar arte e dinheiro.

O silêncio extasiado que tomou conta da mesa quando Marcel terminou de falar lembrava o final de uma pregação, aquele momento em que todos os olhares se desviavam do padre para contemplar o altar e os vitrais, a mente cheia de palavras de ordem e inspiração. Ninguém ousou acrescentar mais nada, e o sinal foi dado para que os criados começassem a servir um novo prato.

A própria Francine fora contagiada pelo discurso. Marcel falava com um fogo, com uma paixão nas palavras que era difícil ouvi-las sem se queimar. Ali, escutando, ela começou a enxergá-lo com outros olhos. Já admirava sua sagacidade e sua energia, é verdade, mas agora, talvez... talvez estivesse enxergando algo mais por trás daquele rosto tão cheio de si. Uma alma. Uma chama de mudança e revolução.

Era uma pena que Lorde Edmundo fizesse o tipo de homem que necessita ficar sempre com a última palavra. Para ele, qualquer coisa configurava um jogo de poder. Enquanto as pessoas começavam a beliscar a comida recém-posta, o dono da casa deu uma risadinha condescendente antes de comentar:

– É um discurso bonito, meu jovem. Mas será que é só isso mesmo?

– Perdão? – Marcel piscou.

O velho cruzou as mãos sob o queixo. Sua barba despontou para os lados.

– Como um apreciador dos negócios, admiro essa sua aventura. Pode mesmo ficar rico com isso, rapaz. Mas esse outro argumento de... *democratização da moda* – ele pronunciou as palavras devagar –, me parece mais coisa de cachorro ferido tentando lamber as próprias sarnas ao custo da mão que o alimenta.

– Papai! – A voz de Victoria surgiu com um apelo de censura. A esposa de Lorde Edmundo baixou os olhos para o próprio prato.

– Não, não... – O pai agitou uma das mãos de modo vago para dispensar a filha. – Ele não vai se importar, Victoria. Homens de negócio precisam lidar com opiniões, não acha? É saudável.

– Estou aberto a críticas – afirmou Marcel, mas Francine notou como o tendão do pescoço dele se contraiu por um momento.

– O senhor é um mareano. – Lorde Edmundo deu de ombros para reforçar a obviedade da constatação. – Sabemos que, não fosse pelo coração mole dos Tulli, o senhor jamais estaria aqui. Veja bem, isso é um fato, longe de mim desrespeitar o senhor – ele continuou, assim que Victoria abriu a boca novamente para protestar. – Mas é um fato. Vamos nos ater aos fatos. E por mais que o senhor desfrute de uma posição privilegiada, continua sendo um ilhéu da colônia. Mesmo aos olhos de sua protetora, você não chega a ser da família.

Sua acompanhante é a sobrinha de origem humilde de Lady Bibiana, e não a própria Coralina, que foi dada àquele paspalho do Mister Ícaro, que, ao que tudo indica, acabou matando a menina. Se você fosse um homem de família pura e manchona, possivelmente teria se casado com Coralina e dado no pé desta ilha atrasada e provinciana. Então acredito que, no fundo, toda essa história de indústria da moda é uma desculpa para tirar a alta-costura da aristocracia à qual ela pertence e distribuir para os pobres. Como se o senhor precisasse... não sei, compensar a própria sorte melhorando a vida daqueles que sabe serem iguais a você? Não que eu o julgue por isso, claro. Existe pouca coisa que gente do seu tipo consegue fazer na vida, entende? Está no seu direito. Mas eu gostaria que me dissesse a verdade da próxima vez.

Francine levou as mãos com força ao estofado da cadeira, flexionando os cotovelos, pronta para levantar. Não ficaria ali sequer mais um minuto, não podia tolerar que aquele tipo de declaração maléfica ficasse impune. Mas, antes que tomasse impulso e empurrasse a cadeira para longe da mesa, Marcel cravou os olhos nela, e o olhar do modista traduzia uma série de mensagens.

Seja educada e discreta. O que ele quer é sentir que a atingiu. Não jogue esse jogo. Você está aqui para pegá-lo no pulo e não o contrário.

A contragosto, ela foi relaxando na cadeira. Trincou os dentes, colocou as mãos de volta sobre os talheres. Marcel engoliu em seco e voltou a se virar para Lorde Edmundo. Sua expressão transformou-se, voltando a aparentar aquela tranquilidade inteligente que todos apreciavam.

– *Touché!* – disse Marcel, com um sorriso amplo para o dono da casa na cabeceira. – Talvez minha sensibilidade artística seja um tantinho mais forte do que a do homem de negócios... – ele se dirigiu ao restante da mesa. – Mas peço que não espalhem isso a ninguém, ou eu morreria à míngua vendendo vestidos de graça pelo bem da caridade. Tenho uma reputação a zelar... e contas a pagar.

As risadas ressoaram ao redor de Francine, um tanto mais enfáticas que o necessário. A mesa inteira soltou a respiração, aliviada, porque era muito mais fácil ignorar um comentário desagradável do que suportar uma deselegante discussão à mesa – pelo bem da etiqueta, claro.

Com Lorde Edmundo satisfeito, o jantar voltou à normalidade e a seus assuntos frívolos. O segundo prato foi retirado, as sobremesas servidas. Após o banquete, os cavalheiros se retiraram para uma rodada de bebida e cigarro em uma salinha anexa, e Francine foi separada de Marcel.

Enquanto os grupinhos de comadres riam e aproveitavam a ausência dos maridos para fofocar acerca de temas mais íntimos, a jovem caminhava lentamente pela sala de jantar, admirando as obras de arte expostas, fazendo o possível para passar despercebida. Esperava que, na outra sala, Marcel estivesse fazendo as perguntas necessárias para tirar Lorde Edmundo da toca. Só precisavam de um pequeno deslize e...

– É bonito, não é? – Uma voz quase a fez saltar de susto. Francine deu de cara com os olhos ansiosos de Victoria.

Ela voltou a girar o corpo fez força para reparar de verdade no quadro à frente, uma pintura cheia de sombras: um general sobre o cavalo. O homem retratado ali parecia ameaçador.

– Sim – mentiu. – É uma obra impressionante.

Victoria suspirou fundo e aproximou-se mais de Francine, fingindo investigar o quadro para que ficassem de costas para o restante das convidadas.

– É um dos nossos antepassados de Mancha. Às vezes, penso que não mudamos muito. Queria pedir desculpas pelo comportamento do meu pai – ela disse. Estava envergonhada, mas o tom calejado de sua voz deixava claro que aquela não era a primeira vez que se desculpava pelo parente.

Francine não sabia bem o que responder. Na dúvida, apenas assentiu.

– Ele tem modos terríveis – a outra continuou a justificar –, tem uma mente fechada, cheia de convenções sociais e manias de grandeza. Peço que não o leve a sério. Eu e mamãe não pensamos assim.

– Eu gostaria que vocês tivessem defendido Marcel – Francine deixou escapar. E, uma vez que a palavra havia sido dita, acrescentou baixinho: – E a mim.

Victoria pareceu se contorcer por dentro do vestido.

– Acredite em mim, teria sido pior. Ele ficaria ainda mais agressivo.

Francine voltou a contemplar o quadro, os olhos fixos no ponto em que a bota lustrosa do general ia de encontro ao estribo de prata de seu cavalo. Podia mesmo culpar Victoria? Bem, é claro que podia... Mas será que não estavam todos ali presos em tipos diferentes de gaiolas? Ela, Marcel, Victoria, a mãe de Victoria... Quantos níveis separavam suas respectivas prisões?

— Está tudo bem — Francine acabou dizendo. Apesar de tudo, ainda simpatizava com a herdeira de Lorde Edmundo.

A jovem pareceu ficar aliviada, embora acanhada pela vergonha. Demoraram mais alguns instantes olhando o quadro.

— Eu gostava muito de sua prima Coralina. — Novamente, Victoria a deixava sem saber o que dizer. — Sinto muitíssimo pela perda de vocês. Espero que Mister Ícaro seja encontrado e punido o quanto antes.

— O-obrigada.

— Sabe — disse Victoria, com o semblante vago de quem puxa pela memória —, meu pai sempre detestou Lorde Tulli. Pelo pouco que me lembro na época, eles discordavam sobre absolutamente tudo. Papai queria vê-lo sempre por baixo. Não foi nem para o enterro quando recebemos a notícia de que Lorde Tulli havia morrido do coração.

— Tenha certeza de que minha tia também não emite opiniões muito lisonjeiras sobre o seu pai — Francine admitiu, e a sombra de uma risada cruzou o semblante de Victoria.

— Oh, eu imagino. Eu imagino. E ainda assim... é engraçado.

— O quê?

Victoria olhou para Francine, e havia um brilho leve de lágrimas preenchendo suas íris.

— Depois que Lorde Tulli morreu, papai tentou comprar a casa. Negociou, ofereceu uma quantia absurda. Acho que ele queria... marcar uma posição. Como um símbolo de que tinha vencido. Papai ficou furioso quando Lorde Tulli se foi, porque é como se os assuntos deles tivessem ficado inacabados.

— Mas minha tia não quis vender a mansão.

— Não mesmo, e papai diz que Lady Bibiana é a mulher mais cabeça-dura que já colocou os pés nesta terra.

Francine sorriu. Lorde Edmundo deveria ter conhecido sua mãe.

— De qualquer forma... — Victoria limpou os cantinhos dos olhos. — Lady Bibi assumiu os negócios e as cobranças da família. No início, ela sofreu bastante pela falta de conhecimentos. Uma viúva enlutada com uma filha pequena e pouca experiência financeira? Uma presa fácil para aproveitadores...

— Imagino que seu pai tenha tirado vantagem disso.

— Pelo contrário! — Para a surpresa de Francine, a outra jovem riu. — Sem que ninguém soubesse, papai contratou algumas pessoas para ficar de olho nela. Afastou os pilantras, indicou contadores. Sei disso porque minha própria mãe me confidenciou o ocorrido. Por mais que odiasse Lorde Tulli, ele dizia ser uma lástima que uma família tradicional como aquela desaparecesse ou ficasse à míngua em Portomar.

Francine ponderou sobre as afirmações, ainda um pouco atônita. Os olhos passeavam pela pintura na parede, sem conseguir focar em nada. Havia uma série de implicações para levar em conta, e pouquíssimo tempo para fazê-lo.

— Você sabe... — ela começou, e teve de pausar para engolir em seco. — Você sabe que ele não teria feito isso se minha tia não fosse viúva de um título de nobreza. Ele não a salvou, salvou a Coroa.

— Eu sei. — Victoria arquejou, e uma lágrima solitária riscou sua face harmoniosa. — Mas ainda assim, senhorita... De vez em quando, em alguns momentos e mesmo que só por um instante... amo o meu pai. E espero que no futuro nós duas possamos colocar um ponto-final nessa rivalidade sem sentido. Peço desculpas, senhorita Francine, novamente, pelo que foi obrigada a ouvir nesta noite.

☙

— Não foi ele.

— Como? — Marcel parou de ajeitar a cartola e virou para olhá-la. Os dois andavam em direção às carruagens, finalmente livres.

— Não foi ele — repetiu Francine. — Conversei com a filha de Lorde Edmundo. O velho pai é um demônio encarnado, e Deus do céu como eu o odeio, mas não foi ele.

— Tem certeza?

— É mais uma intuição, mas estou convencida.

O modista passou os dedos pela extensão dos bigodes. Sua expressão paternal sugeria pena.

— Minha cara, não seja...

— Se me chamar de ingênua, vou fazer você voltar para casa a pé – ameaçou Francine. – E então? Conseguiu extrair alguma informação do Lorde Abominável?

— Não – Marcel admitiu, com uma sobrancelha erguida. – O diabo é escorregadio feito uma moreia. E morde também. O que não significa que a informação não esteja lá. Não sei, Francine, acho muito precipitado tirar conclusões com base no que diz a filha do homem. É tendencioso... E Lorde Edmundo teria todos os motivos para...

— Se quiser pode continuar investigando – ela o interrompeu. – Com certeza achará coisas abomináveis. Não acredito que encontrará nada sobre Coralina, mas sinta-se livre. Eu bem gostaria de ver aquele homem pagar a língua.

Marcel analisou a adversária, ponderando as próprias chances de ganhar aquela argumentação. Parecia ter se decidido pela derrota. Pegou uma das mãos de Francine entre as suas e deu-lhe um beijo rápido nos nós dos dedos.

— Como quiser. Mas minhas apostas ainda estão com Lorde Edmundo.

— Não foi ele.

— Ou Mister Ícaro.

— Não foi ele também.

Marcel riu.

— Ora, minha querida, é preciso admirar a confiança que você consegue depositar no coração dos homens...

Capítulo 15

No qual Francine enxerga

O FOGÃO CHIAVA, a enorme abertura exalando um hálito quente conforme a lenha queimava. Francine observou a cozinheira, alta e sisuda, fazer o possível para se dobrar e colocar a cabeça lá dentro. Não sabia dizer como ela não se queimava, mas, fosse como fosse, a cozinheira afastou-se do fogão apenas com um leve rubor nas faces e nenhuma gota de suor.

– Está quente o suficiente – anunciou para uma das ajudantes de cozinha, uma garota mais ou menos da idade de Coralina, de olhos assustados e vestido roto que Francine nunca vira antes. Elas iam fazer um bolo. A ajudante depositou com cuidado o recipiente de massa na prateleira mais alta do fogão. Ao contrário da cozinheira, o calor do fogo ou do nervosismo fez com que lhe brotassem gotículas de suor na testa, e seus cabelos castanhos ficaram ligeiramente chamuscados. A cozinheira lhe lançou um aceno de aprovação.

Não havia nenhum motivo especial que tivesse levado Francine até a cozinha da mansão naquele dia. A bem da verdade, era a primeira vez que ela de fato observava o ambiente. Estivera ali apenas em outra ocasião, no dia da morte da prima, quando então a sentaram à mesa e lhe serviram comida. Lembrava-se da boca alaranjada do fogão, e só. Mas a cozinha estava longe de ser apenas isso. Talvez fosse o lugar mais vivo da casa.

Era ampla, com janelas altas que inundavam o espaço de raios de luz. Dava para ver cada partícula de poeira dançando no ar, impulsionada pelo vaivém sem fim de uma gama de trabalhadores.

O homem do leite substituía garrafas vazias e aproveitava para contar as novidades do comércio. As lavadeiras entregavam os lençóis areados e aproveitavam para contar sobre a família. Carregamentos de pimenta e farinha eram deixados escorados na porta. Até o administrador de Lady Bibi, que o povo de Mancha haveria de chamar de mordomo, estava escorado em uma das vigas, esquecido da habitual postura empertigada. As pessoas ainda carregavam um semblante abatido, ainda se recuperando da perda da menina Tulli, mas, enquanto se reuniam ali para tomar café, trocar confidências ou dividir tarefas, o mundo lentamente voltava aos eixos. Havia normalidade e calor. Havia acolhimento e vida. Os criados agiam com naturalidade na cozinha, como se as convenções sociais que separavam criados e nobres não existissem a partir do limiar do fogão. Francine era tratada com deferência por ser a sobrinha de Lady Bibi, mas não com pompa, medo ou subserviência. Ela se sentia mais próxima deles, e muito mais à vontade do que no jantar de Lorde Edmundo. E talvez, julgou Francine, observando a ajudante ocupar-se em mexer mais um tacho, fosse esta a razão pela qual havia se refugiado na cozinha.

Conviver com a tia e suas acusações diárias contra Mister Ícaro estava se tornando cansativo, ainda que fizesse força para apoiar a enlutada. E, se tentasse fugir dela e subir ao segundo andar, seria a filha fantasma que a aguardaria em seu quarto.

Francine amava a prima, amava de todo o coração, mas a presença constante de Coralina e seu tédio era um lembrete dolorido de seus próprios fracassos investigativos. Francine ficara mal-humorada após o jantar na casa de Lorde Edmundo. Se o homem odioso não estava envolvido no assassinato, a garota não fazia ideia de como conseguir uma nova pista. Tudo o que tinha era a certeza de que Doutor Acácio mentia. E de que não podia confrontá-lo no momento. Fora isso, já lera todas as menções a venenos nos livros de química que encontrara no sebo da cidade, duas vezes cada. Não achara nada, ainda que a leitura fosse interessante. Chegara mesmo a contrabandear um dos livros para seu quarto, na esperança de que o fantasma encontrasse alguma coisa em seu lugar.

– A senhorita deseja mais um pedaço de pão? – A voz gentil de Denise tirou-a de suas divagações. Estava sentada a seu lado na mesa comprida da cozinha, enchendo Francine de doces e observando-a mastigar. Depois da morte de Coralina, Denise ficara um tanto ociosa de atividades, e todos ainda estavam cheios de dedos para designá-la a uma nova função.

De fato, pensou Francine, perscrutando as profundezas escuras dos olhos de Denise, havia ali uma tristeza que não tinha medida. Não lhe ocorrera, desde a tragédia, que o luto dela pudesse ser tão grande. Mas é claro que seria. Denise era praticamente uma segunda mãe para Coralina, e ajudara a criar e educar a garota desde o berço. E enquanto Lady Bibi podia externar seu pesar com gritos e bravatas, reuniões sociais e acusações, à pobre Denise restava apenas o silêncio e a resignação.

— Não, obrigada, já estou satisfeita. — Francine encarou o prato vazio repleto de migalhas de pão. Sentiu-se repentinamente envergonhada por ter deixado Denise tão sozinha, por nunca ter visitado aquela cozinha, por nunca ter conhecido aquelas pessoas que mantinham a mansão de pé e que faziam parte daquela família. Acabou colocando a mão por cima da de Denise.

— Acho que nunca disse isso a você — Francine falou baixinho, para que apenas a criada a ouvisse —, mas Cora teve muita sorte de ter você por perto. Ela a considerava como uma mãe.

Os olhos de Denise se encheram de lágrimas.

— Você pode falar comigo sempre que precisar, certo? — Francine sorriu. E acrescentou depressa: — Embora eu garanta que Cora está bem e que não guarda mágoas da vida. Digo, seja lá onde ela estiver, claro. Ela... ela não era esse tipo de pessoa.

Denise inspirou profundamente.

— Ela era ainda tão nova...

Francine mordeu o lábio. Denise lembrava um pouco seu pai. Talvez fosse o jeito manso com que falava. Ela sempre lhe passava ternura, e Francine acabou compartilhando, sem saber bem o porquê:

— Sabe, eu não queria que ela tivesse se casado tão cedo. Mesmo que não tivesse acontecido nenhuma tragédia, entende?

A mulher assentiu.

— Senhorita Cora era jovem demais. E os homens... — ela comentou, erguendo os ombros, mas logo em seguida retraiu-se na cadeira. — Não que alguém como eu deva ter opiniões sobre isso. Lady Bibiana sabia, claro, o que era melhor para a filha.

Era óbvio que Denise não acreditava no que dizia: Francine podia ver a censura escrita em sua testa. E as rugas ao redor de suas pálpebras estavam um tanto mais comprimidas que o habitual.

— Foi por isso que levei o ursinho para o quarto — Francine confidenciou, falando ainda mais baixo. — Não queria que ela ficasse com medo. Era um lembrete de que minha prima ainda poderia ser uma criança, se quisesse.

Foi a vez de Denise segurar-lhe as mãos apertadas entre as suas em um gesto silencioso e repleto de gratidão.

— É muito bom ter a senhorita nesta casa. — Denise fungou mais uma vez. — Às vezes, enquanto ando pela mansão, fecho meus olhos e chego mesmo a pensar que Coralina ainda está entre nós. Quase posso ouvir a menina...

— Sabe o que eu acho? — As duas foram interrompidas pela cozinheira, batendo na mesa com o cabo da colher de pau. Sua outra mão repousava na curva da cintura, e o rosto estava tão sisudo que era como se tivesse sido esculpido em madeira. — Acho que estamos vivendo tempos tenebrosos, isso sim! E que todas nós deveríamos ter cuidado redobrado.

— Tempos tenebrosos? — indagou Francine, capturada pela expressão séria da cozinheira. Soltou as mãos de Denise. — Em que sentido?

— Ora, no sentido de que mulheres e moças deveriam trancar melhor as suas portas.

— Pare com essas besteiras! — ralhou Denise, dispensando a colega com uma careta. — Não escute Perpétua, senhorita Francine. Essa daí é dada a histórias para boi dormir.

A cozinheira respondeu algum impropério, batendo a colher de pau de novo na mesa. Alta como era, o gesto realmente parecia ameaçador. As mulheres discutiram, daquela forma ranzinza com a qual velhas comadres batem boca, e Denise falava coisas como "assustar a garota à toa" e "coisas da sua cabeça". Francine olhava de uma para a outra e sentia-se cada vez mais perdida. E curiosa.

— Por favor! — Ela elevou a voz para se sobrepor ao burburinho. Àquela altura, outros criados já haviam sido atraídos pela discussão e se aproximavam da mesa. — Eu gostaria de saber. Por que Perpétua acredita que devemos nos proteger?

– São só os devaneios de uma mulher biruta – respondeu Denise, mas foi cortada pelo mordomo.

– Ora, deixe que Perpétua fale, que mal tem? – pediu o homem.

Denise crispou os lábios, derrotada. Cruzou os braços sobre o peito e reclinou-se na cadeira com uma expressão de desagrado.

Perpétua não precisou de maiores incentivos. Largou a colher, esfregou as mãos no avental pendurado na cintura e puxou outra cadeira para si. Sentou-se bem de frente para Francine, com um dos cotovelos apoiados na madeira, seu corpanzil todo curvado sobre o tampo.

– A verdade – disse a cozinheira, e Francine conseguia sentir a expectativa no ar e a empolgação da mulher –, é que Coralina Tulli não foi um fato isolado. Não, não – ela riu e mexeu o dedo de um lado para o outro diante dos olhos arregalados de Francine. – Existe algo de muito ruim matando as mulheres desta cidade. Algo que ninguém vê.

– Do que a senhora está falando? – Francine também se inclinou sobre a mesa para ouvir melhor.

– Das mortas do canal, é claro.

– Mortas do canal?

– Uma sandice sem tamanho – Denise tentou interromper novamente, mas recebeu protestos de quase toda a criadagem. Embora provavelmente já conhecessem aquela história, ninguém parecia se importar em escutá-la outra vez. Francine olhou em volta e foi surpreendida pela quantidade de rostos animados que rodeavam a mesa. Mesmo o leiteiro fazia cera na soleira da porta, fingindo amarrar os cadarços.

– Houve outras circunstâncias parecidas com as da morte de sua prima, senhorita – o administrador lhe explicou. – Mulheres que gozavam de boa saúde e que de repente... mortas feito passarinhos em manhãs de tempestade.

Francine levou as mãos à boca. A plateia poderia ter interpretado o gesto como susto, medo ou a sensibilidade de uma jovem moça, mas ela estava realmente perplexa com a possibilidade de que Coralina não fosse um caso isolado. De que outras vítimas pudessem estar envolvidas. Aquilo mudava... tudo.

A partir dali, o solilóquio de Perpétua tornou-se uma algazarra: cada um que quisesse contribuir com a reconstrução do caso.

— Foram mais duas mulheres — comentou o homem do leite, que nem deveria estar ali.

— Uma na semana retrasada e ainda outra na semana anterior.

— Encontradas mortas, mortíssimas — foi a vez da ajudante de cozinha contribuir, com sua voz de ratinha assustada. — Uma na beira do canal, cheia de sargaço. Outra dentro de casa. Sem motivo. O que era mesmo que a mais velha fazia?

— Trabalhava no teatro — respondeu Perpétua, fazendo o sinal da cruz. — Diziam que era velha demais e que tinha histórico libertino... — Ela fechou os olhos e fez uma careta, e alguns dos meninos mais velhos que cuidavam dos cavalos e estavam ali para lamber os tachos de massa de bolo começaram a rir

— Isso lá é coisa para se brincar! — Denise continuava contrariada, mas era minoria absoluta.

Francine apenas escutava, em silêncio, absorvendo todos os detalhes que lhe eram oferecidos. Não demorou para que os criados apresentassem relatos completos de ambos os casos, e a perícia do disse-me-disse era de fazer inveja a qualquer investigador policial. Sempre havia um vizinho que sabia de algo, ou uma cunhada que conhecia um parente distante de alguém. Havia também uma boa dose de conjecturas, teorias fantásticas e suspeitas de assombração.

— Mas não pode ser, deve ter algum engano — Francine finalmente colocou para fora a dúvida que lhe afligia. — A minha tia sabe sobre essas mulheres?

Era até difícil acreditar que algo pudesse ocorrer na cidade sem que Lady Bibi e sua associação de ladies ficassem sabendo.

— Histórias terríveis assim não devem chegar aos ouvidos refinados de Lady Tulli... — respondeu o administrador, recuperando seu ar solene. — Não seria nada apropriado.

— Apropriado? — Francine respondeu, incrédula.

— Lady Bibiana não deve mesmo se interessar por assuntos do canal. — A cozinheira deu de ombros.

— Mas... — Devia existir algo que Francine estava entendendo errado naquela conversa. — Com certeza o Inspetor Timóteo deve ter comentado alguma coisa... Digo, a polícia não pode ter deixado de notar as similaridades, certo?

A resposta foram alguns sorrisos amarelos e olhares de piedade.

– Estão me dizendo que a polícia não está investigando essas mortes?!

Mais silêncio constrangedor. Por incrível que pareça, foi a ajudante de cozinha que resolveu quebrá-lo, enrolando a trança chamuscada entre os dedos.

– Foram mortes do outro lado do canal, senhorita... Ninguém repara nessas coisas. As pessoas de lá estão sempre morrendo.

Francine estava pronta para retrucar que aquilo não era motivo, mas acabou se contendo. Olhou ao redor, para tantos rostos que nunca realmente prestara atenção, para tantas histórias que nunca ouvira. Na fazenda, ela conhecia as pessoas que trabalhavam ao lado do pai. Sabia quem eram os feirantes, os donos de terras, suas mulheres e filhos. E também o pároco e o ferreiro. E os conhecia havia tanto tempo, e tão bem, que sua própria vida se entrelaçava às deles. Mas ali, nas ruas estéreis e lotadas da cidade sob a fumaça das fábricas, era fácil se deixar seduzir pelo ambiente da mansão, pela segregação confortável dos andares daquela casa. A capital os transformava em cidadãos sem rosto. E, sem querer, ela estava participando daquela dança.

Francine devia estar com uma cara muito aparvalhada, porque Denise acabou balançando-a com gentileza pelo ombro.

– Não fique assim, também não é nada demais...

O administrador concordou imediatamente com a cabeça.

– A verdade é que a polícia não consegue dar conta de todos – ele disse. – É gente demais em Portomar. E vira e mexe alguém morre de gripe, de fome, de velhice... Não é algo para os homens da lei se envolverem. E não se preocupe, Perpétua só está brincando com a nossa imaginação.

– Até parece – disse a cozinheira, levantando-se e torcendo o avental. – Escutem bem o que estou dizendo: podemos não ser ninguém nessa vida, mas a morte está pouco se lixando para de qual lado do canal vocês moram. Tranquem suas portas e tenham cuidado – ela disse. – Mais tarde, verão que eu tinha razão.

A mente de Francine era um turbilhão. Mulheres estavam aparecendo mortas sem mais nem menos e ninguém fazia nada. Era ultrajante, e a garota sentia um certo enjoo se formando na base do estômago, alimentado pela ira, pela tristeza, pelo medo... pela vergonha. Seria ela também culpada por omissão? Estaria ela se preocupando tanto com as mulheres do canal caso Coralina não tivesse falecido? E, mesmo se a prima tivesse morrido, mas nunca se apresentasse em forma de fantasma... ela estaria tendo aquela conversa? Preferia acreditar que sim. *Precisava* acreditar que sim. Mas a culpa a corroía.

A única coisa que conseguiu foi fazer uma última pergunta:

– Não seria melhor que contássemos essas coisas para minha tia?

– Oh não, senhorita... – Denise deu uma risadinha diante da ingenuidade da menina. – Lady Bibiana nos tomaria por mexeriqueiros.

– Mas vocês acabaram de me contar a história toda...

– Bem, foi a senhorita quem desceu até a cozinha. – Perpétua ergueu os ombros. – E por falar nisso, temos um bolo para tomar conta, e eu vou refogar os miolos de quem deixar ele queimar.

Em segundos, como em um passe de mágica, a atmosfera se desfez. Todos seguiram seus rumos e retomaram seus afazeres. Aqueles que permanecem nas sombras, fora de vista.

Sexto Interlúdio

Timóteo não estava em um bom dia. A bem da verdade, os dias bons na vida da polícia eram raros. Mesmo quando não havia algum presunto apodrecido ou briga de bar a investigar, restava a maldita papelada. As horas de espera no cubículo calorento, o som dos datilógrafos fazendo seu cérebro ranger, as moscas zumbindo. Dava para sentir o tecido da calça suada mantendo-o grudado na cadeira.

Ele dormira muito pouco naquela noite. Recebera um maço de cartas das senhoras da tal associação de ladies, exigindo que trouxesse Mister Ícaro à justiça o quanto antes e que parasse de fazer corpo mole. *É claro*, pensava ele com mau humor, *porque é decerto muito fácil caçar um jovem endinheirado que pode estar em qualquer lugar do oceano*. O caso da jovem Tulli estava se mostrando uma grande pedra em seu sapato.

Timóteo havia pressionado todos os funcionários da estação de trem. Ou ninguém sabia de nada ou todos teriam recebido uma quantia alta o bastante para esquecer. Também não conseguira muita coisa entre os marinheiros do porto (além de levar muito sol na cabeça).

O inspetor pressionou as palmas das mãos contra os olhos fechados, em uma tentativa vã de melhorar a enxaqueca. Tinha ficado assustado com o tamanho de suas olheiras ao se encarar no espelho pela manhã. Poderia facilmente assustar criancinhas. Entre a dor e as olheiras, achara perda de tempo se barbear ou pentear os cabelos. O horrendo resultado final tinha lá suas vantagens: bastava uma olhada rápida e todos os homens sob seu comando ficavam imediatamente quietos e concentrados em seus afazeres.

Ele riu para si mesmo (e da própria desgraça), respirando fundo e tentando fazer com que as palavras do relatório à sua frente fizessem sentido. Era um compilado de depoimentos dos funcionários do porto, com as escalas de partida dos navios e as listas de passageiros. Duvidava que Mister Ícaro fosse burro o suficiente para colocar seu nome verdadeiro ali, mas precisava conferir mesmo assim. Se tinha algo do qual Timóteo se orgulhava nessa vida, era de fazer seu trabalho direito.

Ele podia ter escolhido um futuro mais confortável. Podia ter seguido os passos do pai e não ter entrado para a polícia. Podia ter entrado para a polícia e não ter brigado com seu superior. Podia ter brigado com seu superior, mas não ter desrespeitado o juiz. E assim talvez pudesse ter sido designado para algum cargo burocrático no continente, o que, todos concordariam, seria uma história de sucesso para o filho caçula de um mareano e uma questionável senhora manchona. Timóteo podia estar casado, penteado, barbeado e sem olheiras. Mas escolhera a polícia como esposa e a teimosia como arma. O que sobraria se falhasse em sua carreira? Quando as pessoas da ilha se admiravam por sua patente de inspetor, Timóteo ria: elas não faziam ideia de que, para a Coroa, aquela seria sua penitência. Passar a vida resolvendo roubos de galinha em Portomar. Por dentro, ele já se sentia muito velho.

Enfim, o fato era que Timóteo não estava em um dia bom. Havia chegado à conclusão de que seu próximo passo seria inevitavelmente abordar os pais de Mister Ícaro. E pressionar gente rica e poderosa (gente com *advogados*), gente amiga da Coroa, era uma ideia que fazia sua dor de cabeça latejar e ameaçar estourar através dos tímpanos.

Mas é óbvio que as coisas podiam piorar. As coisas sempre podem piorar.

Quando uma comoção no balcão de entrada da delegacia chamou sua atenção, Timóteo apurou os ouvidos. *Aquilo era uma voz de mulher?*

Aparentemente, alguém estava discutindo com os policiais. Uma delegacia podia ser barulhenta às vezes, sobretudo quando envolvia pessoas sendo presas e homens alcoolizados. O inspetor se dava bem com aquele tipo de barulho, até servia para mantê-lo mais focado no trabalho. Mas aquela era uma gritaria diferente. Havia um ar de... *autoridade* naquela voz de mulher. Ela *exigia* algo. E seus subordinados (teria que ter uma conversa séria com eles mais tarde) pareciam ter dificuldade para despachar a visitante dali.

Timóteo estava a ponto de se levantar e dar um fim em toda aquela baboseira quando um dos policiais abriu a porta de seu escritório. Infelizmente, e para toda sorte de aborrecimentos, o homem não estava sozinho.

– Eu sinto muito, chefe... – O subordinado transpirava pedidos de desculpa na testa suada. – Mas a senhorita aqui exige falar com o inspetor e não há quem a faça mudar de ideia.

Timóteo alternava o olhar entre o policial reticente e a recém-chegada. Reconheceu-a no mesmo instante: senhorita Francine. A sobrinha de Lady Bibiana Tulli, prima da finada, uma das peças centrais para a resolução da história que vinha lhe tirando o sono.

Era uma moça interessante. Bonita, de olhos astutos e respostas rápidas, cabelos cheios, lábios desenhados... talvez tivesse uma cabeça boa. Poderia até tentá-lo se ele permitisse tal coisa, mas Timóteo havia escolhido a polícia, e a polícia lhe tomara todo o resto. Não tinha tempo para se dedicar a um lar, e nenhuma esposa merecia ter de esperar em vão todas as noites por um marido que nunca saía do trabalho. Mas a moça também tinha algo no modo como o encarava... Talvez ressentimento por ter sido interrogada? Quanto a isso, Timóteo não podia fazer muita coisa e não sentia nenhum remorso.

– Bem – ele murmurou para o outro homem, com um tom que deixava bastante claro seu descontentamento –, se já a trouxe até a minha sala, não tenho o que fazer a não ser permitir que fale, não é?

O policial ficou vermelho como um tomate e saiu fechando a porta, deixando-os sozinhos. Timóteo fez sinal para que a jovem se sentasse. A boca contraída e a postura rígida dela já lhe diziam o suficiente: a moça estava ali para piorar sua dor de cabeça.

– A que devo a honra, senhorita Francine? Tem algo que queira me contar? – perguntou, alinhando meticulosamente as folhas do relatório antes de colocá-las de lado. Tudo em sua postura exalava mau humor, mas aquele era um hábito que Timóteo não conseguia evitar. A casca dura era uma prerrogativa da vida de investigador.

A senhorita apertou ainda mais os lábios antes de finalmente descolá-los:

– Já contei tudo o que sabia, inspetor. Minha visita é para que *o senhor* me conte algumas coisas. Mais precisamente, queria saber o que a polícia tem feito para investigar a morte de duas trabalhadoras do outro lado do canal.

– De quem? – Timóteo enrugou a testa, puxando pela memória. Nada.

– Duas mulheres – a moça sibilou –, ambas saudáveis, caídas mortas do dia para a noite sem explicação. Uma foi encontrada em casa, e a outra na beira do canal.

– E o seu interesse na morte delas é...?

– Precisa haver um motivo para que a morte de uma pessoa seja notada?

– Não me lembro de ver a senhorita por aqui antes, e o cemitério continua bem cheio – ele gracejou, sabendo que a deixaria ainda mais irritada. – Então, a menos que deseje se tornar uma investigadora também, eu diria que sim, preciso de um motivo.

Senhorita Francine chiou, e ele observou uma veia saltar-lhe no pescoço, logo abaixo de um cacho de cabelo escuro. Ela devia querer esganá-lo.

– Mortes assim tão próximas e tão similares à da minha prima com certeza deviam ter sido investigadas, senhor. Mas esse é o seu trabalho, não o meu.

Timóteo podia sentir a dor de cabeça alcançando recantos mais profundos em seu crânio. A insistência de Lady Tulli e sua trupe de senhoras mexeriqueiras já não era aporrinhação suficiente?

Suspirando, ele retirou da gaveta uma pasta de couro, já gasta nas beiradas. Começou a folhear os arquivos lá dentro, dando olhares de relance para a convidada, em sua postura de vassoura.

A delegacia sempre recebia os registros das pessoas enterradas pelo coveiro, só por uma questão burocrática mesmo. Raramente se anotava mais do que o nome, a data e a causa da morte de alguém. Mesmo a causa da morte era por vezes suprimida, o que indicava óbito natural pela idade.

Timóteo percorreu com o dedo as linhas do arquivo, procurando nomes femininos. Morte de parto, morte suprimida, morte por pneumonia, morte por pneumonia, morte suprimida... Ah, ali estava.

— Morte por razão desconhecida — ele leu em voz alta para a convidada, e a moça remexeu-se na cadeira com olhos ansiosos. — A mesma coisa que escreveram no registro da sua prima.

— Vê? — ela se inclinou para ele, tentando ler por conta própria os registros da polícia. — Pode existir uma ligação.

Timóteo ergueu as folhas de papel para tirá-las do alcance de Francine.

— Uma única linha escrita pelo coveiro mais preguiçoso de Portomar e a senhorita acha que é o suficiente para considerar uma ligação? — Dessa vez ele riu de verdade. — Essa mulher pode ter morrido de qualquer jeito. Caindo da escada, de uma bebedeira fatal, de um fígado inchado...

— E o senhor não vai investigar?

— Senhorita Francine, muitos moradores morrem do outro lado do canal. É comum que se acidentem nas fábricas ou que adoeçam devido à alimentação precária. Na época das chuvas, alguns morrem até pela umidade. Não tenho contingente para tomar conta de todos. Pode ser uma informação nova para a senhorita e seu mundo de rendas e sedas, mas essa é a realidade. Não é muito bonita, e eu não desejaria que fosse assim, mas é. Acostume-se.

— Não acredito que está me dizendo isso... — A moça parecia enojada. — E quanto à outra mulher? A senhora do teatro que foi encontrada morta?

— Não achei nenhum outro registro de morte por razão desconhecida. Ela provavelmente morreu de velhice, e é só.

— Mas...

— Pessoas velhas morrem! — Timóteo sentiu a paciência se esvair de vez, embalada pela agulhada precisa da dor de cabeça atrás de seus olhos. — A senhorita sabe quantas pessoas morrem por dia nesta região? — ele a questionou. — E a senhorita faz ideia de que sou o único investigador denominado da Coroa por aqui? E que preciso prestar contas não só a ela, mas também aos nobres desta ilha? Nem tudo está ao meu alcance, senhorita, mas esta delegacia faz o melhor que pode!

— Fazendo justiça apenas para quem tem dinheiro — ela retrucou baixinho, como se tivesse medo de que ele ouvisse a ousadia. Mas ele ouviu.

Timóteo ficou de pé, fazendo com que a jovem pulasse de susto na cadeira. Sem se importar, ele gesticulou placidamente em direção à porta.

— A senhorita faça o favor. Tenho muito trabalho por aqui e não posso perder tempo com frivolidades.

— Frivolidades? Estamos falando da morte da minha prima!

— Posso assegurar que tudo está sendo feito dentro dos conformes. No momento, nossa prioridade é encontrar Mister Ícaro.

A garota também se levantou.

— Mister Ícaro é um homem inocente.

— Mister Ícaro fugiu da cidade mesmo com ordens expressas da polícia para que permanecesse em Portomar. Já é um fora da lei somente por isso.

— Ora, por favor, ele apenas ficou com medo, minha tia está fazendo uma pressão enorme entre os lordes locais.

O inspetor resistiu ao impulso de pegá-la pelos ombros e colocá-la para fora dali ele mesmo. *Que criatura mais insistente!*

— A senhorita faria muito bem em ir embora — ele sibilou, a mão ainda apontando para a porta. — Defender um fugitivo é bem mais incriminador do que mortes no canal. Ou se esqueceu de que também está sob investigação? Não meta o nariz no que não é da sua conta, moça, ou posso perder a pouca paciência que me resta e colocar a senhorita atrás das grades!

Em vez de fugir, ela se aproximou dele, sustentando seu olhar com a ira refletida nas pupilas escuras. Sem conseguir evitar, Timóteo desceu as vistas para os lábios da moça, sentindo o perfume dos cabelos dela, o cérebro momentaneamente vazio.

— O senhor é desprezível — ela disse, fria como gelo, obrigando-o a subir os olhos. — E também deveria tomar um pouco de sol de vez em quando. Acho que faria bem, principalmente para o juízo. — Então ela deu meia-volta e saiu, fazendo os saltos do sapato ecoarem pelo piso em passos enérgicos.

Timóteo ficou ali parado por um tempo, olhando para a porta que ela havia deixado aberta. A cabeça estava um caos de dor e irritação. Sim, ele era desprezível e não tinha o menor senso de cortesia, e a cidade deveria agradecer por isso, porque só assim ele servia para o trabalho.

E justamente por ser tão dedicado, o inspetor se sentou outra vez em sua escrivaninha e, contra todas as alegações de seu orgulho e amor-próprio, escreveu uma nota sobre as mulheres do canal. Sentia-se muito imbecil, mas já vira outros policiais se perdendo na carreira por falta de atenção aos detalhes. Mister Ícaro tinha motivações mais plausíveis, e Timóteo direcionaria seus esforços nesse raciocínio, mas nada no mundo o faria perder um fio da meada ou deixar de prestar atenção aos passos de senhorita Francine. Nem mesmo aquela língua afiada maravilhosa que ela tinha.

Capítulo 16

No qual uma morta dá risada

— UM PARVO! E tão deselegante! — dizia Francine, andando pelo quarto. — Ainda não consigo acreditar que ele tenha se recusado a investigar a morte daquelas mulheres! E o modo como praticamente me despejou da delegacia? Oh, você deveria ter visto. A audácia...

Francine se virou para a prima. O silêncio era incomum. Coralina não era uma menina de ficar calada em meio a fofocas acaloradas como aquela, e a prima havia se mostrado bastante ansiosa quando Francine começara a relatar as descobertas recentes da cozinha.

Mas, dessa vez, o fantasma permaneceu na cama, com as pernas cruzadas escondidas sob as saias do vestido de noiva, imersa em contemplações. Seus olhos estavam fixos em um ponto qualquer do livro de química, perdidos no além (como ela inteira já estava, por sinal). Um dos braços, esticado para o lado, passava a mão de forma indolente através da chama das velas que iluminavam o cômodo. Coralina dera para ter aquela mania: dizia ser capaz de sentir o calor do fogo em sua pele, como cócegas distantes.

— Cora? — Francine cruzou os braços. O descaso do inspetor a deixara profundamente mal-humorada, e ela estava pronta para descontar sua insatisfação em quem quer que fosse. — Um pouco de atenção aqui, por favor?

— Hum? — A menina fantasma virou o rosto para ela. Piscou algumas vezes até se situar no mundo. — Ah, sim, sim. Uma falta de cavalheirismo total.

— De fato. — A garota mais velha voltou a desgastar o assoalho com seus passos. O quarto abafado pelas portas e janelas trancadas a fazia suar, piorando ainda mais seu humor. – Acredita que ele ainda insinuou que eu estava lá para despistar qualquer suspeita sobre mim mesma? O sujeito é impossível! Se é este o tipo de homem que representa a lei, temo em pensar no destino desta cidade... Como sua mãe pode ser a favor de tê-lo na delegacia?

A pergunta pairou no ar por alguns segundos e desapareceu sem resposta. Francine resmungou ao virar-se na direção da cama: Coralina estava novamente encarando o livro.

– Você não está ouvindo nada do que estou dizendo, não é?

De novo, a prima pareceu se sobressaltar.

– O quê? Eu? Oh, não, eu não estava ouvindo mesmo. Mas – Coralina acrescentou depressa, antes que Francine pudesse emitir reclamações –, estive tendo algumas ideias...

– Que tipo de ideias? – Francine admitiu a derrota e sentou-se na beirada da cama. – E pare de passar a mão nessa vela, vai me matar de agonia!

A menina revirou os olhos. Debruçou-se na direção da prima.

– Na química, as coisas estão sempre se transformando. Então estive pensando... será que existem mais pessoas como eu?

– Como você?

– Espíritos. Gente morta.

Francine esfregou os braços. Era sempre um incômodo quando Coralina falava com tanta naturalidade sobre a própria condição.

– Eu... não sei dizer – acabou respondendo.

– Não posso ser a única – continuou o fantasma. – Mas também não deve acontecer com qualquer um, ou eu já teria visto outras almas penadas por aí. Deve existir uma regra. Então pensei naquilo que você me disse antes, sobre... assuntos não terminados.

– Assuntos inacabados – Francine corrigiu.

– Exato. – Coralina abriu um largo sorriso. – E se isso também aconteceu com aquelas mulheres? E se elas ainda estiverem no lugar onde morreram?

O braço de Francine ficou tão arrepiado que a pele começou a pinicar.

– Está sugerindo o que eu acho que está sugerindo?

— Por que não? — A menina deu de ombros. — Seria perfeito para descobrir a verdade.

— Eu não sei... — A mais velha dividia-se entre a curiosidade e o medo. — Essa coisa de falar com os mortos não me parece muito segura... Não sabemos em que estado elas estarão e...

— Ora, não seja boba – disse Coralina com seu ar de falsa maturidade e nariz em pé. — São apenas pessoas. Eu continuo sendo eu, nem um pouquinho assustadora. Por que aquelas mulheres haveriam de ser?

Francine ficou tentada a acrescentar que a prima era sim terrivelmente assustadora, mas preferiu se conter. Afinal, era preciso admitir que a ideia tinha seus méritos.

— A senhora da ópera foi encontrada morta no canal – Francine refletiu, levando um dedo à ponta do queixo. — Mas a outra mulher, a mais jovem, morreu dentro de casa. Perpétua disse que o imóvel foi lacrado depois, e que o proprietário está aguardando a chegada de novos inquilinos.

— Então vamos até lá – disse Coralina.

As primas se encararam. A ideia podia já não ser das mais sensatas, mas era a execução que tornava tudo mais difícil. Para falar com a alma atormentada de uma mulher misteriosa, era imprescindível que Cora fosse junto. Francine ainda não entendia bem todos os desígnios da vida incorpórea, mas suspeitava que um fantasma não ia querer conversar simplesmente com *qualquer* pessoa. Todos os livros que havia lido sobre casarões góticos assombrados deixavam aquilo bastante explícito. E, nesse caso, o plano seria um problema, pois como se leva uma aparição a tiracolo pela cidade?

෴

— A senhorita quer mesmo levar essa mala? – perguntou o cocheiro careca, erguendo a boina puída para coçar o couro cabeludo. — Até o canal?

— Precisamente – respondeu Francine, tentando soar como se não estivesse fazendo nada de estranho. — Quero, há... levar doações para os necessitados do lado de lá. Em tempos tão terríveis, acho que precisamos semear a compaixão. E gostaria de fazer isso pessoalmente.

O cocheiro lançou outro olhar de esguelha para a imensa mala quadrada que a sobrinha de Lady Bibi tinha aos pés, e Francine tremeu em expectativa. Na parte de trás da mala, junto à barra de seu vestido, ela conseguia ver um dos cotovelos de Coralina saindo pela placa de couro. Tentou chutá-la para que se acomodasse melhor, mas, como esperado, seu pé passou direto e atingiu apenas a mala. De toda forma, o barulho suave do bico do sapato de Francine contra a lateral da bagagem foi suficiente para alertar o fantasma, e o cotovelo sobrenatural sumiu logo em seguida.

– Vamos? – Francine ofereceu um sorriso enérgico ao cocheiro.

O homem ainda não parecia convencido.

– Lady Tulli está de acordo com isso? A senhorita sozinha indo para aquelas bandas...

– Ora – ralhou a garota –, não seja bobo. É claro que minha tia está ciente! E só não estou indo por minhas próprias pernas porque a mala está muito pesada para que eu a carregue até o outro lado da cidade.

O cocheiro com certeza não havia se esquecido do peso da bagagem de Francine no dia em que ela chegara na estação, então o argumento pareceu persuadi-lo. Pior do que isso, ele se ofereceu para carregar a mala até a carruagem onde a parelha de cavalos aguardava.

– Não, imagine – Francine sorria com os dentes trincados, segurando uma das alças da bagagem com toda a força. – Eu mesma posso carregar...

– Eu insisto – O homem puxava pela outra alça.

– Não me importo em carregar, senhor.

– É o meu trabalho! – Ele puxou com mais força.

A mala não resistiu ao duelo que quase a fazia partir ao meio: com um solavanco final de Francine, o fecho cedeu, e a enorme bolsa quadrada abriu de uma vez, desequilibrando cocheiro e senhorita.

Os dois cambalearam para trás, surpresos. No meio deles, a mala jazia aberta no chão, com o fantasma de Coralina caído de forma bastante indigna por cima, agarrado às próprias saias. Francine arregalou os olhos além do que era possível e levou as duas mãos à boca. O cocheiro também observava a mala, e sua expressão era confusa, mas não chegava a parecer assustada. Talvez o cocheiro tivesse mais fibra do que Francine imaginava.

A expectativa era enorme, quase palpável, e os três presentes não ousaram mexer um único músculo. Foi o cocheiro quem quebrou a tensão, tentando ajeitar a boina sobre a cabeça lustrosa e suada.

— Uma mala vazia? — Ele franziu a testa. — Desculpe senhorita, mas por que está levando uma mala vazia desse tamanho?

O homem tinha claramente as vistas fixas na direção de Coralina, e a menina fantasma alternava seu olhar igualmente perplexo entre o criado e a prima. *Ora, será que ele...? Será que ele não era capaz de enxergar Coralina?*

— Você só está vendo uma mala vazia? — Francine perguntou devagar, frisando bem cada palavra para que não houvesse possibilidade de erros.

— Sim... Deveria estar vendo outra coisa? — o cocheiro também respondeu devagar. Parecia preocupado com a sanidade mental da sobrinha de sua patroa. — A senhorita tem certeza de que está se sentindo bem?

— O senhor não está vendo nada além de uma mala vazia porque é precisamente isso o que há para ver! — Por sorte, Francine recobrou a compostura depressa. — A mala é a doação. Sabe quantas pessoas não têm uma boa mala para carregar seus pertences? Não vou mais precisar dela. Agora deixe de ser tão abelhudo e me leve logo até o canal!

O cocheiro engoliu em seco e se pôs a trabalhar sem nem mais um pio. Quando abriu a porta da carruagem, Francine fingiu ajeitar o tecido da saia para que Coralina tivesse tempo de embarcar. A menina fantasma parecia estar achando muita graça de tudo aquilo, e acenava sem parar na direção do pobre criado, sorrindo abertamente enquanto ele a ignorava. Os cavalos, por outro lado, se não podiam vê-la, talvez fossem capazes de senti-la, pois farejavam sem parar, e tentavam puxar as rédeas para olhar para trás.

Por fim, a mala vazia foi amarrada ao bagageiro, Francine sentou-se na cabine e os cavalos foram persuadidos a caminhar.

— Isso não é fantástico? — exclamou Coralina, de braços abertos, espiando pela janelinha a movimentação da rua. — Tanto tempo trancada em casa... Nenhum deles pode me ver! Eu posso ir a qualquer lugar!

— *Shh* — murmurou Francine, apreensiva. — O cocheiro não pode me escutar conversando com você. Vai achar que fiquei louca.

— Bem, então é você quem deve ficar calada, e não eu – gracejou a menina.

Francine encostou a testa no vidro da janela e fechou os olhos.

☙

A carruagem subiu em uma das pontes precárias que cruzavam o canal. Os cascos dos cavalos ressoaram contra as vigas de madeira, quase sobrepondo-se ao som da água escura que corria lá embaixo. O cocheiro ficou nervoso quando Francine pediu-lhe que a esperasse ali, pois as pessoas não paravam de olhá-los de um jeito esquisito. Não estavam acostumadas a ver cavalos tão bem escovados, criados tão bem-vestidos ou mesmo uma mareana vestida como nobre e carregando uma mala gigantesca. As carruagens que atravessavam para aquela parte da cidade não eram assim: estavam mais para carroças cobertas, destinadas a atravessar mantimentos e mercadorias, não pessoas. Sobretudo, nenhuma delas tinha o brasão da família Tulli pintado nas portas.

— Não se preocupe – Francine tranquilizou o homem uma última vez. – Voltarei logo.

Dando as costas, um tanto desequilibrada pelo volume da mala vazia, a jovem inspirou fundo e começou seu caminho. Mantinha os olhos baixos no chão de argila e pedra, pulando as eventuais poças de lama e sujeira, desviando de cães vira-latas e fazendo o possível para não encarar nenhum dos moradores. Sabia que, para eles, a presença dela ali, com seu vestido tão limpo e de gola engomada, soava quase como uma ofensa. Uma traição. Apenas duas coisas mantinham Francine caminhando apesar da vergonha: sua determinação, que estava ocupada demais tentando identificar o caminho que a cozinheira da mansão lhe indicara; e a certeza de que, ao menos sob seus olhos, não estava sozinha.

Era realmente impressionante como ninguém parecia dar conta de Coralina, mesmo que a menina corresse à frente e apontasse para tudo e para todos. Nascida em berço de ouro e sem fazer a mínima ideia das agruras da vida, a pequenina alma penada aproveitava o passeio como quem vive uma aventura em um mundo novo e selvagem.

— Veja só todas essas crianças na rua! – disse ela, correndo para o meio de um grupo de meninos, seus cachos loiros balançando. – Você acha que aquilo ali é um homem bêbado? Eu nunca vi um bêbado...

Francine não respondeu. Continuou avançando, tentando achar seu percurso entre as ruas tortas de casinhas impossíveis, onde os varais brotavam por todas as saliências e tudo era apertado e encardido.

Quanto mais as duas se aprofundavam pelo distrito do canal, mais escuras e íngremes se tornavam as vielas, e Francine foi tomada por um sentimento de angústia. Àquela hora do dia, a maior parte dos moradores com idade para trabalhar já estava nas fábricas, no comércio ou na casa de seus senhores, e as ruas eram habitadas apenas por crianças arredias, velhos e sombras.

Coralina também notara a mudança. Apesar da empolgação, começou a andar mais próxima à prima.

– Esse lugar é um tanto esquisito – ela sussurrou.

– Estamos quase chegando – respondeu Francine, ainda incerta, trocando a mala de mão e aprumando a coluna.

Quando finalmente acharam a casinha com tábuas pregadas na janela, o destino não poderia ser mais decepcionante.

– É aqui? – Coralina colocou em palavras o que ambas pensavam. – Não parece grande coisa para um fantasma...

A parede desbotada tinha uma porta e uma janela, mas essa era a única coisa que a fazia parecer com uma casa. As tábuas de madeira haviam sido pregadas com desleixo, e já havia algumas faltando. Os parafusos estavam soltos. Alguém tentara entrar ali, possivelmente ladrões ou alguma família menos afortunada em busca de abrigo. Mas seja lá o que encontraram ali dentro, estava claro que ninguém havia decidido ficar. Dava pra sentir o cheiro, de mofo e de morte, que emanava lá de dentro.

– É aqui – disse Francine, tentando aparentar uma praticidade tranquila. Largou a mala no chão. – É exatamente aqui que encontraremos a Sra. Fantasma Sabe-se Lá o Nome.

– Você primeiro. – Coralina fez uma reverência. Era uma menina fantasma bastante covarde.

Sendo a mais velha, Francine tinha o dever de dar o exemplo, e não discutiu. Fincou os dedos em uma das tábuas da porta e puxou com toda a força, até que a madeira cedeu sob suas mãos. Ela quase caiu para trás. No segundo em que se abaixou e passou uma perna pela abertura da porta, a escuridão a engoliu.

— Não estou enxergando nada – ela disse, tateando o interior do casebre. O cheiro era ainda pior lá dentro, o ar era úmido e rançoso. A garota identificava apenas contornos e sombras.

— Como alguém pode ter morado aqui? – A voz da prima veio de algum lugar atrás dela.

— A vida tem muitas injustiças, Cora – Francine respondeu baixinho enquanto seus olhos se acostumavam com o escuro e ela absorvia cada centímetro da desolação ao redor. – Bem, não vejo ninguém aqui, e você? Talvez tenha sido perda de tempo.

— E se tentássemos chamar?

— Chamar um fantasma? Nem sei qual era o nome dela! Não sei se é uma boa ideia mexer com os mortos assim...

Mas Coralina não se deu por vencida. Caminhou até o centro da sala, colocou as mãos em concha ao redor da boca e começou a gritar a plenos pulmões:

— SENHORA? SENHORA? TEM ALGUÉM AÍ? GOSTARIA DE CONVERSAR, DE FANTASMA PARA FANTASMA?

As duas esperaram, esperaram mais um pouco, mas não havia o menor sinal de movimento lá dentro.

— Talvez tenha sido mesmo uma ideia boba... – suspirou Coralina.

Porém, quando já estavam prestes a atravessar o buraco nas tábuas de volta para a rua, algo mudou dentro do casebre. Francine não saberia explicar o que havia acontecido, mas era como se todo o ar ao seu redor tivesse ficado frio e imóvel, como se o próprio tempo tivesse sido congelado.

— O-o que é isso, Francine? – O fantasma de Coralina passou os braços ao redor e através da prima. Francine a envolveu de modo protetor, o melhor que podia.

— Quem está aí? – Francine tentou projetar firmeza na voz.

Ninguém respondeu.

Tremendo, as garotas começaram a caminhar em direção à porta, pé ante pé, ávidas pela luminosidade do dia lá fora. A casa inteira as ameaçava, como uma caverna viva a expulsar um par de morcegos especialmente irritantes. Felizmente, faltava pouco para saírem dali.

Mas então Coralina começou a gritar.

Francine nunca vira a menina berrar daquele jeito, nem mesmo quando se descobrira morta. Tentou identificar a fonte de tamanho pavor, mas não encontrava motivo algum. E a prima continuava a gritar e a apontar em direção aos fundos da casa, com olhos vidrados de puro terror.

– Você não está vendo aquilo?! – urrou a menina, incrédula, apontando mais uma vez para o nada.

– Não! – Francine tentou segurar o rosto da prima entre as mãos, mas era impossível. – O que você está vendo?

– É... é *ela*!

O modo como Coralina falou foi o suficiente para provocar arrepios em Francine. Histórias da infância contadas ao redor do fogo durante os festejos da ilha vieram à mente. A jovem encarou a casa vazia, sem saber o que causava mais pavor: conseguir enxergar o fantasma da mulher morta ou não enxergar coisa alguma.

Coralina ergueu as mãos e tapou as orelhas. Começara a chorar, o rosto contorcido em uma careta como se ouvisse um som altíssimo.

– O que foi? O que ela está fazendo?

– Ela está... está rindo, girando e gargalhando de uma forma terrível – choramingou a menina fantasma. – Ela não é como eu. Oh, Francine, eu estava enganada! As mãos dela...

– O que têm as mãos dela?

– Estão se desfazendo! Como... como se fossem podres! Parecem brilhar, eu não sei... – A menina fechou os olhos bem apertados. – Ela está vindo para cá!

Francine, tremendo inteira e quase tendo um piripaque de aflição, deu as costas para a suposta aparição e ajoelhou-se de frente para a prima.

– Cora. Cora – ela a chamou até que a menina abrisse os olhos. – Preciso que se concentre. Temos uma missão a cumprir, lembra? Você precisa falar com ela.

– Oh, eu não posso! Ela é tão feia... ela me dá medo!

– Ela é apenas uma pobre moça – argumentou Francine –, um fantasma perdido nesse mundo. Lembra como você ficou confusa? Fale com ela, Cora. Ela precisa de ajuda. Fale já!

Coralina parecia mais disposta a sair correndo: se fosse viva, talvez tivesse tido um ataque do coração. Ainda assim, achou forças sabe-se lá onde para sussurrar, ainda de olhos fechados e com a voz entrecortada de pânico:

– S-senhora? Pode me ouvir? P-pode me contar o que aconteceu?

As duas estavam novamente abraçadas. Francine aguardou em expectativa enquanto Coralina escutava a mulher morta.

– Ela diz que não sente mais frio – a prima confidenciou baixinho. E depois perguntou para o espectro recém-chegado: – O f-frio passou porque você morreu?

As duas aparições continuaram conversando. Coralina conseguiu tirar poucas informações coerentes da mulher, que parecia realmente ter perdido o juízo depois de passar dessa para uma melhor.

– Ela disse que tinha um trabalho. – Pouco a pouco, Coralina se acalmava e perdia o medo.

– Pergunte o que ela fazia – Francine insistiu.

– Ela não consegue dizer. Está apenas repetindo "que tinha que ir buscar a encomenda", e que depois "mexia, mexia e mexia". Está biruta, Francine!

A mais velha franziu a testa.

– Mexer? Pergunte... pergunte a ela sobre essa tal encomenda.

Coralina repetiu a pergunta.

– Ela falou que precisava pegar a encomenda com um tal de... "Mão de Onça". Isso é um nome? Parece ser, mas não conheço ninguém aqui na cidade que se chame assim.

As respostas só serviram para deixar Francine ainda mais confusa, e Coralina não conseguiu arrancar muito mais do que isso. A pobre mulher já não conseguia falar mais nada coerente, só fazia gargalhar e admirar as mãos em farrapos.

As duas deixaram a casa, tendo o cuidado de encostar a tábua arrancada de volta no lugar. Francine também enfiou a mala vazia ali dentro. De certa forma, sentia que precisava *ofertar* alguma compensação pelo transtorno que causaram àquela pobre alma, ainda que não a tivesse visto ou ouvido.

Refizeram o trajeto até a carruagem em silêncio, pensativas. Coralina em especial parecia muito abalada com a experiência, e guardou para si os próprios comentários. Foi "segurando" a mão de Francine por todo o caminho.

O cocheiro, para seu próprio bem, também não emitiu nenhuma palavra. Apenas observou Francine de canto de olho enquanto abria a porta da cabine. O caminho de volta mal foi notado. Enquanto os casebres e as ruas estreitas davam lugar ao comércio e às conhecidas sebes aparadas das mansões e sobrados, o nome misterioso continuava a provocá-las: quem diabos era Mão de Onça?

Capítulo 17

No qual uma velha amizade estremece

— MÃO DE ONÇA? Onde você ouviu esse nome? – Lady Bibi ergueu uma sobrancelha.

Francine bebericou inocentemente sua tacinha de licor. Tia e sobrinha encontravam-se na sala de visitas, iluminadas por apenas alguns pares de velas em suas respectivas poltronas. Era incomum na mansão aquele costume de se sentar e tomar um trago: Lady Bibi o abandonara desde a morte do marido. Mas estava tão amuada e tão temerosa, visto que a noite é o pior castigo para os enlutados, que acabou convidando Francine para uma dose de licor. Uma dose pequenininha, nada muito impróprio, claro, só para jogar conversa fora e desanuviar a mente, porque Deus era testemunha de que elas estavam mesmo precisando.

Francine aceitara o convite de pronto. Coralina ainda se recuperava do encontro com a mulher fantasma, então achou por bem dar-lhe um pouco de privacidade. Além disso, era um ótimo pretexto para obter informações: descobrir o que a tia andava fazendo, em que pé estavam as investigações e, principalmente, descobrir o que ela sabia sobre um certo Mão de Onça.

A jovem apertou os lábios, fazendo o licor correr pela boca antes de engolir. O líquido quente e açucarado desceu em brasa pela garganta. Francine não se fez de rogada.

— Não sei, devo ter escutado alguém comentando o nome na praça – mentiu. – Achei irreverente. Mão de Onça? Atiçou minha curiosidade...

Lady Bibi balançou a cabeça, rindo.

— Você me aparece com cada uma, menina — ela disse, girando a taça perto do nariz para sentir o aroma da bebida. — Mas não fica nada bem uma moça como você perguntando por Mão de Onça.

Francine aproveitou para se debruçar sobre o braço da poltrona.

— Ora, minha tia, mas assim a senhora só me deixa mais curiosa! Não pode me contar nem um pouquinho?

A conversa fácil e a alegria de compartilhar informações em primeira mão eram características da natureza de Lady Bibi, mesmo no luto. A tia terminou seu licor, fingindo pensar no assunto, mas estava claro em seus olhinhos que ela já cedera.

— Está bem. Mas é só para saciar a sua curiosidade. Precisa me prometer que nunca vai voltar a pensar nessa história!

Francine não teve coragem de prometer. Tomou mais um golinho do licor. Felizmente, Lady Bibi já estava envolvida demais com a perspectiva da conversa para notar. Retomou sozinha sua revelação:

— De qualquer forma, não é nada demais. Mão de Onça é apenas um homem, um boticário.

— Boticário? — Francine franziu as sobrancelhas.

— Sim, um manipulador de químicos. Um criador de medicamentos.

— Sei o que a palavra significa — a sobrinha sorriu —, só não entendo por que um boticário seria um contato impróprio. Que mal há no homem?

— Bem... — foi a vez da tia se debruçar na poltrona e baixar a voz para um sussurro. — Mão de Onça é um... herege. Cheio de crenças e adepto dos misticismos dos trópicos. Dizem que aprendeu o ofício com o avô, que era pirata, um dos conspiradores sobreviventes da guerra civil.

Pelo olhar de horror da tia, Francine estava certa de que a mulher começaria a se benzer a qualquer momento.

— Dizem que é feiticeiro — continuou Lady Bibi —, e que fala com os espíritos. Enfim... — Ela se reclinou de novo na poltrona. — Não é um contato adequado para uma donzela de boa família. As pessoas procuram Mão de Onça apenas quando precisam ou em momentos de desespero. Não quero que você seja associada a ele.

Francine ruminou as palavras. As declarações da tia pareciam muito mais influenciadas por preconceitos e mexericos do que por evidências, mas as anotações no caderninho de Doutor Acácio... E um boticário...

– Minha tia... – Francine umedeceu os lábios em expectativa. – Existiria a possibilidade de Mão de Onça ser um homem perigoso? – Lady Bibi estranhou a pergunta. – Pelo que a senhora disse, fiquei com essa impressão – disfarçou Francine.

– Ah, não creio que seja perigoso. – Ela abanou a mão. – Apenas é metido com assuntos impróprios.

– Tem certeza?

– Claro. – Lady Bibi piscou, encarando a sobrinha. – Mão de Onça é um amigo de longa data de Doutor Acácio. Dizem as más línguas que ele ensinou muita coisa ao nosso doutor. Conhecimentos de cura dos antigos colonos. Mas não quero falar sobre isso. – Lady Bibi finalmente se benzeu, e Francine quase fez o mesmo, só que por outros motivos.

❧

A botica ficava na travessa circular onde funcionava o prédio do jornal e a associação de ladies, e Francine questionou a própria perspicácia por nunca ter notado o estabelecimento antes. Se bem que, refletiu ela, olhando o letreiro de tinta descascada repleto de fuligem, talvez não devesse se cobrar tanto. Tudo naquela fachada parecia cuidadosamente planejado para não se destacar, para não ser encontrado. Era o exato oposto do que se espera de uma fachada de loja, uma simples porta encardida entre um mundo de paredes altas, coloridas e respeitáveis. Não se encaixava com o restante da travessa, muito menos com o prédio imponente do jornal. A botica parecia um local para ser encontrado de propósito, nunca por acidente.

Francine olhou para os lados. As ruas no entorno estavam movimentadas àquela hora da manhã, agitadas com o comércio e a vida social da cidade. A travessa, por outro lado, desfrutava de relativa calmaria, coberta pelas árvores que balançavam ao vento. Um ou outro homem de roupas escuras caminhava em direção ao jornal, mas Francine não viu ninguém que pudesse ser conhecido de Lady Bibi ou, pior, alguém que pudesse pertencer à associação de ladies. Erguendo a barra cinzenta da saia, a garota encheu-se de coragem e entrou.

Por dentro, a botica era... singular. Enquanto seus olhos se acostumavam com a escuridão, Francine foi tomada primeiro pelos cheiros e pelos sons. Especiarias, o odor pungente da poeira e do éter, o tilintar dos produtos dependurados no teto, balançando com a corrente que entrava pela porta atrás dela.

Após piscar algumas vezes, os produtos e a loja em si foram tomando forma. E, com certeza, Francine adoraria ter tempo de inspecionar cada uma daquelas prateleiras e sua miríade de excentricidades (principalmente aqueles crânios de passarinho), mas, no momento, ela só tinha olhos para a figura esguia que a observava do outro lado do balcão.

Mão de Onça (e só podia ser ele) tinha a aparência elástica e cheia de ângulos de um felino, ainda que não estivesse mais na flor da idade. Seus olhos, estreitos e brilhantes, quase lhe causaram arrepios. A pele cor de cera de vela destacava-se na iluminação precária da loja, e ele tinha um semblante que era sereno e enérgico ao mesmo tempo.

– Em que posso ajudar a senhorita? – ele falou com um tom arrastado e musical.

– É a você que chamam de Mão de Onça?

O homem sorriu.

– O que deseja? Modos para se livrar de uma criança indesejada? Ou talvez não queira nem mesmo começar a gestar uma criança... Não se acanhe, garota, pode me dizer.

As sugestões fizeram Francine corar. Não se abordavam assuntos assim tão... tão *delicados* em plena luz do dia, principalmente com estranhos. E quem era ele para chamá-la daquele jeito?

– O senhor por acaso me conhece? – ela perguntou com rispidez. – Tenha modos!

O boticário balançou a cabeça de um lado para o outro e soltou uma gargalhada. Seu riso era igualmente desconcertante, profundo, franco e livre de qualquer decoro.

– Eu sei quem é a senhorita – disse ele, ainda sorrindo, limpando o cantinho dos olhos. A pele de sua mão era cheia de manchas escuras. – Eu a vejo zanzando por aí, sempre à sombra de sua tia, sempre preocupada. Eu só não sei o que uma moça como você quer de alguém como eu.

Francine crispou os lábios. Mão de Onça sabia quem ela era. Deveria simplesmente dizer ao homem que um fantasma o colocara na lista de suspeitos do suposto assassinato da prima? E, se ele tivesse de fato relação com a morte de Coralina, a visita não serviria justamente para alertá-lo de que alguém o investigava?

— Uma moeda por seus pensamentos. — O boticário apoiou os cotovelos ossudos no balcão.

— Não sei se posso confiar no senhor.

O sorriso do homem se alargou, como se ele estivesse realmente se divertindo às custas daquela conversa sem pé nem cabeça.

— Para isso não existe resposta — ele comentou. — A senhorita não acreditaria se eu dissesse, e nunca vai saber se sou confiável antes de arriscar alguma coisa. Mas leve o seu tempo, estarei aqui o dia todo.

Assobiando, Mão de Onça retirou um lenço encardido do punho da casaca e passou a polir com displicência o tampo do balcão. A melodia animada, quase dançante, não combinava em nada com a atmosfera sombria do lugar. A garota se decidiu rápido.

— Vim atrás de informações.

— Ótimo — o boticário respondeu, ainda olhando o balcão. — E quais informações interessam à senhorita?

Francine respirou fundo.

— Quero saber que tipo de encomenda o senhor vendia toda semana para uma mulher de meia-idade que recentemente apareceu morta na própria casa sem maiores explicações.

Interpelada daquele jeito, a maioria das pessoas exibiria uma expressão de choque ou ofensa, mas Mão de Onça apenas ergueu uma das sobrancelhas, descrente.

— A senhorita faz perguntas esquisitas e que dificilmente lhe dizem respeito. Considerando que não trabalha para a polícia, preciso que me explique primeiro *por que* eu deveria compartilhar do sigilo dos meus clientes com você.

— Porque preciso dessa informação para fazer justiça à morte de Coralina Tulli — respondeu Francine, um tanto surpresa com o excesso da própria franqueza. Havia algo no boticário que a hipnotizava, que a fazia falar sem reservas. Parecia meio inútil mentir para ele, como se o homem pudesse farejar qualquer inverdade do outro lado do balcão. Como se ele fosse um verdadeiro *cientista*.

O homem voltou a apoiar os dois cotovelos no tampo, inclinando-se na direção da jovem. A expressão dele era muito mais curiosa que arredia.

– Pelo que fiquei sabendo, Doutor Acácio forneceu um laudo preciso indicando que a menina morreu do coração tal qual o pai... – Ele deixou a mão manchada cair desfalecida sobre o tampo. – *Puf*. Mortinha. Como você poderia fazer justiça quanto a isso, menina? Deseja vingar-se do próprio espírito da morte?

A porta da botica voltou a se escancarar, trazendo a luz e os sons da rua lá fora. Francine, assustada, virou-se em um pulo, a tempo de reconhecer a silhueta de cabelos brancos que avançava a passos rápidos na direção do boticário.

– Eu vi a senhorita Francine entrando! O que ela está fazendo aqui?! – perguntou Doutor Acácio em pessoa, lívido, esquecido de toda sorte de boas maneiras.

– Senhorita Francine veio me fazer perguntas peculiares – respondeu Mão de Onça com um aceno de cabeça. Não parecia nada abalado, e com certeza era o único. Francine tremia como vara verde, os joelhos começando a ceder por baixo da saia. – Parece interessada em assuntos de morte.

– Não diga nada! – ralhou o médico. – Não vale a pena alimentar a excessiva imaginação dessa jovem.

– Excessiva imaginação? – Francine podia até estar com medo, mas ainda se ofendia. E já que tudo parecia perdido mesmo... – O senhor mentiu descaradamente sobre minha prima!

– Como pode me acusar de tal coisa? – O médico a olhou dos pés à cabeça.

– Eu li o seu caderno. Sei que minha prima morreu envenenada!

Doutor Acácio ficou tão branco quanto o jaleco que trazia sobre o ombro. A maleta de couro que sempre carregava caiu com um baque surdo no chão. O homem parecia prestes a desmontar, e Francine apoiou-se instintivamente na madeira do balcão, apreensiva. Mas foi a pessoa atrás da jovem, até então calada, quem tomou a dianteira.

– Eu não estou entendendo mais nada – comentou Mão de Onça casualmente, com seu tom despreocupado. – Se alguém tiver a bondade de me esclarecer a situação...

– Doutor Acácio forjou um laudo – Francine desatou a falar para afastar a tremedeira das pernas. – Apontou causas naturais. Mas fui até a casa dele e encontrei um caderno de anotações, um caderno onde ele aponta a ação de um veneno. A própria esposa me confirmou que ele andava estranho, preocupado. Pensei que alguém pudesse ter oferecido dinheiro por seu silêncio, mas agora sei que vocês dois são amigos e... – ela não teve coragem de concluir a acusação.

Vendo que Doutor Acácio continuava prestes a desabar e não se defendia, o boticário levou a mão à nuca e assobiou baixinho.

– Meu amigo, o tal do sangue continental realmente tem o dom de apodrecer tudo o que toca...

– Não seja leviano, eu não fiz nada!

– Não mesmo, porque eu conheço você já faz muito tempo – respondeu o homem magro com firmeza. – Mas também conheço você o suficiente para saber que não estaria aí se borrando de medo se tudo isso não passasse da imaginação de uma jovem moça.

Um gemido brotou da garganta de Doutor Acácio. O médico puxou um banquinho e sentou-se junto ao balcão.

– Eu não matei ninguém. E você sabe disso, seu desgraçado mentiroso! – ele rosnou, derrotado. Francine, um tanto chocada com aquela reação, olhava do médico para o boticário, muda como um enfeite, enquanto Mão de Onça depositava uma garrafa de bebida retirada sabe-se lá de onde em cima da mesa.

– É deveras interessante – o boticário comentou em voz alta para ninguém em especial enquanto servia-se de um trago. – Meu amigo não faria mal à menina de modo algum, então esta possibilidade está riscada de minha lista. Ao mesmo tempo, é íntegro o suficiente para não aceitar subornos ou participações em esquemas. Não tem dívidas, não tem vícios, não tem amantes... Mas o laudo deve mesmo ser falso, ou você não estaria aí sentado como um bunda-mole. – Ele ergueu os olhos para Francine. – Perdão, garota.

Ela balançou a cabeça por reflexo, ansiosa para que ele continuasse.

— Bem, nesse caso – Mão de Onça retomou –, a farsa precisaria estar escorada nos seus "valores morais", não é isso? Na sua cabeça, o erro precisaria ser justificado por um bem maior. Lealdade, civilidade, decência... essas coisas que vocês adoram. A pergunta aqui é... – Ele abaixou-se no balcão até que seus olhos estivessem na mesma linha das lacrimosas pupilas do doutor. – A quem o nosso mais respeitoso médico estava querendo proteger?

— Você não vale o espinho de ouriço em que pisa, Mão de Onça!

Médico e boticário se encararam na penumbra, o peso de anos de amizade falando através de seus olhos e feições. Francine os observava tensa, como uma expectadora com medo de ser descoberta. Algo no rosto do médico fez o boticário franzir a testa e depois arregalar os olhos de espanto. Eles tinham as bocas entreabertas e balbuciavam um para o outro sem, contudo, dizer uma única palavra.

— Você deu a ela? – o boticário finalmente falou, dando um passo para trás, incrédulo.

— Claro. – Doutor Acácio tinha recuperado um pouco da dignidade, e agora parecia ofendido. – Eu confiei em você.

— E então você...

— Eu confiei que...

— Mas por todos os deuses... Você...

— Eu não! Você!

— Jamais!

— Mas eu pensei que... a receita...

Mão de Onça levou as mãos à boca, e Francine viu sua postura de gato abalar-se pela primeira vez.

— Estou profundamente decepcionado com você, seu bosta de macaco – ele disse ao médico em um tom solene.

Doutor Acácio riu, incrédulo, aliviado, e um pouco de vermelho fluiu por suas bochechas.

— Então você está decepcionado? – ele riu mais um pouco. – Você? E o que dizer de mim que tive que acobertar sua maluquice?

— Garota Francine. – O boticário ignorou o outro homem e curvou-se em uma reverência para ela. – Gostaria de esclarecer um enorme mal-entendido.

– Eu quero a verdade – a jovem demandou com uma expressão ansiosa.

O boticário assentiu, umedecendo os lábios rachados.

– Bem, creio que tudo começa nas vésperas do casamento de Coralina Tulli. Este bosta de macaco aqui, a quem eu não deveria chamar de amigo, veio até mim preocupado com a saúde de sua prima. Como você deve saber, eram mazelas e mais mazelas que nunca paravam de chegar. Munido de meus conhecimentos, sugeri então o uso de um tônico.

– Que poderia muito bem ser um veneno – intrometeu-se Doutor Acácio.

– Um tônico – repetiu Mão de Onça, com um olhar ameaçador para o amigo. – Uma receita para fortalecer o espírito e alegrar a alma.

Francine estreitou as sobrancelhas.

– Como... como um feitiço?

O boticário sorriu, olhando para o chão.

– Eu gostaria que essa palavra não surgisse tão carregada de condenações por parte de alguém que compartilha do mesmo sangue que o meu – ele disse, e Francine engoliu em seco.

– Não encha a cabeça da jovem com blasfêmias.

– Faça um favor a todos nós e cale a boca, Acácio, você já está me dando nos nervos! – Mão de Onça bateu o fundo da garrafa de cachaça com força no tampo da mesa. – Ande, comece a beber alguma coisa.

O doutor fechou a cara, mas agarrou a garrafa.

– Na manhã do casamento – o boticário retomou –, o tônico foi dado a Coralina. O que aconteceu no dia seguinte você já sabe, e, ao identificar a ação de veneno, Acácio concluiu que eu a havia matado através dele. Imagino que, em nome de uma torpe idealização de lealdade misturada com covardia, ele enterrou a história toda. Afinal, ela era uma menininha doente mesmo...

– Isso é verdade? – Francine encarou as costas do doutor recurvadas sobre o balcão. Seus dedos formigavam, e o peito parecia prestes a explodir de indignação.

Lentamente, Doutor Acácio virou-se de lado no banquinho. Parecia muito velho e muito vulnerável ali, encolhido e encarapitado, com o jaleco descansando sobre as coxas apertadas na calça vincada.

Ele não disse uma palavra, mas seu rosto comunicava tudo o que a garota precisava saber. Francine sentiu-se tonta. Do outro lado do balcão, Mão de Onça suspirou fundo.

— O que mais me magoa nisso tudo é você não ter tido a coragem de vir aqui me perguntar. Me magoa mais do que a hipótese de que eu envenenaria alguém, porque isso eu poderia mesmo fazer algum dia...

Doutor Acácio, que no momento encarava o líquido âmbar da cachaça com olhos vazios, voltou sua atenção para o amigo.

— Você juraria para mim que o tônico que me deu não era mesmo um veneno? — Ele apertou as pálpebras, fazendo as bolsinhas de carne sob seus olhos saltarem.

— Mas é claro que não, homem! Que tipo de gente você acha que eu sou?

— Mas o seu avô... o que o avô de Coralina fez com ele... o seu desejo de vingança...

— Não dessa forma, Acácio! Não dessa forma, homem! Não se combate um oceano de atrocidades matando meninas no dia do casamento!

O médico levou a mão à testa como quem sente tonturas.

— Então quer dizer que...

— Que Coralina Tulli foi envenenada, mas não por mim nem por você. Inclusive, se ainda estiver em posse do frasco de tônico, posso beber o resto todinho aqui na sua frente para provar.

— Passei os últimos dias testando aquele líquido... — Os olhos do médico corriam de um lado para o outro, ajudando o cérebro a assentar novas ideias. — Procurei por traços de substâncias tóxicas. Mas não consegui achar nada, não sabia como alguém poderia...

— Você não achou nada porque não existia nada lá para ser achado, idiota!

O doutor chacoalhou a cabeça, agarrando os fios laterais do cabelo branco. Ele lançou um olhar repleto de culpa e arrependimento para o colega.

— Meu Deus... — disse ele, e então virou o rosto para Francine, e a compreensão o atingiu em sua plenitude. — Meu Deus! O que foi que eu fiz?

— Doutor — interveio a jovem, tentando ela mesma manter a calma. — Isso tudo é muito grave. Preciso que o senhor... Preciso saber o que houve com a minha prima.

— Arsênico — Mão de Onça interrompeu de repente, e seus olhos faiscaram como os de um gato pela noite.

— Desculpe? — indagou Francine, confusa.

— A pergunta que me fez. A encomenda para a mulher que apareceu morta. Eu lhe fornecia arsênico. É um veneno.

— Você não pode sair por aí vendendo arsênico a torto e a direito! — horrorizou-se Doutor Acácio. — É antiético.

O boticário deu de ombros.

— Talvez para um médico, mas não para um químico. Eu não escolho lados. Venenos também salvam e remédios também matam, lembre-se disso. A natureza apenas fornece as ferramentas e eu não questiono os usos que as pessoas fazem delas.

— Essa sua lógica pagã é extremamente torpe. — O doutor fez uma careta.

— Ah sim, bem melhor é falsificar laudos, uma atitude muito honrada da sua parte. Seu Deus com certeza vai erguer você aos céus que nem um rabo de andorin...

— Senhores! — Francine deu um passo à frente para fazê-los desistir da discussão. — A prioridade aqui é Coralina. Vocês me devem isso. Agora... — Ela se virou especificamente para o médico. — Arsênico explicaria os sintomas da morte de minha prima?

O homem de cabelos de algodão ponderou por alguns segundos, beliscando o lábio entre os dedos.

— Em teoria sim, mas...

— Mas?

— Existe um detalhe intrigante nisso tudo — ele explicou, como que se desculpando pela falha na teoria. — Quando realizei a análise do corpo, os sinais de envenenamento nos órgãos foram muito claros. Não haveria outra explicação. E, no entanto, não encontrei nenhuma evidência de que Coralina tenha ingerido o veneno. E o arsênico precisa ser consumido.

— Como assim? — Francine perguntou.

— Os venenos costumam entrar queimando — foi Mão de Onça que veio esclarecê-la. — Mesmo que a pessoa não sinta, a carne da garganta é destruída, algo que dá para ver algumas horas após a morte. E o arsênico é uma substância geralmente misturada à comida, ou ao vinho. Ela teria de engolir.

Doutor Acácio confirmou com a cabeça.

– Diante disso, não vejo como...

Francine o interrompeu, aproximando-se ainda mais dos dois homens, suas cabeças formando um círculo conspiratório.

– Esqueça esse detalhe por ora – ela pediu. – Se o senhor fosse pensar apenas nos sintomas da morte... Arsênico explicaria o que houve com Coralina?

O médico não precisou pensar muito.

– Como uma luva – ele disse.

Francine expirou com força e se afastou um pouco, deixando o corpo pender contra a prateleira mais próxima. A madeira rangeu de modo preocupante.

As coisas começavam a se encaixar. De alguma forma, a morte daquelas mulheres estava mesmo relacionada, e agora ela sabia até o nome da substância que as conectava. Alguém estava envenenando pessoas com arsênico. E, a julgar pela disparidade na escolha das vítimas, comparáveis apenas pelo fato de serem do sexo feminino, não se tratava de vingança ou alguma outra variável lógica, mas da mente deturpada de um psicopata. Ela precisava convencer Inspetor Timóteo com urgência e colocar a polícia no rastro do assassino. Felizmente, dessa vez ela tinha uma testemunha sólida e imbuída de autoridade sentada bem do seu lado.

– Precisamos ir agora mesmo até o departamento de polícia – ela falou para o homem de cabelos brancos. – O inspetor precisa saber imediatamente sobre o novo laudo.

Porém, como se o dia de Francine já não estivesse com surpresas o suficiente, ainda havia espaço para mais uma: contrariando as expectativas, Doutor Acácio negou seu pedido com um balançar enérgico de cabeça.

– Não – ele disse. – Não posso fazer isso.

– Mas como não? – Francine piscou, incrédula.

– Está louco, homem? – Mão de Onça também estranhava a reação do colega. – Estamos falando de assassinato!

O médico os encarou. Parecia envergonhado e arrependido, sim, mas também bastante resoluto em sua decisão.

– O que está me pedindo para fazer é enterrar minha carreira – ele disse com firmeza. – Enterrar tudo aquilo que construí nesta cidade. Lady Tulli jamais me perdoaria! – O médico ergueu o dedo para pedir silêncio ao notar o semblante contrariado dos outros dois. – E eu até estaria disposto a fazer isso. De verdade, senhorita Francine, estou muito arrependido do que fiz e estaria disposto a arruinar minha carreira, mas apenas se isso pudesse reparar as coisas. Convenhamos, não há fato algum aqui. E não vou perder tudo por um punhado de conjecturas.

– Conjecturas? – Foi a vez da garota levar as mãos aos próprios cabelos. – Mas se foi o senhor mesmo que disse que o arsênico explicava os sintomas!

– E de onde a senhorita tirou a ideia de que o arsênico vendido nesta botica foi dado a Coralina? – o médico rebateu.

– Eu... eu tenho um palpite – Francine mordeu o lábio inferior. Trazer o depoimento de um fantasma para a mesa dificilmente melhoraria as coisas.

O médico riu.

– Um palpite pela minha carreira? Como a senhorita explica o fato de sua prima não ter sinais de ingestão do veneno? Ela não tinha nem mesmo sinais de perfuração ou corte, por onde o veneno poderia ter sido inserido em seu sangue. A senhorita tem outro palpite? Dessa vez, Francine foi obrigada a permanecer em silêncio. – Está tudo nebuloso demais – disse o médico. – Sugiro que me deixem continuar pesquisando. Pode haver outra explicação, uma terceira explicação, em que eu não precise mudar o laudo de causas naturais.

– Mas quem diria. – Mão de Onça deu um tapa no ombro do doutor. – Foi ser médico no meio de uma guerra e ainda assim continua um frouxo!

– Além do mais – continuou o médico, ignorando as acusações do boticário mesmo que suas bochechas estivessem corando –, se estivermos falando de um assassino, esta pessoa pode estar por aí, vigiando. Mister Ícaro, por exemplo, a quem o inspetor procura sem sucesso. Tenho esposa, filhos e netos com os quais me preocupar.

Não vou arriscar encontrá-lo me esperando em casa. Não sem antes estar muito convicto sobre o que aconteceu.

– Posso ir até a polícia no seu lugar e contar tudo – disse Mão de Onça.

O rosto de Doutor Acácio se contorceu em um sorriso sofrido.

– Seja realista, meu amigo. Seria a sua palavra contra a minha. No mundo em que vivemos, sendo você quem é... em qual das duas versões a polícia acreditaria? Seria mais provável que saísse de lá como cúmplice de Mister Ícaro.

– Ícaro é inocente – Francine murmurou, e o médico a olhou com uma expressão de pena que fez o sangue da garota ferver. – Mas o senhor deve ter notado! A noite de núpcias...

– Eu sinto muito, senhorita Francine. Sinto mesmo. Se um dia a polícia encontrar alguma prova e precisar de uma validação de minha parte, aí então estarei disposto a reconhecer meus erros. Mas até lá... Eu sinto muito. Não posso fazer isso com minha esposa.

Doutor Acácio abaixou-se em silêncio e passou a mão pelas alças da maleta de couro marrom. Alisou as laterais do cabelo, limpou o suor que se acumulava no alto da testa, pegou o jaleco e saiu. Deixou apenas o copo de bebida intocado para trás. Francine observou sua silhueta contra a luz da rua, contornos escuros que se afastaram até que a porta finalmente terminou de deslizar devagarzinho e se fechou.

O boticário e a menina ficaram ali parados por um tempo, absorvendo a atmosfera pesada e poeirenta da loja, incapazes de reagir. De um jeito torto, Francine entendia as motivações do médico. Achava-o um grande covarde, mas, sem a cooperação dele, estava de mãos atadas.

– Tome – disse Mão de Onça de repente, estendendo o copinho cheio do líquido âmbar para ela. – Muitos não achariam apropriado para gente da sua idade, mas dane-se, você está precisando e não tem ninguém aqui para contar.

Francine girou o copinho entre os dedos, observando as pequenas ondulações que se formavam lá dentro. Quando ergueu os olhos, o boticário ainda a encarava.

– Eu acredito em você – ele disse.

– Obrigada pelo voto de confiança – ela respondeu com nenhuma animação, dando um gole na bebida.

O boticário lhe ofereceu um sorriso de lado.

— Não é um voto de confiança, não sou muito de acreditar em palpites – ele respondeu. – Acredito porque a senhorita me parece uma pessoa sensata, *alguém que pensa*, como dizem. E também porque sei que tem informações que não pode compartilhar. E uma ajuda... inesperada.

Francine sentiu o sangue fugir do rosto, e o copinho quase escorregou de seus dedos.

— Desculpe tocar no assunto – Mão de Onça continuou, sorrindo um pouco mais frouxo dessa vez –, mas a senhorita exala ao sobrenatural, e só alguém muito cabeça-dura como Acácio não seria capaz de enxergar o enorme fardo que você carrega. Infelizmente, as pessoas dessa cidade são em sua maioria descrentes...

A garota agarrou instintivamente o tampo do balcão, os olhos arregalados percorrendo mais uma vez as prateleiras da loja e seus conteúdos duvidosos. *Onde ela fora se meter?* A atitude fez o boticário soltar um muxoxo.

— Ora, vamos – ele a censurou. – Você sabe que espíritos não podem fazer mal algum. Não seja tonta.

— Como você sabe? – a jovem perguntou, ainda na defensiva. – Que magias você é capaz de fazer?

O homem riu, daquele jeito que fazia seus olhos faiscarem.

— Ah, garota... – ele se lamentou. – Os antepassados de Acácio, que são os seus também, fizeram com que você acreditasse que os conhecimentos dos meus antepassados, que também são os seus, eram malignos e dignos de medo. Mas que contradição são os mareanos, que se benzem na igreja e depois andam na companhia de fantasmas...

Francine sentiu-se estranhamente ofendida, o que deve ter transparecido em suas feições, porque o homem resolveu ser mais objetivo:

— Eu não faço magia nenhuma, apenas entendo que existem coisas para além do mundo físico. A pessoa precisa querer enxergar para ver de verdade. O resto eu apenas fui concluindo mesmo.

— Por que eu? – foi a primeira coisa que ela perguntou, aliviada por poder enfim debater a questão com alguém cujo coração ainda batia. – Por que as outras pessoas não percebem?

O homem coçou o queixo.

– As energias seguem suas próprias regras. Mas, geralmente, é preciso levar em conta o canal e a afinidade.

– Canal e afinidade?

– Sim. – Ele pestanejou de modo bastante acadêmico. – A afinidade é o que liga um espírito à terra. Ele só pode ser visto por alguém que lhe é importante, seja por amor ou ódio. É preciso existir uma conexão de sentimento para que o espírito se manifeste, entende?

Francine fez que sim com a cabeça. Fazia sentido. As duas eram primas, as duas estavam presas em uma complicada relação com Mister Ícaro. No entanto, ainda havia uma parte que lhe escapava.

– Mas então por que Coralina apareceu para mim e não para minha tia? Ou para o marido?

– Aí vem o canal. – O boticário ergueu o indicador. – O meio físico pelo qual o espírito se ancora. Além do sentimento, é preciso que exista um objeto ou um lugar correto para amarrar a ligação.

Para exemplificar seu argumento, o boticário enfiou a mão pela gola da camisa, e puxou de lá uma série de cordões com os mais variados amuletos. Os fragmentos de madeira esculpida chacoalharam quando ele os aproximou do olhar atento de Francine.

– Ajuda ter algo para lhe lembrar diariamente da morte – disse o boticário. Ele escolheu um dos colares e o ergueu para a menina. Era uma pequena caveira branca. – Antes da chegada dos manchões, os moradores do arquipélago sempre carregaram amuletos de morte. Depois, com a colonização, a guerra e os malditos padres, isso foi desaparecendo. Mas os objetos de poder permaneceram. Os continentais os chamam de... *memento mori*.

O coração de Francine perdeu uma batida. A saliva secou em sua boca e deixou um gosto amargo na língua. Ainda com os olhos presos na caveira de pedra, ela levou a mão mais uma vez ao peito, ao ponto exato onde a borda do corpete desaparecia em uma dobra de tecido claro. De lá, puxou o quadradinho picotado de papel, que carregava consigo para onde quer que fosse. Não precisava nem olhar para visualizar cada detalhe da imagem em sua mente. A foto de Coralina em seu quarto, deitada na cama. O papel de parede, a roupa de cama. Os sapatinhos de noiva.

— *Memento mori* — ela repetiu, mostrando a fotografia ao boticário.

O homem assentiu, os olhos faiscando em uma reverência silenciosa.

— *Memento mori* — ele disse. — Lembre-se de que vai morrer. Lembre-se da morte. E assim ela falará com você. — Depois, coçando a nuca, o boticário acrescentou: — Escute aqui, garota, quanto às encomendas de arsênico, tenho comigo o endereço para onde eu costumava enviar as cobranças. Posso anotar para você, o que acha?

Capítulo 18

No qual Francine conduz uma fuga

ELA LEU O ENDEREÇO pela milionésima vez. Já havia decorado cada traço da caligrafia descuidada de Mão de Onça. Ao lado de Francine, o fantasma da prima a observava com uma expressão contrariada.

— Mas nós temos que ir! — reclamou Coralina, também pela milionésima vez. — É o único jeito de descobrir o que aconteceu comigo!

Francine enfiou o pedaço de papel entre as páginas do manual de boas maneiras da Srta. Hartley e revirou os olhos para o teto. Aquela conversa parecia presa em um ciclo sem fim.

O endereço indicado pelo boticário pertencia a uma das construções do outro lado do canal. Fazia fronteira com as fábricas, em algum lugar espremido entre colunas de fumaça, esgoto e tijolos. Coralina insistia para que fossem até lá dar uma espiada.

O problema (e Francine já havia falado aquilo mais de uma vez) é que visitar a alcova de um potencial assassino não era uma tarefa muito segura. Visitar a casa da mulher morta também não havia sido a mais precavida das ideias, mas ao menos a assombração estava morta, era uma trabalhadora comum e morava em uma rua residencial como todo mundo. Fazer caridade era uma desculpa plausível. Já no distrito, elas estariam sozinhas. Francine seria vista. E levantaria suspeitas.

— Podemos ir à noite — era o que respondia Coralina. — Podemos ser discretas.

Bem, Coralina realmente podia. Já Francine, ela precisava lembrar à jovem prima, teria mais dificuldades de passar despercebida. Uma senhorita saindo de casa sozinha na calada da noite? Para as fábricas? Muito além do escândalo, o cocheiro da tia jamais aceitaria levá-la.

Não que o pobre homem já não tivesse uma péssima impressão sobre Francine, claro, mas uma fuga para o lado mais deserto da cidade com certeza não contaria a seu favor. E sem uma carruagem... era simplesmente impossível. Também não estava inclinada a deixar a prima ir sozinha. Por mais que fosse um fantasma, Coralina Tulli era pouco mais que uma criança.

— E se eu tivesse um outro plano? – Coralina fez beicinho.

— Outro plano? – A mais velha levantou uma sobrancelha.

⁂

Às onze da noite, o administrador de Lady Bibiana fechava a porta do próprio quarto. Após tantos anos em serviço, ele conhecia de cor todos os trincos e maçanetas da casa. Deixou tudo muito bem trancado. Verificou os candelabros e a posição das cadeiras da mesa de jantar. Verificou se os empregados haviam deixado a mansão ou se recolhido aos aposentos da criadagem, verificou até se a patroa e sua sobrinha já haviam subido para o segundo andar. E, por fim, exausto, com as costas doloridas e as solas dos pés ardendo, o administrador caminhou lentamente pelas passagens, fechou a porta do quarto e se entregou a mais uma noite de merecido descanso.

O que ele deixou de ver, pobre senhor, foi algo bastante fora do normal: mechas onduladas de cabelo castanho escuro despontando por trás de uma das poltronas da sala. Mal sabia que, enquanto puxava o lençol por cima dos pés para afastar os mosquitos, naquele mesmo instante, a dona das mechas estaria girando o trinco da porta lateral, que dava para os jardins, com tanto cuidado e tanta apreensão que nem mesmo um cão de guarda poderia tê-la escutado.

⁂

Não foi nada fácil tirar os dois cavalos das baias e atrelá-los aos arreios.

— Custo a acreditar que você me convenceu com um plano tão ruim – disse Francine para o fantasma às suas costas enquanto oferecia punhados de farelo para manter os bichos calmos. — Nunca vamos conseguir cruzar aquele portão sem acordar ninguém!

A aparição riu e se aproximou para passar a mão incorpórea sobre a superfície de madeira polida da carruagem de Lady Bibi. Seus dedos atravessaram levemente a cabine.

– Você disse que já havia conduzido cavalos antes – retrucou Coralina. – Não deve ser tão difícil.

– Sim, já conduzi algumas coisas na fazenda. Conduzi carroças e até bois. Mas isso é diferente! É uma carruagem de luxo inteira com o símbolo da sua família estampado nas laterais!

O fantasma não deu resposta, apenas lhe lançou um olhar inquisitivo.

– O quê? – perguntou Francine.

– Estou esperando que você abra a porta.

– Oh, por Deus – praguejou a mais velha –, você sabe que atravessa paredes, não é? – Ainda assim, puxou a maçaneta. A porta abriu com um clique que, os nervos em frangalhos de Francine podiam jurar, poderia ser ouvido por todo o terreno da mansão. – É bom ir pensando em uma história para contar à sua mãe assim que eu for pega.

– Gosto do seu otimismo. – A assombração ocupou seu lugar no banco estofado. – Credo, Francine, é como se você não estivesse curiosa para saber onde essa história vai dar...

Francine pressionou os lábios. Aquela ideia era ridícula e com certeza não acabaria nada bem, mas realmente não encontrara outro jeito. Já haviam recorrido ao médico, à polícia, ao modista e ao bom senso de Mister Ícaro, e nada tinha adiantado. Ninguém as levava a sério a não ser Mão de Onça. E ninguém levava Mão de Onça a sério.

Talvez fosse hora de fazer coisas por conta própria.

O mais importante é passar pelo portão, pensou ela enquanto os lábios macios do cavalo levavam as últimas migalhas de farelo. Depois do portão, estariam em missão suicida. As chances de não serem notadas? Inexistentes. As chances de conseguirem voltar para casa sem nenhum incidente? Praticamente nulas. Mas talvez ela conseguisse alguma resposta.

Francine fez um último agrado no focinho de cada animal. Os cavalos não pareciam muito animados com a perspectiva de trabalhar durante a madrugada, mas o farelo havia feito um bom trabalho. Ela apenas rezava para que eles não resolvessem relinchar.

Sem pensar muito no estado de sua reputação, Francine começou a desamarrar as camadas de tecido que faziam volume em suas saias e nas mangas do vestido. Se queria se passar por um cocheiro, teria que ter formas de cocheiro. Ficou praticamente de combinação, suando e tremendo de nervosismo ao mesmo tempo. Enrolou o corpo em um sobretudo que lhe batia nas canelas (Coralina havia lhe explicado como roubar o uniforme dos criados da pilha de roupas lavadas), vestiu as calças e as botas de cano alto, feitas para pés muito maiores que os seus, e colocou o quepe na cabeça, os cabelos trançados e presos com firmeza na parte interna do acessório. Estava ridícula.

Começou a puxar a parelha de cavalos pelos cabrestos, lentamente, pé ante pé do galpão da estrebaria para o portão lateral da mansão. Ela tinha esperanças de que, com sua vestimenta, o símbolo dos Tulli na lateral do veículo e as cortinas da cabine abaixada, as pessoas que as vissem pelo caminho pudessem acreditar se tratar de Lady Bibiana resolvendo alguma emergência de seus negócios. A farsa não duraria muito, claro, mas elas precisavam apenas de tempo suficiente para atravessar o canal. E depois... bem, depois ela improvisaria.

Cada vez que uma daquelas compridas patas castanhas batia a ferradura contra o solo, o coração de Francine saltava até quase sair pela boca. As pedras lisas que formavam o calçamento da mansão não ajudavam a abafar os sons. As rodas da carruagem rangiam, a madeira da cabine estalava, e era impossível resolver o ruído das ferraduras, mas, dentro do possível e considerando que todos já deviam estar adormecidos, estavam fazendo um bom trabalho.

– Você está se saindo muito bem! – A voz animada de Coralina veio da cabine. – Agora basta virar ali e destrancar a saída lateral.

– *Shhhh*! – Francine ralhou com um gesto bravo. As pessoas podiam até não ouvir o fantasma, mas os cavalos sempre reagiam diante de qualquer manifestação sobrenatural da prima.

Um dos animais virou imediatamente as orelhas para trás e soltou um resmungo. Francine praticamente se pendurou em seu focinho, tentando mantê-lo calado, enfiando-lhe mais farelo goela abaixo com a outra mão livre.

Retomaram o passo. O caminho era excruciante: o que poderia durar alguns segundos se arrastou por minutos, apenas míseros palmos de avanço por vez.

A carruagem deu a volta no jardim e parou em frente ao portão lateral. Aquela saída nunca era usada pela carruagem, sendo exclusiva para o uso doméstico – entregas, feirantes, lavanderia e serviços –, de modo que os cavalos estranharam um pouco e foram um tanto reticentes na hora de fazer a curva. Francine os puxou para a rua mesmo assim, segurando com as costas o portão de ferro descascado, tentando ser o mais gentil possível.

As rodas realizaram uma última rotação no calçamento antes de rolar para a rua pública com um baque. A partir dali, Francine teria de conduzir, e o impacto do conjunto de rodas e ferraduras seria inevitável.

Pegando impulso e pisando com a bota no pequeno gancho metálico de apoio, a garota içou o corpo até a plataforma do condutor à frente da cabine. Fez o sinal da cruz por pura força do hábito. Ergueu as rédeas um pouco acima da linha do cotovelo e, com um último suspiro de resignação, baixou as tiras de couro com força e pagou para ver até onde iria aquela maluquice.

A parelha respondeu no mesmo instante. Finalmente livres para extravasar toda a energia daquela noite atípica, os cavalos se puseram a galope. A rua deserta facilitava o trabalho de Francine enquanto condutora: só precisava garantir que estivessem indo na direção certa.

Quando o vento começou a passar por ela devido à velocidade, a garota apertou ainda mais o quepe na cabeça. As rodas estavam fazendo um barulho infernal. Sons que não se notavam quando combinados ao burburinho da vida urbana rapidamente se tornavam como gritos quando amplificados pela tranquilidade do ar noturno. Nenhum cidadão deixaria de ouvi-las, e Francine só podia torcer para que os moradores tivessem o sono pesado.

– Eu estou amando isso aqui! – a prima gritou com a voz esganiçada lá de dentro da cabine. – Você não faz ideia de como é chato ficar presa dentro de casa!

Francine não pôde deixar de sorrir. Por mais preocupada que estivesse, era incapaz de conter a pontinha de satisfação que revirava suas entranhas. Que aventura estavam vivendo! Que loucura, que audácia! Que a Srta. Hartley a perdoasse, mas havia muito mais para uma dama do que regras de etiqueta. Ali, sentindo a brisa, o compasso dos cavalos e a sucessão de ruas e vielas, Francine se sentiu livre, capaz de realizar qualquer feito. Até prender um assassino.

Infelizmente, toda essa empolgação durou pouco: conforme se afastaram de casa e as mansões viraram sobrados e os sobrados viraram casinhas e as casinhas deram lugar a estabelecimentos duvidosos e cortiços caindo aos pedaços... a rua deixou de estar deserta.

Era sob o manto da noite que o submundo da cidade operava. Um mundo decadente e depravado, como os olhos de donzela educada de Francine jamais tinham visto. Risadas saíam de janelas acesas, junto com a fumaça dos cigarros, a música e o cheiro de bebida barata. A iluminação de lampiões da via pública, um tanto remendada e improvisada aqui e ali, jogava sombras enevoadas na silhueta de mulheres mais ousadas, encostadas nas portas ou debruçadas nas paredes. Marujos e homens de poucas posses andavam trôpegos, perdendo o que restava do dinheiro na jogatina. Homens de muitas posses puxavam seus colarinhos acima do pescoço quando a carruagem passava, desejando passar despercebidos, ocupados com diferentes formas de corrupção.

Francine sentiu-se gelada no banco do condutor, mesmo sob a proteção da capa. Já estivera por aquelas bandas antes, mas somente de dia, e era como se tivesse visto apenas o esqueleto de uma fera adormecida. Agora, vendo o monstro respirar e se alimentar, ela tomava consciência de uma realidade muito maior do que esperava.

E é claro que o monstro a olhava de volta. Quando a carruagem elegante e sua parelha de raça passavam pela rua, as cabeças se viravam. Todos queriam saber o que tão ilustre companhia fazia naquela parte da cidade, e tão tarde da noite.

Francine teve certeza de que o plano de Coralina terminaria bem ali e que seria desmascarada no mesmo instante. Cabelos presos e uma capa não faziam dela um condutor convincente. O que poderia acontecer com ela caso fosse descoberta ali, de capa e vestindo nada mais do que uma combinação? Algumas daquelas pessoas não pareciam o tipo de cidadão que a escoltaria para casa. Talvez o julgamento de Lady Bibi não fosse a mais terrível consequência daquela aventura...

Mas então, enquanto sentia as batidas do coração ecoando pelos ouvidos, Francine começou a perceber algo inusitado: no fim das contas, as pessoas não estavam olhando. Não *para ela*.

As cabeças que viravam, apertando os olhos e franzindo a testa, tentavam enxergar quem estava *dentro* da cabine. Queriam saber quem era o figurão sentado ali dentro, e não poderiam estar mais desinteressadas em observar o empregado mareano que conduzia os cavalos. Para eles, ela era uma mera composição da vista, como um personagem menor e meramente decorativo de um de seus livros de romance. Estava ali a mando de seu patrão ou patroa, e, portanto, tinha tanta escolha de estar andando naquelas ruas quanto qualquer um dos cavalos.

O desinteresse também gerava outra espécie de disfarce. Por pior que fosse sua caracterização, Francine era tomada rapidamente como um empregado homem. Isso significava que ninguém estava muito interessado em lhe dar mais do que um olhar de relance, e Francine experimentou uma curiosa sensação de liberdade: estava com medo, mas também se sentia segura. A triste liberdade de não ser ninguém mesmo entre seus iguais.

Bem, era uma bênção que ninguém pudesse de fato enxergar Coralina, porque a cabeça do fantasma aparecia o tempo todo não só pela janela, mas também *através* da janela, espiando a rua com olhos assombrados. Devia estar chegando a conclusões parecidas, imaginou Francine.

Após cruzar o canal e atravessar a massa de casebres, a carruagem ladeou o rio até os limites da cidade, alcançando a estação de trem e adentrando no território deserto das fábricas. Cães de guarda esticaram-se em suas correntes e latiram para elas.

Francine fez os cavalos diminuírem a velocidade. A iluminação nas ruas era bem fraca. As silhuetas das fábricas e suas chaminés subiam pelo céu, misturando-se à cor da noite sem lua. A via onde estavam era larga para permitir a passagem das cargas e dos trabalhadores, ficando entre a margem fedorenta do canal e os portões trancados com grades e cadeados. Dava para ver o movimento de ratos correndo junto ao rio represado.

Coralina meteu a cabeça para fora da cabine mais uma vez.

– Estou com medo... Este lugar não tem ninguém!

Francine gostaria de relembrar à prima de que aquela ideia fora inteiramente dela, mas, em vez disso, repassou mentalmente as instruções que recebera de Mão de Onça e respondeu:

— Está tudo bem, estamos quase lá. Vai acabar em um instante.

Francine guiou a carruagem ainda mais devagarinho até uma parte em que a via se estreitava, abrindo espaço para um pequeno galpão de tábuas verticais que se projetava de um jeito estranho acima do canal, sustentado por vigas de madeira. Era como se a construção deslizasse para a água, como um barco sendo rolado para o mar. Mas não restava dúvida: se tivesse memorizado corretamente o endereço e a descrição que o boticário lhe fornecera (e ela havia memorizado), as duas haviam chegado ao lugar.

Francine parou os cavalos e desceu do veículo. Suas botas produziram um som abafado ao bater no chão poeirento. Ficou parada por alguns segundos, segurando as rédeas, tentando ouvir qualquer sinal de atividade dentro do galpão. Nada.

Amarrou a parelha em um gancho de metal instalado na lateral do prédio. Os animais estavam suados e cansados, mas ela não se daria ao luxo de afrouxar-lhe os arreios nem por um minuto que fosse. O fantasma da prima também abandonou a carruagem e, com os braços arqueados ao lado do corpo e um passo temeroso, começou a rondar o galpão.

Quanto mais olhavam para a construção, mais estranha ela parecia. Não havia fachada ou letreiro, apenas uma porta e o número escrito de forma torta em uma placa pendurada acima dela. As janelas não só estavam fechadas como pareciam bloqueadas, talvez por cortinas ou painéis de madeira, era difícil dizer naquela escuridão.

Francine retirou o suporte do lampião de cabine da carruagem, acendendo-o e entrelaçando os dedos com firmeza no gancho de metal, mantendo o objeto suspenso à frente do rosto. Pé ante pé, garota e fantasma chegaram juntas à porta da frente. Coralina apoiou as mãos nos joelhos para observar o cadeado mais de perto.

— Você sabe abrir isso?

Francine mordeu os lábios, pensativa. Sabia que era possível quebrar uma tranca como aquela usando um pé de cabra, mas não sabia se teria força para tanto. E não tinha um pé de cabra. Também dava para arrombar a fechadura usando grampos de cabelo (nos livros). Mas ela não tinha os conhecimentos certos para isso, embora dessa vez tivesse os grampos de cabelo. Teriam de usar uma abordagem mais flexível.

– Na fazenda – sussurrou ela para a prima –, mesmo quando o celeiro era trancado, meu pai costumava deixar um molho de chaves reserva por dentro, pendurado ao lado da porta, para o caso de alguém ficar preso. Não sei como são os costumes aqui em Portomar, mas... talvez valha a pena arriscar.

Coralina refletiu por um instante.

– Certo, mas como vamos entrar para pegar a chave reserva se a porta está trancada?

Esse era o princípio da coisa toda. Proprietários não se incomodavam em deixar chaves reservas no interior de uma casa porque, se algum invasor conseguisse entrar para pegá-las, então tudo já estaria perdido de qualquer forma. Mas Francine sentiu-se satisfeita por encontrar um pouco de humor dentro de si ao murmurar suavemente:

– Oh, se ao menos uma de nós pudesse atravessar paredes...

O fantasma não achou a menor graça.

– Eu não vou fazer isso! Está escuro lá dentro e... e pode haver qualquer tipo de coisa!

– Não seja exagerada – Francine tentou acalmá-la. Em seguida, abaixou-se com o lampião para iluminar a porta mais de perto. – Vê? Tem uma fresta enorme entre o chão e a madeira, posso ficar nessa posição e, então, você terá um pouco de luz para enxergar lá dentro. As chaves devem estar penduradas na parede. Tudo o que você precisa fazer é derrubá-las, e depois empurrá-las por baixo da porta para mim. Vamos lá, você consegue. Já chegamos até aqui...

Coralina fez um beicinho de choro enquanto ponderava o pedido da prima. Parecia aterrorizada, mas Francine confiava que sua curiosidade nata e seu senso de justiça acabariam levando a melhor.

– Nós não temos muito tempo – ela sussurrou para apressá-la. Era uma tarefa ingrata provocar uma menininha morta daquele jeito, mas não havia outra alternativa.

Coralina acabou cedendo.

A menina fantasma fechou os olhos em um misto de concentração e repulsa. Sua testa translúcida ficou marcada por linhas de expressão.

Ainda de olhos fechados, ela estendeu as mãos para frente e seguiu andando, até que seu corpo desapareceu completamente pela porta. Francine apressou-se a iluminar a fresta no chão.

– Está vendo alguma coisa?

A demora na resposta deixou-a apreensiva. E se existisse algo tão ruim que pudesse fazer mal de verdade até mesmo para um fantasma? Ali, sozinha a esmo na escuridão, era fácil deixar a mente acreditar em qualquer coisa.

Mas a resposta de Coralina finalmente veio, um tanto abafada e completamente abismada.

– Você precisa ver isso... – disse ela, esquecida das chaves. – Precisa... ver.

– Para que eu veja, primeiro você deve trazer as chaves.

– Mas... eu não sei...

– As chaves, Cora.

Um novo silêncio preocupante. Um som de metal contra metal. Um som de várias fontes de metal chocando-se contra o assoalho. E, depois, um lento arrastar. Foi só então que Francine conseguiu ver um aro de ferro despontando por debaixo da porta. Ao puxá-lo, o toque frio revelou um molho de chaves dos mais variados tamanhos.

– Você é fantástica, Cora! – exclamou a mais velha, mal contendo o próprio alívio. Precisou conter também a tremedeira nas mãos para experimentar uma chave depois da outra, até que o cadeado emitiu um estalido e finalmente se abriu.

Francine puxou a porta do galpão com cuidado, tentando evitar que as tábuas estalassem. Abriu o suficiente apenas para que pudesse passar, primeiro o braço com o lampião, e em seguida o corpo inteiro.

E o que ela viu, ao entrar e notar o espaço amplo na forma de um depósito, fez todas as suas convicções caírem por terra. O que ela viu não fazia o menor sentido.

Coralina estava bem no meio do espaço. Iluminada pelo lampião, seu vestido de noiva ficava ainda mais fantasmagórico, suas tranças emoldurando o rosto assustado. E, ao redor dela, espalhadas por toda parte, araras e mais araras repletas de vestidos finos, dos mais variados cortes e modelos, todos ostentando aquela cor única e que Francine seria capaz de reconhecer mesmo que estivessem na mais completa escuridão: Verde-Marcel.

– Como... como...? – ela balbuciou, sem conseguir formar nada coerente. Agarrou a ponta da peça de roupa mais próxima e esfregou o tecido verde entre os dedos. Não havia chance de estar errada, seria impossível. E, no entanto...

– Este é o ateliê de Marcel, não é? – A voz fina de Coralina pareceu ainda mais infantil e deslocada ali dentro. – O ateliê que ele estava criando para fabricar seus vestidos?

Francine não conseguia responder. A jovem caminhou em meio aos cabides, o lampião erguido acima da cabeça, a boca ainda pendendo aberta de incredulidade.

Por que o endereço do ateliê de Marcel estaria nas cobranças de Mão de Onça? Por que Marcel estaria comprando vidros de um veneno mortífero com uma frequência semanal?

Olhando com mais cuidado, Francine foi entendendo um pouco mais sobre aquele espaço. Encostados em um canto, havia máquinas de tear e vários equipamentos de corte e costura. Dava para ver que alguém trabalhara ali recentemente, talvez até mais de uma pessoa, e, a julgar pela arrumação das mesas e pelos moldes e modelos desenhados em folhas de papel, a produção era quase como uma linha de montagem. Marcel estava falando sério sobre industrializar a moda, e parecia estar conseguindo. As peças penduradas nos cabides não podiam ser chamadas de outra coisa senão alta-costura.

No outro extremo do galpão, Francine também compreendeu por que a construção se debruçava sobre o canal de modo tão estranho. Ali funcionava a tinturaria da fábrica improvisada, e os tonéis agora vazios repousavam ao lado de aberturas circulares que davam direto para o rio, ancoradas em palafitas. Marcel estava captando a água do canal para colorir os tecidos sem que ninguém percebesse. Os varais de secagem estavam cheios de faixas de tecido verde recém-tingido, arejados por frestas minúsculas na madeira das paredes e do teto. O cheiro dos tonéis e dos tecidos ainda não completamente secos era desagradável e muito químico. Francine sentia os olhos lacrimejando, o nariz coçando.

– O que diabos você está construindo aqui, Marcel? – disse Francine, levantando a manga da casaca sobre o rosto para se proteger do cheiro.

– Francine – a voz de Coralina a chamou por detrás de outra série de araras. – Acho que tem outra porta aqui.

E de fato havia. A porta, ligeiramente menor e mais delicada que a entrada do galpão, dividia a estrutura em duas partes: havia outro espaço além da tinturaria, das máquinas e do depósito.

– Talvez uma sala de administração ou almoxarifado? – palpitou Francine, testando a maçaneta da porta. Estava trancada, e então a jovem recorreu ao molho de chaves em seu bolso pela segunda vez. Coralina deu de ombros ante os esforços da mais velha e simplesmente atravessou a parede.

– É apertado aqui – disse ela. O som de vidro se espatifando no chão chegou até Francine. – *Epa*, está cheio de coisinhas de quebrar.

Francine revirou os olhos e continuou tentando com as chaves até abrir a fechadura. Escancarou a porta para que a luz do lampião pudesse entrar. Não conteve uma exclamação.

A sala onde havia acabado de pisar parecia um misto de escritório, biblioteca e laboratório. Havia uma escrivaninha bem no centro, com uma luminária apagada, uma cadeira desparelhada e um monte de papéis, canetas e tinteiros. Em meio à bagunça, era possível perceber certa ordem, certos padrões que sugeriam um trabalho meticuloso. Ao redor da escrivaninha, duas mesas compridas cobertas por toalhas, onde repousava um sem-número de frascos e equipamentos químicos. Coralina, perto da mesa, segurava a barra do vestido para se agachar e observar melhor os cacos de vidro do instrumento que havia acabado de derrubar. Todo o restante do cômodo estava tomado por prateleiras de livros de aparência gasta e por cristaleiras repletas de vidrinhos.

– Marcel deve ser um homem muito inteligente mesmo – disse Coralina, passando os dedos finos através do vidro rachado. Ela ergueu os olhos para a prima. – Não estou entendendo por que o endereço nos trouxe para cá...

Mais uma vez, Francine não respondeu. Uma possibilidade assustadora estava ganhando forma em sua mente. Sabia que Marcel era um exímio modista, com muito bom gosto e educado para tal. Mas aquele *laboratório* (não havia outra palavra para descrever o lugar) era uma novidade inesperada, e ela começou a juntar as informações que tinha e formar uma única trama. Os papéis repletos de números, fórmulas e medidas, os livros de alquimia e toda aquela parafernália... Sabia que Marcel procurava por misturas químicas para criar seus pigmentos, mas aquilo era diferente e muito mais avançado. Não era o trabalho de um modista, e sim de um boticário. O tipo de coisa que ela esperaria encontrar na loja de Mão de Onça.

Então por que Marcel se esconderia sob a fachada de um costureiro de alto gabarito? Por que estaria comprando veneno e usando uma mulher pobre para encomendá-lo em seu lugar? Por que aquela mulher, que pelo visto trabalhava para ele, estava morta?

Precisou se sentar na cadeira da escrivaninha e respirar fundo por alguns instantes. Pensou ter ouvido os cavalos se agitando lá fora. Coralina veio postar-se aos seus pés, com o queixo apoiado nos joelhos como costumava fazer.

– Nós podemos ir embora? – pediu a aparição, a voz falhando. – Eu estou com medo. Não entendo o que Marcel tem a ver com tudo isso... Por favor.

Ouvir a voz da prima daquela forma tão vulnerável fez com que Francine sentisse uma dor que era quase física. Ela precisava saber. Precisava ter certeza de que algo tão abominável assim pudesse existir.

A mais velha se levantou e andou decidida em direção às cristaleiras. Começou a abri-las com violência, sem se importar muito com o barulho. Os armários continham mais frascos, mais algodão, mais tubos de formatos esquisitos. E então, finalmente, um deles continha uma cuidadosa coleção de frascos idênticos, identificados apenas por uma etiqueta contendo uma palavra escrita na inconfundível caligrafia de Mão de Onça: arsênico. A jovem levou a mão à boca.

A porta do galpão foi aberta com violência. O som alto fez com que Francine pulasse de susto. Coralina gritou. O lampião espatifou-se contra uma das prateleiras de livros e o vidro se fez em pedaços. Uma labareda começou a se formar, lambendo as páginas antigas e ressequidas dos livros de alquimia. Sons de passos apressados no interior do galpão. *Marcel*. Entre o medo e o fogo que crescia e consumia as prateleiras,

Francine não sabia o que fazer. Seu instinto foi colocar-se na frente de Coralina, para que pudesse protegê-la do fogo ou do assassino. Não estava raciocinando direito para lembrar que a outra era um fantasma. Ficou em pânico. O suor começou a escorrer por sua testa. A aparição atrás dela falava, mas ela não ouvia.

Agora era a entrada do laboratório que estava sendo forçada, e a porta se abriu de uma vez só, provavelmente com um chute. Um vulto enorme assomou na porta, o cano de uma pistola apontado para frente. Francine agarrou-se ao corpo imaterial da pequena Coralina, abaixou-se e fechou os olhos, pronta para iniciar sua cruzada rumo ao mundo dos mortos. Sempre achara que, desde que estivesse fazendo a coisa certa, morreria com dignidade e coragem. Mas não havia dignidade quando o medo assumia o controle das coisas. Apenas suor, tremores, lágrimas e uma angústia sem limites. Não queria morrer.

– Senhorita Francine! – o vulto gritou, e sua voz tinha um som inesperado. – Está louca?! Que espécie de desatino é esse?

Quando Francine abriu um dos olhos, viu o rosto de Inspetor Timóteo agachado junto dela. Ele tinha uma expressão igualmente furiosa e preocupada. Agarrou-a pela cintura antes de arrastá-la pelo galpão rumo à saída. As chamas do lampião já haviam chegado até o teto, e agora lambiam as paredes de madeira e tudo ao redor. Os instrumentos de vidro rachavam e explodiam aos montes. O calor estava ficando insuportável. A madeira rangia.

Timóteo a jogou de qualquer jeito dentro da carruagem de Lady Bibi. Desamarrou o próprio cavalo e deu-lhe um tapa para que saísse correndo. O animal não precisou de muito incentivo. A parelha também foi solta e, acuados pela fumaça, os animais começaram imediatamente a dar meia-volta no veículo. O inspetor subiu aos trancos e barrancos no banco da frente. A última coisa que Francine registrou foi a presença de Coralina, atravessando a carruagem para se juntar a ela na cabine. As duas trocaram um olhar de puro pânico. Foi a última coisa que registrou antes de o galpão inteiro explodir e a força daquela imensa bola de fogo e fumaça a deixar temporariamente sem sentidos.

Capítulo 19

No qual as cartas são postas na mesa

FRANCINE PISCOU UMA, duas, três vezes até que o rosto preocupado e cheio de olheiras do inspetor começou a entrar em foco. O céu atrás dele estava começando a clarear em tons de azul-claro e rosa. Havia um cheiro engraçado no ar... seria fumaça? Ela não fazia ideia do porquê ele a estava olhando daquele jeito, tão de perto. E por que estava deitada no chão?

— Ah, meu Deus. — Ela se ergueu com um único impulso, apoiada nos cotovelos, assim que as lembranças assentaram. — Onde está Cora? Onde está minha prima?!

— Senhorita Francine, fique calma — a voz de Timóteo era suave. Estava verificando a temperatura da testa dela. — A senhorita está muito confusa. Sua prima, senhorita Coralina Tulli, faleceu já faz algum tempo, lembra?

— Não, não é disso que estou falando! — A jovem afastou a mão do inspetor com um tapa. — Ela... — E então Francine se calou.

Coralina estava de pé atrás do inspetor, tão transparente quanto possível, mas, fora isso, intacta. A aparição tinha os olhos arregalados e repetia sem parar um gesto silencioso para que a prima ficasse quieta.

— Ah, sim, eu me lembrei — mentiu Francine, com pouca convicção, ainda encarando a menina fantasma. — Ela morreu.

O inspetor lhe ofereceu um sorriso solidário e a ajudou a se levantar. A capa preta de cocheiro estava arruinada, as costas e os cotovelos cobertos de poeira, pedaços da combinação aparecendo aqui e ali por entre os botões faltando. Não havia nenhum sinal do quepe, Francine devia tê-lo perdido no caminho, o que deixava seus cabelos quase tão alinhados quanto um ninho de andorinhas. Timóteo olhou-a mais uma vez de cima a baixo com um semblante crítico, procurando ferimentos.

– Bem... – disse ele quando se deu por satisfeito. – Folgo em saber que está inteira e em juízo perfeito. Agora já posso prender a senhorita.

Francine quase se engasgou:

– O quê? – Ela deu um passo para trás. – Mas eu não fiz nada!

– Ele não pode fazer isso! – Coralina cruzou os braços e reclamou para o vazio.

– Tem certeza? – Inspetor Timóteo ergueu uma sobrancelha. – Devo enumerar tudo o que vi esta noite?

Francine não tinha muito o que dizer em sua defesa. As lembranças da madrugada voltavam, e, agora um pouco mais recuperada do desmaio, ela começava a tomar consciência da confusão que aprontara.

Estavam em um terreno aberto, rodeado por capim e pés de cana, nos limites da cidade. Os cavalos estavam pastando bem ao lado dela, inquietos e ainda atrelados à carruagem. A poucos metros dali, o amanhecer encontrava-se abafado por uma enorme coluna de fumaça que subia do incêndio.

– Fuga de casa. Roubo de carruagem. Condução sem autorização – começou Timóteo, enumerando nos dedos.

Francine observou o ateliê de Marcel pegando fogo. Uma das tábuas do teto caiu e levantou uma cortina de fuligem.

– Invasão de propriedade particular.

As pessoas estavam saindo de suas casas para ver o fogo de perto. Algumas carroças com água estavam começando a chegar. Alguém gritava ordens.

– Incêndio criminoso – o inspetor levantou o último dedo.

– Mas ela não incendiou nada! – reclamou Coralina.

– Eu não incendiei nada! – Francine encarou o homem. – Você me assustou e me fez derrubar o lampião. Aí sim as coisas pegaram fogo!

– Eu salvei a sua vida. – Ele fez uma careta. – A senhorita devia ser grata por eu ter aparecido.

– Grata? – ela riu. – O senhor não salvou minha vida, gênio. Eu tinha tudo sob controle. O senhor foi quem causou o incêndio!

– E também fui o responsável por fazer a senhorita invadir aquele galpão? Ora, seja razoável, mulher, se não tivesse recebido um alerta para ficar de olho na senhorita, eu...

– Quem diabos mandou o senhor me seguir?

– Cuidado com a língua, e isso não interessa. – O inspetor cruzou os braços. – Devia mesmo me agradecer. Tanto por ter tirado a senhorita do alcance da explosão quanto por tê-la trazido para longe, antes que alguém visse nesses trajes ridículos e arruinasse a sua reputação. Ora, francamente, uma dama andando pela cidade nesse estado seminu...

Francine apertou o tecido da capa contra o corpo. Estava furiosa.

– Não ouse falar comigo assim. Não é nada do que está pensando!

– Eu não estou pensando nada.

– Mas o senhor não entende! – Ela tentou um último apelo para que ele a escutasse. – É Marcel! O galpão de Marcel, que pegou fogo, estava cheio de veneno. Ele matou Coralina! E também as moças do canal. Precisa interrogar Marcel imediatamente. E Mister Ícaro, ele...

Inspetor Timóteo parou de ouvi-la e se afastou alguns passos na direção da carruagem.

– Senhorita... – Ele se apoiou no veículo e apertou a ponte do nariz entre os dedos. – Estou ansiosíssimo para saber a sua versão dos fatos e seja lá qual for a sua justificativa para ter feito o que fez, mas primeiro vou levar a senhorita até a sua tia. Esse caso já cruzou todos os limites da minha paciência, e eu provavelmente terei de passar o dia inteiro trabalhando para limpar a bagunça que causou. Não quero ficar aqui no meio da rua atraindo olhares curiosos. Faça o favor de me acompanhar e não me provoque mais problemas.

Se não estivesse tão cansada, talvez Francine pudesse ter oferecido um pouco mais de resistência. Mas estava exausta, e era terrível tentar explicar algo quando sua audiência não estava minimamente interessada em ouvir e sua cabeça latejava tanto.

– Vai se arrepender de não ter me escutado – disse Francine, oferecendo ao inspetor seu mais gélido olhar de censura. O homem deu de ombros e a colocou sentada de volta na carruagem. Coralina passou por trás dele e se acomodou de frente para a prima com uma expressão chorosa de enterro. Antes de fechar a porta, Timóteo falou:

– Espero que não tente nada estúpido até chegarmos na mansão de Lady Tulli, senhorita Francine, porque eu vou deixar essa porta muito bem trancada.

☙

Não havia muito o que fazer enquanto a carruagem avançava com as cortinas cerradas. Estavam quase chegando (ou pelo menos era de se supor que estivessem), e Coralina continuava em silêncio. Alisava o tecido da saia do vestido de noiva, tentando eliminar os vincos. Parecia absorta na tarefa, enquanto Francine, de braços cruzados e afundada no banco, encarava o teto.

De repente, a menina fantasma empurrou com força as saias para baixo.

— Alguma coisa está errada.

Francine olhou para a prima.

— Não faz sentido. A história não fecha.

— Cora... Sei que é horrível, que você o tinha como um irmão. Eu mesma estou custando a acreditar... Mas tudo indica que Marcel não é a pessoa que pensávamos ser.

— Você não entende. — O fantasma fechou os olhos e comprimiu os lábios. — É algo que eu sinto lá no fundo. Lá no meu... espírito. De que existe algo que estamos deixando passar.

Francine não estava certa se a compreendia. Mas, estando ela mesma irritada com o silêncio de Timóteo (o inspetor conduzia a carruagem sem dirigir uma palavra sequer para a prisioneira), resolveu que valia a pena dar alguma atenção aos anseios da prima. Sabia por experiência própria que não havia nada mais frustrante do que não ser escutada.

— Diga. — Francine escorregou para a beirada do banco, falando baixinho para que o inspetor não a ouvisse. — O que a está deixando incomodada?

— Viemos até aqui para entender como eu morri, certo? — o fantasma perguntou. Francine concordou com a cabeça. — Por isso mesmo: eu permaneço sem entender! Marcel pode ser meu assassino, mas ainda não sei por que e nem como ele faria isso. Você sabe?

Francine mordeu o lábio enquanto pensava na pergunta. Aquilo era algo que também a incomodara no momento em que abriram a porta do galpão. Bem, sempre havia a alternativa de que Marcel fosse um lunático sedento por sangue inocente, mas, fora isso, restavam poucas opções à imaginação. Marcel não tinha motivos concretos, até onde se sabia, para fazer mal à filha de Lady Bibi. Pelo contrário, Coralina era uma das maiores modelos para os vestidos Verde-Marcel.

— O que ele ganharia com a minha morte? — A assombração traduziu os pensamentos de Francine. — Ele fez o meu vestido de casamento, decorou meu quarto... Tudo isso para me matar? Que coisa estúpida, não acha?

Tudo bem, aquilo não fazia sentido. Tinha de admitir.

— Ele poderia ter motivações ocultas — Francine acabou respondendo, mas nem ela própria acreditava naquilo.

— Ou pode ser uma terceira opção... — Coralina balançou os pezinhos pendurados no banco. — Você acha... acha que Marcel pode ter me matado *sem querer*?

Francine ergueu uma sobrancelha.

— Sem querer? Como um envenenamento por acidente?

O fantasma deu de ombros, com um olhar encabulado: era um palpite de desespero.

— Ninguém coloca arsênico na bebida de outra pessoa sem querer, Cora. Não dá para simplesmente, sei lá, trocar as bolas e matar alguém com uma substância letal.

— Mas Doutor Acácio disse que eu não bebi nada — a outra insistiu. — Disse que minha garganta estava limpa, não foi?

Francine se recostou novamente contra o banco da cabine. Havia algo que não se encaixava ali, era bem verdade, e o tempo se esgotava rapidamente ao som cadenciado das patas dos cavalos. Quando chegasse à mansão, precisaria ter um plano. Marcel descobriria rapidamente sobre a explosão do ateliê, e as coisas poderiam ficar perigosas para ela.

Pense, pense. Como uma pessoa pode ser envenenada sem engolir veneno?

Bem, já ouvira casos de substâncias injetadas na corrente sanguínea, e também através de inalações. Na fazenda, o pai contava sobre uma espécie de sapo venenoso que deixava qualquer um atordoado só de tocar. Muitos manchões se acidentavam no início da colonização.

Mas Marcel decerto não teria *esfregado* arsênico em Coralina. Estavam deixando alguma coisa passar.

Ela fixou o olhar no fantasma à frente. As palavras de Mão de Onça lhe vieram à mente. *Memento mori*. Os olhos de Coralina. Seus cabelos de tranças sedosas. Sua boca de menina. As mãozinhas transparentes. O vestido de casamento. *O que estavam deixando passar?*

E, então, Francine viu. Viu o vestido, o galpão, o pigmento, o arsênico e as mulheres do canal. Viu tudo. E esse tudo era claro como o dia, verde como a vida.

– Cora... – ela murmurou embasbacada. – Meu Deus do céu, Coralina, você é genial!

– Mamãe sempre disse que eu era muito inteligente – a menina fantasma respondeu. – Mas o que eu fiz?

– Você estava certa e solucionou tudo! A sua morte, Cora, a sua morte foi um terrível acidente!

– É mesmo? – A aparição parecia tão aliviada quanto surpresa.

– Foi o vestido! – Francine passou a mão pelo tecido imaterial de um jeito dramático. – O vestido a matou! É por isso que você aparece para mim usando a peça. Era uma pista! Estava o tempo todo debaixo do nosso nariz...

O semblante de Coralina deixava claro que a menina continuava a não entender muita coisa, então Francine sorriu e tentou explicar melhor:

– O Verde-Marcel é obtido a partir de arsênico. Claro, isso é tão óbvio! No jantar de Lorde Edmundo, Marcel falou várias vezes sobre o papel da química no futuro da alta-costura. O pigmento que ele criou é único porque leva uma das substâncias mais letais do planeta. Mas é possível que um pouco do arsênico ainda fique impregnado nas roupas... e sua pele acabou absorvendo.

– Mas eu já havia usado o Verde-Marcel antes...

– Há quanto tempo você passa mal sem nenhuma causa aparente?

A assombração fez os cálculos, e seus olhos se arregalaram de repente. Francine tinha certeza de que ela havia captado a ideia.

Coralina Tulli sempre fora uma menina frágil, herança da família paterna. Mas com certeza a aparição das brotoejas, das tosses e febres sem sentido coincidira com o retorno de Marcel, recém-chegado de Sicanos, cheio de ideias e com uma fórmula poderosa nas mãos.

Coralina era o expoente perfeito para o modista, a pessoa certa para alavancá-lo entre os ricos da cidade. E, a cada vez que a menina entrava em contato com o pigmento, ele a matava um pouco mais.

– Lembra-se do teatro, da noite da ópera? – Francine falava depressa, mal conseguindo se conter. – Você havia melhorado. Mas então colocou o vestido, e algumas horas depois estava vomitando.

– Doutor Acácio não fazia ideia do que eu tinha! – A menina pôs as mãos no rosto, horrorizada.

– Porque ele jamais poderia supor que você estava absorvendo arsênico pela pele!

As duas continuaram se encarando, detalhes e mais detalhes encontrando seu lugar.

– O fantasma da mulher do canal – disse Cora de repente. – As mãos dela se desfazendo... Aposto que era ela quem cortava e costurava os tecidos. E então suas mãos...

– Estavam sempre correndo e raspando pelo tecido envenenado – completou Francine, com o rosto queimando de excitação. – Quanto à outra senhora, a que enlouqueceu e começou a enxergar tudo verde, ela devia cuidar da tinturaria. O pigmento aquecido, os vapores naquele espaço fechado... não é de admirar que o arsênico a tenha corroído de dentro para fora!

– Que coisa horrível, Francine...

– E por último, você. – A mais velha engoliu em seco. – O casamento foi a gota d'água para o seu corpo já doente. Você foi exposta a uma quantidade muito grande de veneno, por tempo demais.

Coralina concordou, mas logo em seguida começou a balançar a cabeça em negativa.

– Mas por que não tive nenhum sintoma antes? Eu deveria ter passado mal ainda na festa...

Francine precisou apenas de um instante para resolver a charada.

– O tônico! Claro! O tônico de Mão de Onça a protegeu.

As duas ficaram em silêncio por algum tempo, sentindo o balanço suave da carruagem, absorvendo todas aquelas informações. Por fim, quando os cavalos diminuíram o passo e fizeram a curva conhecida dos portões da mansão, o fantasma deixou escapar uma nova preocupação:

— Francine... — disse ela com olhos assustados. — Isso significa que mamãe também está sendo envenenada, não é?

Sim, era verdade. Ao contrário da filha, Lady Bibi sempre fora uma mulher forte, então era possível que estivesse resistindo aos efeitos da substância na pele por mais tempo. Além disso, a tia usava vestidos bem menos concentrados e espalhafatosos que os de Cora, e em menos ocasiões. Mas ainda assim, a longo prazo... Lady Bibiana Tulli sentiria o gosto amargo do arsênico. Inevitavelmente. A menos que fizessem alguma coisa.

— Você precisa dizer tudo o que sabe para o inspetor. Você precisa fazer isso parar! — suplicou Coralina. Ela não precisou que Francine falasse para adivinhar a resposta da pergunta que fizera.

A cabine parou de balançar. As primas ouviram o condutor saltando. Ouviram passos apressados. Ouviram a voz inconfundível que só uma Lady Bibiana dotada de plena fúria era capaz de produzir:

— Onde está ela? ONDE ESTÁ ELA? Que desgosto, que desgosto! Mandem chamar Doutor Acácio, alguém vai precisar cuidar dos meus nervos! Denise, chame Doutor Acácio!

— Acho mesmo uma ótima ideia — disse Francine, assim que a porta foi destrancada e ela pôde pisar no chão de pedrinhas para encarar a tia. — Ele com certeza vai ter coisas interessantes para dizer à senhora.

✧

— Como pôde fazer isso comigo?! — A tia se jogou no sofá da sala, braço sobre a testa como que a conter um desmaio. Denise estava ajoelhada junto à patroa, abanando um pano para que esta respirasse mais ar fresco.

Francine estava de pé, ainda enrolada na capa, com Inspetor Timóteo e o administrador atrás dela. Pelo que havia entendido, um dos rapazinhos do estábulo havia dado por falta dos cavalos no meio da madrugada e acordado o resto da casa.

— Peço desculpas por ter levado os cavalos e saído sem a sua permissão. — A sobrinha tentou colocar panos quentes, em um apelo para que a tia a escutasse — Mas só fiz isso porque realmente precisei. Fiz por Coralina.

A tia transitou rapidamente do estado de vulnerabilidade para a ira acusatória.

— Não ouse colocar o nome de sua prima nessa história! — ela esbravejou, apontando um dedo roliço para a sobrinha. — Uma garota como você... sangue do meu sangue... de combinação pela rua como uma... como *uma qualquer*! O que eu vou dizer para o seu pai? O que eu vou dizer na associação?!

O olhar de Francine percorreu a sala até os pés das escadas, onde o fantasma de Coralina se encolhia no primeiro degrau, abraçando os próprios joelhos.

— Já disse que precisei ir. Fui investigar o assassinato de Coralina! Inspetor Timóteo tomou a frente para esclarecer a situação.

— Eu a encontrei invadindo uma propriedade privada do outro lado do canal. Ela ateou fogo na construção — o inspetor acrescentou, muito solícito, com as mãos para trás. Francine desejou secretamente que ele tivesse sido torrado no incêndio.

Lady Bibi afundou ainda mais no sofá, e Denise teve de abaná-la com mais força.

— Uma criminosa... Debaixo do meu teto...

— Eu não sou uma criminosa!

— O que você tinha na cabeça...

— Eu sei quem matou sua filha! — Francine explodiu.

— Senhorita. — O inspetor se adiantou e a segurou pelo pulso. — Essa é uma afirmação muito grave. Sugiro que todos permaneçam calmos, que a senhorita coloque uma roupa mais composta e que nos conte exatamente o que estava planejando e por qual razão.

Francine puxou o braço para se libertar do inspetor. Estava cansada de que ninguém a levasse a sério. Porém, antes que pudesse reclamar, ouviram a porta da mansão abrindo, vozes altas vindas do saguão de entrada e uma série de passos duros e decididos atravessando o corredor.

Marcel irrompeu pela sala, e seu rosto contraído só não parecia mais ameaçador do que os olhos verdes repletos de fúria.

— NÃO ACREDITO QUE VOCÊ INCENDIOU MEU ATELIÊ — esbravejou ele de uma vez só, abrindo os braços de maneira espalhafatosa, fazendo a capa vinho ondular para os lados. Estava surpreendentemente amarrotada.

Atrás de Marcel, um tímido Doutor Acácio entrou, segurando de forma tola a maletinha médica, assustado como um bezerro recém-parido.

Ao vê-los todos reunidos ali, Francine experimentou uma pequena dose de triunfo. Olhou para Coralina, buscando a aprovação da prima. A menina fantasma assentiu.

Francine se virou para Inspetor Timóteo. Tudo seria esclarecido. Aquele mal seria finalmente estancado.

– Não permita que ninguém entre ou saia dessa casa. Acho bom o senhor anotar tudo o que vou dizer aqui, inspetor. Todas as cartas que você vai precisar estão postas na mesa.

Sétimo Interlúdio

Quando Inspetor Timóteo resolveu abrir mão de uma boa noite de sono para ficar de tocaia no lombo de um cavalo e aguardar que a sobrinha de Lady Tulli fizesse alguma besteira, ele acreditava estar vivendo o ponto alto de seu desconforto com relação àquela família. Depois, acreditou que, ao salvar senhorita Francine do incêndio, nada mais podia piorar. Agora, enquanto observava o conjunto improvável de pessoas a discutir na luxuosa sala de estar, ele já não tinha mais tanta certeza.

— Chega! — Ele ergueu os braços e impôs a voz para exigir silêncio. — Tenhamos civilidade, em nome de Deus! Os senhores façam o favor de se acalmar e me explicar o que está acontecendo aqui!

— Houve um acidente com Marcel! — acusou a senhorita Francine. — Foi por causa dele que Coralina morreu. Os vestidos, eles...

— Essa é uma acusação bastante severa, moça — advertiu. — Peço que...

— Está vendo, Timóteo? — o tal modista o interrompeu. Timóteo detestava o modo pedante e forçadamente íntimo com o qual o homem se dirigia a ele, quase como se o considerasse um amigo de infância. — Ela está destemperada, como eu bem lhe disse. Inventou uma vingança sem sentido em nome da prima e quer achar um culpado a qualquer custo! Completamente destemperada!

Timóteo não teve nem tempo de abrir a boca para responder antes que senhorita Francine se adiantasse:

— Destemperada? — ela repetiu a acusação com uma fúria inédita transbordando pelos olhos escuros. — Eu contei tudo para você, seu canalha! Foi você quem colocou a polícia para me seguir, não foi?

— Porque sabia que a senhorita estava fora de si e poderia fazer alguma besteira, como por exemplo atear fogo ao trabalho da minha vida!

— Ora, seu... E eu aqui pensando em defender você como mais uma vítima de um acidente impensado!

— Dentro da minha casa... — Lady Tulli ainda choramingava jogada no sofá.

Inspetor Timóteo olhava para cada um daqueles rostos com incredulidade. A mocinha prestes a esbofetear o modista, o modista a chamando de louca desequilibrada, o médico pálido a acudir a dona da casa prestes a desmaiar e a pobre criada que mais parecia uma barata tonta naquilo tudo.

— Pois considerem-se todos presos! — gritou, assistindo com satisfação aos pares de olhos virarem para ele com espanto. — A menos que comecem a se *explicar* — ele frisou a última palavra com a frieza forjada em anos de delegacia. — Senhorita Francine, faça as honras. Do começo, por gentileza.

Ele observou a boca da jovem se contrair. A moça estava vermelha, descabelada, ainda de combinação e capa masculina, e mesmo assim firme como uma rocha. Ela também tinha uma mania estranha de olhar para a base das escadas a todo momento, como se esperasse ver alguém importante ali. Era preciso dar-lhe o crédito: ou tinha bons argumentos ou era mesmo louca. Mas estava decidido a ouvi-la antes de tirar qualquer conclusão.

— Descobri que Coralina não morreu de causas naturais — disse ela com firmeza —, e sim que foi envenenada, aos poucos, pelo uso constante dos vestidos de Marcel. O tal pigmento inovador é feito de arsênico.

O olhar do inspetor procurou o modista de imediato. O homem parecia ultrajado pela acusação, mas não apresentava nenhum sinal claro de medo ou nervosismo. Senhorita Francine continuou sua história, mesmo sob os protestos da tia e de Marcel. Afirmava que o modista havia compartilhado com ela suas suspeitas, e que também achava que a morte de Coralina havia ocorrido em circunstâncias pouco comuns. Falou que os dois foram juntos à casa de Lorde Edmundo, nome que o inspetor reconhecia e não gostava nem um pouco, e que, juntos, investigaram o envolvimento do tal senhor no caso.

– Desconheço o que esta jovem está dizendo, inspetor – Marcel a interrompeu. – De fato, levei-a até o jantar de Lorde Edmundo, porém apenas pelo prazer de sua companhia.

– Mas...

Francine parecia atônita. Contudo, o modista ergueu a voz para sobrepô-la:

– É de conhecimento geral que Lady Bibiana gostaria de nos unir em matrimônio, por isso tive a cortesia de convidar Francine. E isso é tudo. No jantar, percebi o quanto estava desequilibrada, abalada pela perda da prima. Desde então, fiquei preocupado com sua sanidade e segurança.

– Você compartilhava das mesmas suspeitas que eu, seu cretino!

– Infelizmente, creio que a desilusão de um romance não correspondido tenham sido uma carga pesada demais para a pobrezinha...

– Romance? – Timóteo franziu a testa, sem entender direito.

– Oh, sim – respondeu o modista, parecendo desconfortável em adentrar terrenos tão íntimos. Ele olhou para Francine. – Desculpe, querida, mas é preciso que a polícia saiba. Senhorita Francine envolveu-se com Mister Ícaro, e não suportou vê-lo casado com Coralina. E depois, quando ele se tornou um foragido...

– Seu canalha!

As coisas aconteceram muito rápido. Em um único instante, Francine havia avançado sobre o modista, tomada pela fúria. Precisou ser contida por Timóteo e pela criada. Ele a agarrou pelos ombros da capa, tentando mantê-la no lugar, mas ela era forte e estava irada. No sofá, Lady Bibiana começara a gritar palavras terríveis sobre a honra da sobrinha, acusando-a de trair a confiança de Coralina ao desejar-lhe o noivo. Mas a jovem não parecia nem mesmo ter escutado a tia, pois continuava a espernear e a tentar alcançar Marcel, lágrimas brotando de seus olhos.

— Você sabia, não é? VOCÊ SABIA! — As unhas de Francine deixavam rastros nos braços do inspetor, mas ela não cedia. — Este envenenamento não foi acidente! Meu Deus, como você pôde! Ela era uma criança, e você sabia o tempo todo!

— Senhorita Francine! — Timóteo chacoalhou a moça e a virou de frente a fim de obter-lhe a total atenção. Precisava olhá-la no rosto e analisar sua linguagem corporal. Como inspetor, sabia que isso era crucial. — É verdade o que diz Marcel? A senhorita estava envolvida com Mister Ícaro na ocasião do casamento da sua prima?

A jovem esmoreceu diante dele, e Timóteo percebeu, surpreso, que estava um tanto desapontado.

— Sim — respondeu ela baixinho, envergonhada, recebendo outra enxurrada de lamentações por parte da tia. Ela parou de fazer força para se soltar, e o inspetor finalmente achou seguro largá-la. — Mas sabíamos que seria uma relação infrutífera. Eu... eu deixei claro que minha lealdade estaria com Coralina, e que jamais a desapontaria ou macularia sua honra... Ela... ela... — De novo, mais uma olhada para o pé da escada. — Coralina sabia. E compreendia. Ela sabia que eu jamais...

— Não pronuncie o nome da minha filha! — Lady Tulli, uma massa compacta de lágrimas e ultraje, apontou o dedo para a sobrinha. — Não acredito... mancomunada com aquele Mister Ícaro... Você... você o ajudou a dar fim à minha filha?

— Mister Ícaro é inocente! — Francine suplicou.

— Um fugitivo!

— Ele está com medo! Vocês todos o acusam sem prova alguma!

— Ora, por favor... — Foi a vez de Marcel revirar os olhos e apoiar as mãos nos quadris.

No meio do fogo cruzado de acusações, Inspetor Timóteo precisava manter-se firme e lidar com os fatos. Bem, pensou ele, aquela revelação mudava tudo. Não podia se esquecer de que senhorita Francine estava presente na noite em que a menina Tulli morrera, e que, graças ao ursinho de pelúcia encontrado com a vítima, fora provavelmente uma das últimas pessoas com quem Coralina conversara ainda em vida. Se mantinha um romance secreto com o maior suspeito do caso, tendo ela mesma confessado e o sujeito estando desaparecido... sua situação era bem difícil. E, no entanto... a postura dela contava outra história. A moça parecia pura angústia, mas não o tipo de angústia de quem vê as próprias inverdades caindo por terra, mas sim aquela do tipo entalada, de quanto a justiça não cumpre bem o seu papel. Além disso, havia mais detalhes que ele precisaria levar em consideração.

— A senhorita fala o tempo inteiro em assassinato, em envenenamento — disse. — Mas o laudo fornecido pelo médico aqui presente jamais falou sobre isso. De onde tirou a ideia de veneno?

— Ah, meu Deus — Lady Bibi pareceu horrorizada. — Você ajudou mesmo Mister Ícaro a matar minha filha!

— Doutor Acácio mentiu. Ele forneceu um laudo falso.

Inspetor Timóteo tinha esperanças de que a pergunta abrisse uma brecha na história de Francine e a fizesse titubear, mas acabou não precisando de muita coisa para verificar que ela falava a verdade. Bastou olhar para o médico: o velho murchou de imediato como uma uva-passa e caiu sentado no sofá ao lado de Lady Tulli, abraçado com a maleta. A culpa estava estampada em sua testa. O inspetor não foi o único a constatar o óbvio: Lady Bibi, por sua vez, retomou a ladainha sobre encontrar traidores por todos os cantos de sua casa. Coitada da velha senhora, talvez agora desmaiasse de vez.

— É verdade o que ela diz, doutor? — perguntou Timóteo, apenas por desencargo de consciência e por respeito aos protocolos da profissão.

O médico hesitou por alguns segundos, mas cedeu:

— A senhorita acaba de me arruinar — ele disse para Francine antes de responder à pergunta. — E-eu não fiz por mal. — O velho engoliu em seco. — Pensei estar protegendo um amigo.

— Não sabia que o senhor era próximo de Mister Ícaro.

— Não, não ele. — O doutor olhou para os próprios sapatos. — Mão de Onça... o boticário.

— Mão de Onça forneceu um tônico para ajudar Coralina. — A senhorita Francine, invariavelmente, meteu-se sem ser chamada na conversa. — Para fortalecer a menina no dia do casamento.

— Você deu uma poção daquele homem sem escrúpulos para a minha filha? — A voz de Lady Tulli, de tão incrédula e inconformada, não passava de um fiapo.

Timóteo ouviu atentamente o relato de Francine e Doutor Acácio. A omissão do médico por si só já era um crime grave. Uma evidência como aquela não poderia ter sido acobertada. Um laudo de envenenamento, por Deus! Só de pensar, sua cabeça já estava doendo outra vez.

— E o senhor está dizendo que, embora o laudo aponte envenenamento, não havia sinais de que a vítima o tenha ingerido, é isso?

— Precisamente. Porém...

— Porém?

O médico limpou o suor da testa, absolutamente nervoso.

— Tive pouco tempo com o corpo – disse. – Com mais tempo, talvez eu tivesse... Mas naquele dia... E agora à luz das suspeitas de senhorita Francine...

— Pois então fale, homem! — Restava ao inspetor pouca paciência para as hesitações do velho médico. Ele estava cansado, dolorido e fedendo a fumaça demais para suportar os melindres daquela família.

— A presença de arsênico na composição de um pigmento em contato com a pele, a exposição prolongada... E, já que estamos trazendo a verdade à tona, não vi sinais de que o casamento entre Coralina e Ícaro tenha sido consumado. — O médico engoliu em seco. — O que vi no cadáver de Coralina Tulli poderia, sim, ser explicado pela teoria da senhorita Francine.

O inspetor prendeu a respiração.

— Profissionalmente, eu não teria como refutar. — Doutor Acácio dirigiu um olhar solene na direção de Marcel. — Oh, meu rapaz... Acho que estamos diante de um terrível acidente aqui.

Marcel apitou como uma chaleira no mesmo instante.

– Acidente uma ova!

O sempre tão comportado modista finalmente perdera a compostura.

– Meu pigmento é perfeitamente seguro – Marcel garantiu. – Eu jamais o colocaria à venda se não tivesse certeza disso. E sim, não nego que o arsênico é um dos químicos presentes na receita, mas seu potencial venenoso é dissipado através de uma série de reações controladas. Eu seria um lunático de usá-lo puro. Ou um amador.

– Eu segui o rastro das mulheres mortas do canal até o seu galpão – rebateu Francine, braços cruzados junto ao corpo. – Elas trabalhavam para você.

– Mulheres... do canal? – Marcel piscou, confuso, e um sorriso irônico estampou-lhe a cara. – Não faço ideia do que está falando, garota.

O inspetor resolveu ajudar.

– Duas mulheres foram encontradas mortas recentemente em situações... peculiares – ele disse. – Trabalhadoras da área do canal. Senhorita Francine está sugerindo que elas trabalhavam para o senhor.

– Não só trabalhavam – falou Francine –, como uma delas buscava regularmente encomendas de arsênico na botica. Foi através dela que cheguei ao endereço do galpão.

– Não conheço essas mulheres. – O modista deu de ombros.

– Mão de Onça pode confirmar – rebateu Francine.

– É verdade – corroborou Doutor Acácio com uma nova onda de vergonha atravessando sua expressão.

Marcel trouxe a mão ao coração, como se não acreditasse em tamanha injustiça.

– A senhorita quer me incriminar de qualquer forma – ele disse, sentido. – Pensei que fôssemos amigos. Tudo o que fiz, foi pensando no seu bem, Francine.

Timóteo revirou os olhos, cansado do melodrama. Suas têmporas já haviam começado a pulsar daquele jeito, anunciando uma enxaqueca. Que família mais maluca, meu Deus. Talvez ele devesse pedir transferência, virar escrivão. Em vez disso, voltou a perguntar:

— Havia ou não mulheres trabalhando no galpão, senhor Marcel?

— Trabalho sozinho — respondeu o modista. — Quer dizer, o galpão estava sendo preparado para receber funcionários, é verdade, mas no momento ninguém trabalhava no local, além de mim.

— Então como foi que senhorita Francine chegou até o seu endereço?

— Não faço a mínima ideia, inspetor.

Timóteo se virou para a jovem descabelada.

— Eu já disse — ela exalou, casada. — Descobri que uma das mulheres mortas fazia compras na botica.

— E como descobriu isso?

A expressão da jovem mudou com a pergunta. Timóteo reconheceu os sinais da mente encurralada que chega ao beco sem saída: as pupilas dilatadas, a respiração rápida. Ela parou de encará-lo também, e a atenção da jovem repousou mais uma vez sobre a base da escada. Que comportamento curioso...

— Não posso revelar — foi o que ela respondeu, e o encarou bem nos olhos. — Mas gostaria de pedir que confiasse em mim, inspetor, apenas desta vez. Basta testar os vestidos. Doutor Acácio pode ajudar.

— Testar os vestidos? — O modista soltou uma risada amarga ao fundo. — Que vestidos, se a senhorita fez o favor de queimar meu galpão inteiro? Não existe nada para ser testado ou não testado! E francamente, inspetor... eu não confiaria em nada que Doutor Acácio dissesse. Um homem que mente com essa facilidade sobre algo tão importante? Tenho certeza de que o senhor será mais racional que isso. Meu pigmento é absolutamente seguro.

— Teste o vestido de casamento de Coralina, então! — Senhorita Francine abriu os braços em desespero. — O que foi enterrado com ela.

— Ninguém vai exumar o corpo da minha filha! — A voz de

Lady Tulli recuperou a força e a presença, preenchendo a sala inteira com sua autoridade. – Eu proíbo!

– Mas, minha tia...

– Nunca! Coralina está em paz!

– Não está! – Outra olhada esquisita para o pé da escada.

O inspetor esfregou as bolsas inchadas abaixo dos olhos. Por mais deplorável e emotiva que estivesse aquela cena, Timóteo precisava agir como um homem da lei. Havia uma suposição muito grave ali, e um simples teste seria capaz de refutar ou comprovar a teoria. Tudo ali depunha contra senhorita Francine, incluindo Mister Ícaro e a recusa da moça em explicar como soubera sobre as encomendas de arsênico. Mas seus instintos... E a confissão do médico...

– Lady Tulli – ele resolveu falar antes que se arrependesse –, no papel de inspetor, é meu dever aconselhar a exumação. Um teste como esse pode ser crucial para colocar um ponto-final nessa história.

O tal Marcel quase teve uma síncope diante da sugestão.

– Não me diga que estão considerando uma perversidade descabida como essa! Desenterrar a morta. Vocês não têm o mínimo de consideração pela dor de Lady Bibi?

– Mas você é mesmo uma cobra nojenta... – insultou Francine.

Timóteo perdeu a paciência. Se não tomasse cuidado, logo seria ele a ser levado pelas emoções. Precisava manter a objetividade. Colocou a mão no coldre da pistola.

– Chega! Quero todos na delegacia agora mesmo! Tenho força policial me aguardando e uma linda carruagem cheia de grades para levá-los. Se Lady Tulli não autorizar a exumação, o que seria uma lástima, serei obrigado a manter todos sob custódia até pensarmos em um jeito de resolver esse ninho de rato em que vocês me meteram! E não quero ouvir mais uma palavra!

– Fui eu.

Inspetor Timóteo não estava esperando aquilo. Seus ouvidos, ainda pulsando por causa das discussões acaloradas, não estava esperando nada daquilo. Muito menos o silêncio sepulcral que se seguiu àquelas duas palavras. A vozinha tímida que as pronunciara, quase acanhada demais para falar, era doce e dolorida. Timóteo virou-se para ela. A criada de Lady Bibi, agachada no chão junto à patroa, encarava o inspetor com os olhos castanhos e cheios de lágrimas.

Não. Não podia ser. Como era mesmo o nome dela? Denise? Timóteo lembrava da mulher, lembrava de seu desespero genuíno quando Coralina Tulli fora encontrada morta. Encontrada por ela, inclusive.

– Eu dei o veneno para Coralina – a mulher repetiu.

Lady Tulli finalmente sucumbiu aos próprios nervos. Caiu desmaiada com a cara no sofá florido.

༺࿓༻

– Roubei um vidro de veneno da casa do senhor Marcel, no dia em que senhorita Francine foi tirar suas medidas – a mulher explicou.

Inspetor Timóteo a observou com um ar crítico. Enquanto Doutor Acácio acudia Lady Tulli, o inspetor havia sentado a criada em outra poltrona e exigido que a mulher falasse.

– Fiquei sozinha por alguns instantes – ela continuou. – Para fazer o chá. Vi o frasco em cima de uma mesa e pensei... pensei que poderia ser útil e que ninguém sentiria falta.

– Isso é plausível para você? – o inspetor perguntou a Marcel. O outro assumiu um tom solícito no mesmo instante.

– Sim, Denise esteve alguns minutos sozinha. E, de fato, tenho alguns frascos em meu sobrado, para fins de pesquisa, embora não tenha dado falta de nenhum deles em especial. Mas é uma possibilidade.

– E a senhorita? – Timóteo colocou as mãos para trás e virou-se para Francine, sentada a contragosto do outro lado da sala, braços cruzados e lábios franzidos.

– Nós estivemos lá e Denise fez o chá, mas não existe prova alguma de que ela tenha roubado nada. Marcel está manipulando vocês.

— Mas fui eu sim – a criada acrescentou depressa.

Timóteo esfregou o indicador pelo queixo, sentindo a barba pinicar. A urgência da mulher em ser considerada culpada o estava enervando. Já vira criminosos confessos antes: envoltos em névoas de loucura e psicopatia, pegos em flagrante ou encurralados pelas próprias investigações. Denise não se enquadrava em nenhuma daqueles casos. Ela não estava nem perto de ser pega.

— Por que deu o veneno para Coralina Tulli? – perguntou.

A mulher escondeu o rosto entre as mãos, a coluna envergada para frente. Suas costas começaram a subir e descer. Chorava. Talvez sentisse dor ao relembrar a cena do crime. Ou então estava tentando ganhar tempo.

— Por que assassinou Coralina Tulli? – ele repetiu a pergunta com mais firmeza.

— Porque ela pediu... – A mulher engoliu um soluço e o encarou com olhos suplicantes. Ao lado dele, Francine deixou escapar uma imprecação. Ela se remexia nervosa na cadeira, como se precisasse conter alguma coisa. Também parecia murmurar sozinha.

— A garota pediu para ser assassinada? – Timóteo ergueu uma sobrancelha.

— Ela estava com medo – respondeu a criada. – Do casamento. Da noite de núpcias. Ela era... uma criança. Estava com medo de sofrer.

— Ah, e por isso ela preferiu a morte? – O inspetor não conseguiu disfarçar o sarcasmo.

— Não. – Denise se encolheu. – Eu não sabia... não sabia que ia matar Cora. Nós queríamos apenas que... eu não sei, que ela passasse mal e pudesse ser deixada em paz naquela primeira noite. Então embebi seu vestido de noiva com o vidro que roubei. Ela era muito frágil para coisas de pele, e eu pensei... pensei...

A mulher desatou a chorar descontroladamente, incapaz de continuar.

Doutor Acácio atestou que o relato era plausível, e a confissão eliminava qualquer necessidade de testar o vestido enterrado.

Marcel também confirmou que Denise ficara sozinha com Coralina e o vestido para arrumá-la antes da cerimônia. Diante de todas aquelas novidades, o inspetor fatigado fechou os olhos e refletiu por um instante.

O comportamento daquela gente era absolutamente estranho. E ele estava cansado, sujo, dolorido, e só queria deixar aquela casa maluca para trás e se enfiar em uma tina de água quente com um ou dois tragos de bebida.

Olhou para senhorita Francine, que praticamente lhe suplicava com um olhar desolado, os cabelos desgrenhados e a capa puída. Suspirou longamente. Era hora de cumprir a lei, e nem sempre a lei era agradável. Enfiou uma mão no bolso interno da casaca, buscando pelo contato metálico das algemas. Estendeu o objeto para Denise. A criada levantou-se no mesmo instante, os pulsos trêmulos estendidos para a frente. Sabia o que estava por vir.

– Você não pode fazer isso! – senhorita Francine levantou-se e veio correndo na direção de Timóteo assim que a algema fora colocada. Ele tentou ser o mais delicado possível.

– Me desculpe, senhorita Francine – lamentou Denise. – Me desculpe. Eu não queria fazer mal a ninguém.

O inspetor conduziu a criada até a carruagem de Lady Bibi. Depois mandaria devolvê-la. Tinha certeza de que a dama desmaiada não se incomodaria. O cocheiro e o administrador da mansão ajudaram a colocar a prisioneira lá dentro, eles mesmos chorando baixinho. Outros rostos surgiram por detrás das sebes e janelas: o restante da criadagem da família Tulli.

– Peço que informem a Doutor Acácio que seus crimes serão reportados – o inspetor dirigiu-se ao administrador. O homem assentiu com a cabeça baixa. – Ele deverá aguardar um futuro julgamento do magistrado para decidir sua punição. No mais, o senhor Marcel deve procurar a delegacia para discutir a questão do galpão incendiado. Quero todas as escrituras e autorizações possíveis em cima da minha mesa.

O administrador continuou concordando sem emitir nenhum

som, e Timóteo viu-se obrigado a dar dois tapinhas rápidos no ombro do criado para consolá-lo.

— Vamos, homem, seja forte.

Antes que pudesse subir na carruagem, porém, senhorita Francine veio correndo do interior da casa, o rosto afogueado e inchado de tanto chorar. Ela tentou alcançar Denise, mas o inspetor a deteve mais uma vez.

A garota parecia terrivelmente afetada, e Timóteo sentiu uma culpa inexplicável se instalar no próprio peito. Estava no cumprimento da lei, mas por que seus instintos diziam o contrário? Já havia prendido um sem-número de pessoas, e no entanto...

— Nós emitiremos avisos sobre a inocência de Mister Ícaro — ele disse, em uma tentativa patética de diminuir o próprio desconforto e o dela. — Ele poderá voltar. Será um homem livre.

Mas se ela o ouviu, não lhe deu muita atenção. Preferiu puxá-lo para perto, pela lapela, mesmo que estivesse quase sem forças.

— Por favor — ela implorou. — O senhor precisa confiar em mim, inspetor. Você não sabe o mal que está fazendo. Denise é inocente.

— Senhorita... — Ele a afastou de si com gentileza. Não estava conseguindo pensar direito com ela naquele estado. — Estamos todos muito cansados. A mulher é uma ré confessa. Talvez seja melhor que a senhorita suba, tome um banho e troque essas roupas. Se houver alguma...

— Não, o senhor não entende. — Os olhos dela pareceram desfocados por um momento, correndo de um lado para o outro em um raciocínio particular. — Espere — ela murmurou. — *Ele decorou meu quarto*. Foi o que ela disse na carruagem, não foi?

— Senhorita... — Timóteo tentou se desvencilhar outra vez. Mas ela o agarrou pelo pulso com uma força sobrenatural.

— Teste o papel de parede — ela disse, categórica, quase febril. — Confie em mim, Timóteo, por favor, teste o papel de parede.

— Francine — o inspetor devolveu a cortesia de usar-lhe o primeiro nome, cobrindo a mão dela com a sua para retirá-la dali. — Eu sinto muito.

Com um esforço tremendo, ele deixou a mansão e tomou seu lugar na carruagem junto à mulher presa. O cocheiro de Lady Bibi incitou os cavalos. Durante todo o caminho, Timóteo tentou não pensar no desconforto que sentia. Certamente era fruto da exaustão. Mal conseguiu encarar os olhos vermelhos de Denise ao oferecer-lhe um lenço.

Capítulo 20

No qual se dá uma confissão verdadeira

FRANCINE APARECEU NA DELEGACIA tão logo o dia amanheceu. Lady Bibi não havia descido para o café da manhã. A bem da verdade, a tia não dissera sequer uma palavra para ela desde o dia anterior, preferindo se refugiar em silêncio no próprio quarto, um comportamento preocupante considerando a personalidade da dama.

Francine seguiu a pé, porque isso a ajudava a organizar as ideias e a espantar o sono de uma noite passada quase que completamente em claro, velando o choro de Coralina. A cidade lhe pareceu estranha, falsa, como um cenário de peça de teatro. Passou pelo sobrado amarelo de Marcel e pela casa de cercas brancas de Doutor Acácio, ambas sem o menor sinal de movimentação. Casinhas de papel dispostas sobre um imenso tabuleiro. Alcançou as ruas do comércio e andou ao longo da praça, ouvindo o som dos passarinhos e o ranger das dobradiças das lojas sendo preparadas para mais um dia de consumo. A fofoca se espalharia como pólvora assim que os primeiros criados saíssem para as compras e o primeiro leiteiro batesse à primeira porta. Talvez a notícia estampasse os jornais do dia seguinte. Conseguia imaginar as prensas girando, e o tipo de manchete que seria distribuída na cidade.

Ela alcançou o prédio da delegacia e entrou devagar, em silêncio, olhando ao redor. Queria evitar encontrar o inspetor, pois ele com certeza a mandaria dar meia-volta. E Francine até podia ter uma ou duas palavras a dizer para ele sobre a noite anterior, mas preferia guardá-las em prol de uma missão mais importante: precisava dar um jeito de falar com Denise. Precisava arrancar a verdade da mulher, precisava ter certeza de que ela e a prima fantasma não tinham simplesmente enlouquecido de vez. Denise não era, nem nunca fora, o tipo de pessoa que envenena menininhas. Mesmo por acidente.

Por sorte, não havia sinal de que o inspetor estivesse em serviço (ele não tinha modos de quem acordava cedo, e aquele fora um dos inúmeros motivos que levaram Francine a escolher o período da manhã). A delegacia estava silenciosa e sonolenta. Apenas um policial a espreitava por trás do balcão, sentado preguiçosamente com as mãos sobre a barriga.

— Bom dia — ela disse, forçando um minúsculo sorriso de educação. — Gostaria de falar com a mulher que recebeu voz de prisão ontem.

— A louca? — o policial perguntou, e Francine crispou os lábios em resposta.

— Ela não é louca.

— A senhorita não veio arrumar problemas, veio? — Ele suspirou e inclinou-se para trás na cadeira. — Inspetor Timóteo me alertou sobre você. Não pode atacar a detenta nem fazer justiça com as próprias mãos, está ouvindo?

— Quero apenas conversar.

O policial ficou encarando a garota, desconfiado. Mordiscava a parte interna das bochechas de um jeito irritante.

— Está bem — ele disse por fim. — Mas que a senhorita se comporte, ou o inspetor fará da minha vida um inferno.

Francine foi conduzida aos fundos da delegacia, a parte feia e cercada de grades que não era visível do balcão de entrada. Não era lá muito grande, dado que a cidade não esperava mesmo manter um grande número de condenados (a maioria era submetida aos trabalhos forçados nos navios, e os realmente perigosos eram enviados à Coroa para serem enforcados). Ainda assim, era úmido, escuro e desolador o suficiente para que Francine sentisse arrepios.

Denise era a única pessoa ali. Estava sentada em um banco de pedra colado à parede da cela, cabisbaixa, ainda usando as roupas do dia anterior. Ela não ousou erguer os olhos do chão quando o policial anunciou a visita, e não falou nada quando Francine apoiou as mãos nas grades.

O policial se virou para ir embora e deixá-las a sós.

— Não chegue muito perto — ele alertou antes de sair. — Com gente amalucada, nunca se sabe... E não demore.

Francine segurou a barra das saias junto ao corpo e se agachou ao lado da grade. Não queria de forma alguma que Denise entendesse sua visita como uma recriminação.

— Denise — ela chamou baixinho. — Denise, estão te tratando bem?

A mulher soluçou ao ouvir o próprio nome e se encolheu ainda mais contra a pedra.

— Denise, sou eu, Francine — a garota tentou outra vez, tentando imprimir o máximo de doçura às palavras. — Vamos lá, sei que não foi você. Nunca faria mal a Coralina...

A mulher soluçou ainda mais alto, mais fundo. Francine encostou a testa nas barras de ferro.

— Denise... — Aquela era sua única cartada. Passara a madrugada inteira ruminando aquilo. — Eu sei que foi Marcel. E acredito que você também saiba. Não vou sair daqui até que me diga a verdade.

As lamúrias da mulher começaram a cessar. Ela ergueu os olhos para a jovem, e Francine assustou-se com a aparência de Denise, sempre tão cheia de vida e bondade. Agora, parecia apenas um fiapo, com os ombros caídos e o cabelo ressecado saindo pelas laterais do penteado.

— Eu não posso... — ela respondeu com uma voz rouca e distante.

— Somos só nós duas aqui — Francine argumentou. — Nada no mundo me fará acreditar que você não está acobertando Marcel, ainda que eu não tenha como provar. Mas eu preciso, pelo menos, entender os seus motivos. Por favor, Denise, você deve a verdade a Coralina.

Lágrimas grossas deixavam trilhas na pele da mulher. Do outro lado, Francine sofria em agonia, dividida entre a angústia e a compaixão.

— Se você quiser passar o resto dos seus dias em uma prisão, Denise, essa é uma escolha sua. Enquanto for ré confessa de um crime, Inspetor Timóteo não dará ouvidos a nenhuma outra versão. Mas você não tem parentes, não tem família... quer mesmo que a sua história suma sem nunca ser contada? Por favor... por favor. Se você um dia já amou minha prima, por favor, explique para mim o que está acontecendo.

Denise ergueu as mãos para limpar o rosto. A mulher presa chegou mais perto das grades. Sentou-se no chão, de frente para Francine, e apoiou o ombro esquerdo contra as barras. O metal carcomido rangeu. Com os olhos anuviados fixados em um ponto qualquer, ela sussurrou, distante como em um sonho:

— Eu nunca devia ter abandonado o meu menino.

— Seu menino?

— Marcel... — Um soluço sentido subiu pela garganta da mulher. — Marcel é meu filho.

Francine só não caiu sentada porque já estava agachada e apoiada nas grades, mas seu mundo realmente pareceu girar naquele momento.

— Não estou entendendo — ela murmurou, confusa, piscando os olhos mais vezes do que o necessário, como se aquilo pudesse clarear sua visão das coisas. Apertou as barras de ferro: era necessário sentir que ainda havia algo de sólido no mundo. — Marcel não pode ser seu filho, ele... ele foi achado na rua.

Mas Denise sorriu para ela com seu semblante cansado, e de repente as similaridades foram percebidas, como se um véu fosse retirado do rosto de Francine. Ela nunca poderia fazer uma associação como aquela por conta própria, mas, agora que lhe fora sugerido... aqueles olhos, aquela pele, o modo como os cantinhos da boca se curvavam para cima e faziam covinhas...

— Não... — A garota afastou o rosto da grade, categórica. — Não pode ser.

Até porque, se Denise fosse mesmo a mãe de Marcel, isso significava que tivera o bebê ainda muito jovem. Eles não tinham idades afastadas o suficiente para serem mãe e filho. Para que a história fosse verdadeira, Denise precisava ter engravidado com mais ou menos uns...

— Eu era muito nova quando aconteceu — ela confirmou, como se lhe adivinhasse os pensamentos. — Tinha ainda menos idade do que a menina Coralina e, como a senhorita pode imaginar... eu não sabia nada da vida.

Francine engoliu em seco.

— Eu havia acabado de perder os meus pais, estava sozinha no mundo. O falecido Lorde Tulli apiedou-se da minha situação e me ofereceu uma posição para continuar na casa, na cozinha. Eu não sabia fazer muita coisa, mas fui aprendendo. Aí passei para arrumadeira e daí por diante. Os Tulli sempre foram muito bons para mim.

Denise interrompeu a si mesma com uma nova onda de choro, escondendo o rosto na curva do braço. Francine passou a mão pela grade para consolá-la, afagando os ombros da mulher. Se havia trabalhado por tanto tempo para a família da tia, isso significava que Denise fora acolhida antes de ter o bebê. O que era estranho, pois, conhecendo os Tulli, eles jamais deixariam de apoiar ao menos financeiramente uma jovem criada grávida.

— Denise... — ela chamou delicadamente, porque só havia uma explicação possível. — Quem é o pai de Marcel? Não é um homem qualquer, certo?

A camareira ergueu um olhar assustado para ela.

— Eu não tinha ideia de que ele fosse tão ruim, senhorita — a mulher apressou-se a justificar. — Se eu soubesse, eu nunca... ele...

— Ele quem?

Denise tremia.

— Lorde Edmundo.

Francine se engasgou com a própria saliva e gastou alguns segundos tossindo e recuperando o fôlego antes de conseguir perguntar:

— Lorde Edmundo é o pai de Marcel?

Denise confirmou com um aceno tímido de cabeça.

— Mas, Denise... — Francine a censurou de forma gentil. — Como uma coisa assim foi acontecer?

Dessa vez, a mulher continuou falando. As palavras saíram rápidas, como se despejadas por uma torneira de culpa. Palavras havia muito tempo guardadas.

— Eu era tão sozinha, e sentia muita falta de ter uma família. E então aquele homem lindo e manchão começou a falar comigo e a aparecer de surpresa enquanto eu levava os lençóis para arear no pátio... Ninguém sabia, e eu não podia contar para ninguém porque ele e o patrão não se davam nada bem. Mas ele era tão bom comigo. Dizia gostar do meu cabelo, do meu jeito mareano de falar... Era como um príncipe encantado. Minha tábua de salvação.

Francine era incapaz de imaginar Lorde Edmundo sendo agradável com qualquer ser humano, muito menos com uma criada órfã e de tão pouca idade.

– Ele vinha e fazia perguntas. Perguntas sobre mim, sobre a rotina da casa, sobre o patrão. E eu... tão tola! Respondia tudo, porque ele sempre dizia que eu era bonita e que gostava da minha voz. Falava em casamento.

– Ele a usou – Francine colocou em palavras o que a mulher não conseguia. – Para obter informações.

– Eu não entendia o que era a política naquela idade. – O semblante de Denise era um poço de constrangimento. – Só fiquei sabendo que Lorde Edmundo estava concorrendo contra Lorde Tulli no controle de Portomar quando já era tarde demais. Quando... quando descobri sobre o bebê.

– A minha tia soube da sua gravidez?

Denise negou imediatamente.

– Era vergonha demais, senhorita... – ela choramingou. – Fazer isso com eles depois de terem me acolhido. Quando descobri que estava de barriga, pedi demissão. Sua tia havia acabado de se casar, e Lorde Edmundo também. Inventei uma história sobre outro emprego, peguei minhas coisas, subi no trem e fui para o interior da ilha procurar trabalho nas plantações de cana. Não tinha uma moeda no bolso quando cheguei lá, mas não podia aceitar tanta vergonha. Quando Marcel nasceu, senhorita, eu mal tinha leite, de tanta fome que a gente passava. A vida é difícil para uma mulher pobre e solteira com um filho, sabe? As pessoas pensam muito mal...

Francine notou que também começara a chorar, um sentimento similar ao que experimentara com relação às mulheres mortas no canal. Era um absurdo que aquela mulher estivesse ali algemada como um malfeitor qualquer. De que ela poderia ser culpada?

– Eu sinto muito – foi a única coisa que conseguiu dizer, porque qualquer outra coisa teria soado falsa ou pedante. Denise assentiu.

– Chegou um dia em que o meu menino precisava de comida, e eu não tinha nada para dar. E ele chorou e chorou, até eu me desesperar junto. Eu não sabia o que fazer, senhorita. Eu não queria abrir mão do meu bebê, mas eu não sabia mais o que fazer.

— Você chegou a procurar Lorde Edmundo para contar do filho?

Mais uma vez, Denise negou com veemência.

— Seria vergonha demais. Se Lorde Tulli descobrisse...

Francine suspirou. Era de fato improvável que Lorde Edmundo fosse assumir ou sequer prover um herdeiro bastardo. Não pôde deixar de notar a ironia daquilo: Marcel e Lorde Edmundo discutindo na mesa do jantar. Línguas de navalha, perspicácia de raposa, pai e filho sentados frente a frente sem jamais suspeitar da ligação de sangue que os unia. O herdeiro da família mais tradicional do arquipélago, um órfão mareano de sangue e alma.

— De qualquer forma... — Denise ergueu os olhos para o teto escuro da prisão. — Acabei deixando o menino em um orfanato de freiras. Não aguentei. Eu o abandonei.

Denise respirou fundo, e Francine não saberia dizer se era de alívio pela confissão.

— As freiras não permitiam que eu o visitasse, sabe? — Ela deu uma risada amarga, cheia de dor. — Diziam que atrapalharia as chances de o menino ser adotado. Então eu fui embora e pedi meu emprego de volta para Lady Bibiana. Mas eu dava um jeito de ficar de olho nele, de longe. Nas minhas folgas, eu ia até lá para ver Marcel brincar no pátio com as outras crianças. Mas nunca falei com ele. E então nasceu Coralina, e eu me senti muito malvada por amar tanto a menina.

— Você não devia se cobrar desse jeito. — Francine a acarinhou novamente no ombro. — Fez o que pôde para que seu filho fosse alimentado e tivesse um teto. Talvez Lorde Edmundo a tenha levado a cometer um erro, mas você fez o melhor que pôde por Marcel. Você era muito jovem...

Denise sorriu, ainda encarando o teto.

— A gente espera que as mulheres de Deus pareçam com anjos, não é? Mas não é bem assim.

— O que quer dizer?

— As freiras — respondeu Denise. — Colocavam aquelas crianças para trabalhar dia e noite feito cães. No fim das contas, um orfanato não passa de um cortiço de crianças. E um dia... puseram meu menino para fora.

— Elas expulsaram Marcel? — Francine achava que não poderia se surpreender mais com aquela história.

— Você sabe como ele é. — Uma pontinha de orgulho materno insinuou-se em meio à tristeza. — Não mudou muito desde criança. Marcel brigava, e era ardiloso. Sempre que eu o via, estava com um olho roxo ou com marcas de mordidas nos braços.

Sim, Francine era capaz de imaginar aquilo.

— Fiquei muito preocupada quando descobri que Marcel não estava mais com as freiras. Demorei para encontrar ele. Quando consegui, o danadinho estava se virando melhor do que eu. Tinha dado um jeito de aprender a fazer sapatos. Engraxava e vendia sapatos de dia, costurava à noite. Percebi que era muito esperto.

— E então você armou para que minha tia o encontrasse.

Denise comprimiu os lábios.

— Agora você já conhece os meus crimes.

Francine suspirou. Levantou-se da posição incômoda e deu alguns passos pelo corredor entre as celas a fim de recuperar a circulação.

— Ainda assim — ela falou, pensativa —, não é justo que você pague pelos malfeitos do seu filho. É uma pena que Marcel tenha atravessado uma infância tão dura, mas ele já era um homem adulto quando criou seu pigmento. Ele tinha consciência dos riscos.

— A senhorita não entende, não é?

— Não, não entendo mesmo, Denise.

A mulher também ficou de pé, espremendo o rosto pelo vão das barras de ferro.

— Eu era uma órfã sem família e escolhi a mesma vida para o meu filho. Se eu o tivesse amado, se tivesse lhe dado educação... nada disso teria acontecido.

— Isso não é culpa sua, Denise.

— Eu preciso pagar pelo que fiz com ele — a camareira falava com os olhos cerrados, o rosto já marcado pela pressão das barras de ferro. — Preciso pagar pelos meus erros.

— E você acha correto que o assassino de Coralina escape impune? Que Marcel continue envenenando outras pessoas?

— Eu acabei de perder uma filha, senhorita. Não me obrigue a perder o filho também.

Francine viu-se amarga.

– Por Deus, mulher, eles vão enviar você a um manicômio! Mais pessoas vão adoecer e morrer. Você vai passar o resto da vida sendo tratada como incapaz e pagando pelos crimes de outra pessoa!

– Eu não me importo. – Denise deu de ombros, e Francine quase foi à loucura.

– Mas...

– A senhorita precisa prometer que nunca usará esta conversa para incriminar Marcel. – Denise a fitou com seriedade. – Tem de prometer. A senhorita queria a verdade e a obteve. Mas precisa manter segredo, como se estivéssemos na igreja sob o juramento da confissão.

– Este segredo não é meu para contar – Francine acabou respondendo, derrotada, ainda que seus ouvidos zumbissem ante à injustiça. – Mas não posso prometer nada mais que isso. Marcel precisa pagar por seus crimes, e não vou descansar até que isso aconteça. Não usarei uma palavra do que foi dito aqui. Mas é só.

Denise pareceu achar suficiente, pois concordou e afrouxou a pressão que fazia nas grades da cela.

– Obrigada, senhorita.

– Não me agradeça. Não concordo em nada com o que está fazendo. Você é inocente, Denise, e Marcel é um criminoso.

– A senhorita devia ir para casa agora – disse ela. – Não quero que Lady Bibiana saiba que esteve aqui. Ela já vai precisar enfrentar muita coisa, a minha pobre patroa.

Francine sentia-se incapaz de dar meia-volta e ir embora. Aquela podia ser a última vez que via Denise.

– Eu só queria dizer que... – A garota engoliu em seco, pois parecia haver uma bola entalada em sua garganta. – Eu só queria dizer que, esteja onde estiver, tenho certeza de que Coralina a perdoa. Que ela... acabaria entendendo. Mesmo que eu não entenda.

Lágrimas voltaram a escorrer pelo rosto da mulher presa.

– Obrigada, senhorita Francine. Rezo para que um dia eu possa encontrar a menina Coralina de novo, e pedir perdão.

Francine esfregou o rosto, sentindo-se completamente esgotada.

– Sabe – ela resolveu arriscar uma última cartada. – Coralina também não desejaria ver você presa. Ou a própria mãe morta. Você era muito especial para ela, Denise. Ela ia querer vocês duas felizes.

Denise sorriu, e, por um momento, Francine reconheceu o olhar bondoso da mulher que lhe trazia bolinhos de chuva no café da manhã e que lhe penteava os cabelos com tanto amor. Mas durou apenas um segundo.

– Adeus, senhorita.

Oitavo Interlúdio

Carta Aberta à Associação de Ladies pela Família e pelo Progresso.

Venho por meio desta denunciar uma série de atos vis que acabaram por culminar na trágica morte de uma menina inocente.

Os desdobramentos que levaram a esta situação devem ser expostos em seu início, muitos anos atrás, quando Lady Bibiana Tulli trouxe sob sua tutela um menino talentoso que encontrou a fazer sapatos na rua. O menino, Marcel, do conhecimento de todas nesta associação, floresceu sob os cuidados de Lady Tulli, demonstrando criatividade e tino para os negócios.

Anos depois, Marcel desenvolveu um pigmento alquímico, tendo-o aplicado em sua tinturaria. O dito pigmento, batizado como Verde-Marcel, tornou-se marca maior de sua alta-costura. Para atrair o público e atestar sua exclusividade, o Verde-Marcel teve seu uso reservado à família Tulli, especialmente à herdeira Coralina Tulli, que ostentava belíssimos vestidos em cor verde, causando furor na sociedade.

Infelizmente, o pigmento tem origem infame. Sua composição é baseada em arsênico, substância extremamente venenosa, capaz de causar terríveis efeitos em suas vítimas. Dentre elas, as mulheres trabalhadoras da tinturaria.

Dois casos de morte súbita foram registrados pela polícia do outro lado do canal. Ambas as vítimas, mulheres humildes e de poucas conexões, tiveram suas mortes rudemente ignoradas pela polícia e por seu inspetor local, ainda que os sintomas apresentados pelas vítimas tenham sido similares e, no mínimo, curiosos. É uma lástima que a vida dos moradores desta cidade seja pesada e medida apenas por sua posição social. Ambas as mulheres trabalharam de forma temporária na tinturaria do senhor Marcel, onde um enorme acervo de frascos de arsênico era mantido em segredo.

Sendo uma substância extremamente perigosa, o arsênico conserva suas propriedades malignas mesmo após aplicado. Dia após dia, a jovem Coralina Tulli foi exposta ao veneno que fora absorvido por sua própria pele. É de conhecimento geral que a saúde da herdeira dos Tulli degenerou-se nos últimos tempos. Coralina sofria de mazelas múltiplas, remediadas pelos cuidados paliativos do médico da família, Doutor Acácio. O médico mostrou-se incapaz de reconhecer o verdadeiro mal que afligia a menina, afinal, quem poderia supor tamanha vilania escondida no seio de uma família querida?

Coralina Tulli teve sua juventude e sua saúde roubadas pelo senhor Marcel, que ganhou honra e fama às suas custas. Definhando, foi levada ao altar completamente vestida em verde, um duro golpe que mais tarde se provaria fatal.

É com pesar que afirmo: Coralina Tulli foi assassinada pelo senhor Marcel, dito modista, se não deliberadamente, ao menos por profunda e irresponsável omissão. Pois afirmo também, aqui e agora, que o dito modista tinha total conhecimento sobre as consequências nefastas de sua criação.

É preciso que haja justiça. É preciso que o senhor Marcel pague por seus crimes. Sobretudo, é preciso que façamos jus à memória dessas mulheres arruinadas, bem como da mulher que cumpre pena em seu lugar aos olhos da lei. Precisamos evitar que novas vítimas sejam criadas.

Rogo às estimadas ladies desta associação que clamem pela justiça. Que pressionem as autoridades policiais quanto às medidas cabíveis. Que deixem de consumir o pigmento mortal. Que alertem parentes e conhecidos acerca dos malefícios da tinturaria alquímica.

Tenho fé de que esta associação, que afirma defender a família e o progresso, defenda de fato todas as famílias e um progresso que beneficie toda a população em Portomar. Não podemos tolerar ameaças em nome da beleza e da futilidade. Por mais sedutores que possam parecer os encantos da alta-costura, é preciso ter cuidado e enxergá-los pelo que são.

Deixo aqui meu mais digno apelo. Confio no julgamento de vossas senhorias, vós que representam um marco de civilidade e bom senso para esta sociedade.

Capítulo 21

No qual Lady Bibi faz um pedido

DEMOROU APENAS O TEMPO de o primeiro menino vender o primeiro jornal para que Lady Bibi chamasse a sobrinha aos gritos em seu escritório. Sem a mediação de criados, sem um convite formal. Apenas aos gritos mesmo, e sua voz ecoou forte por toda a mansão.

Não havia necessidade de explicar o motivo. Quando Francine fechou a porta do escritório e encarou a tia, jurando para si mesma que, não importava o que acontecesse ali, permaneceria calma e assertiva, Lady Bibi estava de pé atrás da escrivaninha, com a carta para a associação de ladies aberta em suas mãos.

Francine também não perdeu tempo com formalidades. Puxou para si a cadeira e sentou-se em silêncio de frente para a dona da casa, mãos no colo e postura ereta. Estar ali naquela sala a deixou com a estranha sensação de que seria interrogada novamente. E não sabia dizer ao certo quem era o mais intimidador: se Inspetor Timóteo com toda aquela empáfia ou sua tia com o rosto vermelho prestes a torcer o pescoço de alguém.

— Me diga que não foi você. — Lady Bibi optou por ir direto ao ponto, chacoalhando a página de jornal na altura dos olhos da sobrinha. — Me diga que você não fez uma asneira como essa!

Francine se permitiu um pequeno instante para umedecer os lábios e desfrutar da calmaria antes que sua resposta fizesse Lady Tulli perder os eixos. Finalmente, acabou dizendo:

— As pessoas precisam conhecer a verdadeira versão dos fatos.

Como previsto, a tia sibilou e chiou, rindo com escárnio e fazendo o vermelho do rosto descer também para o pescoço e para o colo. Ela trocava sem parar o pé de apoio, parecia estar dançando sem sair do lugar.

— Verdadeira versão dos fatos? — Lady Bibi repetiu em voz alta, fitando as paredes com um olhar incrédulo. — E quem é você para determinar a verdadeira versão dos fatos? A polícia?

— Denise é inocente. A senhora devia saber disso tanto quanto eu, já que a empregou por vários anos — Francine rebateu.

— Oh, o falatório! — A tia levou as mãos à cabeça sem ouvir a sobrinha. — A vergonha, a falta de decoro! Uma jovem solteira rebelde que envergonha toda uma linhagem e se presta a escrever cartas para um jornal! Que corre nua por aí e explode galpões. O que vão dizer? Que não tenho pulso firme para manter uma jovem em seu lugar? E isto em meio à crise da morte de Coralina? Estou arruinada!

— Minha tia, a senhora está exagerando. Não há vergonha nessa história que já não tenha sido causada... Coralina foi encontrada morta!

— Escute aqui, mocinha. — Lady Bibi ergueu o dedo para ela. — Eu até poderia perdoar tamanha falta de juízo. Poderia mesmo. Poderia colocar a culpa na péssima educação que seu pai deve ter lhe dado, poderia dizer que você não teve bons modelos ou que se deixou quebrar após a perda da prima...

— A senhora está me ofendendo.

— Eu poderia até — a outra sobrepôs a voz para ignorar os protestos da sobrinha — compreender que você ainda é jovem demais e pouco vivida para ter discernimento. Uma jovem tola e impressionável fazendo conjecturas tolas e impressionáveis. Que se deixa levar por fantasias de heroísmo. Por falsas paixões e homens de sorriso bonito. Tudo bem. Até acredito que possa ter tido boas intenções por trás de toda essa patacoada. Mas isso não lhe dá o direito de manchar completamente a reputação desta casa perante a sociedade! — Lady Bibi gesticulava com o dedo a centímetros de Francine. — Uma carta ao jornal! Endereçada a todas as pessoas cuja opinião vale de alguma coisa nessa cidade! Ora, francamente...

— A senhora está apadrinhando um assassino! — Francine ergueu-se da cadeira. — Está defendendo o homem que envenenou sua filha!

— CALE-SE! — berrou Lady Bibi, apoiando os punhos no tampo da escrivaninha.

Francine travou no mesmo instante, incapaz de conter um traço de medo. Não esperava agressividade por parte da tia. Muito drama e muitas acusações, sim. Mas não aquilo. A própria Lady Tulli pareceu assustar-se com seu destempero, pois afastou-se, de olhos fechados e mão na testa, suspirando.

— Você me tira do sério — ela murmurou, e de repente uma lágrima solitária escorreu pela lateral de sua bochecha. — Oh, Francine... eu tinha tantos planos para você...

— Eu sinto muito — respondeu a garota —, mas não posso acobertar Marcel. Coralina não merece isso.

Lady Bibi limpou a lágrima do rosto e deu uma fungada sentida.

— Não fale na minha menina. Não quero o nome dela na sua boca. Dói demais.

Francine comprimiu os lábios, sem paciência.

— Quando eu trouxe você pra cá... — A tia fungou novamente. — Achei que poderia transformar você em uma dama. Achei que poderia torná-la respeitável o suficiente para arranjar um casamento adequado. Não alguém de posição muito elevada, claro, isso não seria possível para alguém como você, mas nada menos do que um casamento respeitável.

Francine ia engolindo em seco conforme a mulher falava. Mal a reconhecia como parente. Mal a reconhecia como a moça de fazenda que, por um golpe de sorte, casara-se com um dos lordes da região. Lady Bibiana se mostrava tão parecida com Lorde Edmundo... com o jeito mesquinho de pensar nas pessoas daquela cidade, que estava prestes a causar-lhe arrepios.

— Cheguei mesmo a pensar que você se casaria com Marcel — a tia riu, para completo horror of Francine. — Vocês pareciam se dar bem... Imagine só, meus dois pupilos juntos. Seria muito adequado, e muito afortunado para Coralina. Quando chamei você, pensei muito em minha filha. Na solidão que ela vivenciava nesta casa. Precisava arranjar para ela uma irmã, alguém que pudesse auxiliá-la quando eu partisse desse mundo. Coralina estava destinada à grandeza. — Lady Bibi suspirou, com um olhar sonhador perdido em pensamentos. Porém, uma nuvem cruzou-lhe as feições. — Quem diria que minha menina seria arrancada de mim tão cedo...

— Eu jamais me casaria com Marcel — respondeu Francine. — A senhora está afogada em suas vaidades de beneficência. Esse menino que você salvou tornou-se uma cobra em seu próprio lar.

— Você poderia ter sido uma nova filha para mim, Francine — comentou a tia, ainda com a voz distante. Parecia falar com as paredes, como se a sobrinha não estivesse ali. — Mas, de você, só recebo um poço de ingratidão...

— Ingratidão?! — A garota estava incrédula. — Mas se até este exato minuto estou sendo completamente leal à senhora!

— Não vejo como me envergonhar perante todos que considero possa ser uma expressão de lealdade — a velha senhora rebateu, e, para Francine, aquela foi a gota d'água.

— A senhora só se importa com o que os outros vão pensar? Só se importa com a sua reputação e não com a causa da morte da sua filha?

— A polícia já tem uma confissão, você está delirando.

— Denise é inocente! — Francine repetiu entre dentes, tentando não gritar.

Novamente, a tia fez pouco caso. Estava ficando bastante nervosa.

— Denise não tinha o menor motivo para confessar algo no lugar de Marcel. Você está sendo tola. Uma grande tola!

— Você precisa acreditar em mim!

— Fui traída pela minha própria criada de confiança, menina. Desculpe se estou um tanto desacreditada das pessoas...

— Meu Deus... — Francine enterrou as unhas nas laterais do rosto, puxou cachos dos cabelos. Queria chacoalhar a tia, abrir-lhe os olhos nem que fosse à força. — Como você pode ser tão obtusa! Está tudo bem na sua frente!

— Não admito que fale comigo assim! Você é um poço de palavras vis! — A tia voltou a se apoiar na mesa. — Eu praticamente criei aquele menino, e o criei muito bem. Assim como criei Coralina. Coloco a mão no fogo por ambos. Já você, não conheço a procedência...

— Sou filha do seu irmão, sua burra deslumbrada! — Francine deixou escapar, e se arrependeu no mesmo instante. Mordeu a língua e olhou para o chão.

Lady Bibiana Tulli respirou fundo, colocou as mãos na cintura e aquiesceu calmamente. Ainda fervia de ódio, visto que seu rosto inteiro estava vermelho como um tomate, mas a ira fora substituída por um perigoso borbulhar em fogo baixo.

– Suspeitei que você pudesse revelar a sua verdadeira face – disse a tia, em um tom frio e desapaixonado. – Desde que se revelou aliada de Mister Ícaro, outra grande decepção em minha vida, suspeitei que você pudesse não ser boa coisa. É ardilosa, maldosa. Ousou roubar minha carruagem na calada da noite. Causou um incêndio para atrapalhar a polícia. Não tem o mínimo respeito pela minha dor ou pela memória da própria prima.

– Isso não é verdade – Francine fez questão de dizer, ainda que os olhos fixos nos pés da escrivaninha tivessem de fazer força para não chorar.

– Você é nociva e falsa, assim como Denise. Pessoas tão próximas a mim e tão decepcionantes! Tenho pena do meu irmão por ter que criar você. Agora entendo por que não debutou, e Deus é testemunha de que eu devia ter ouvido Valentim...

As duas ficaram em silêncio, um abismo enorme de mágoa separando-as. Francine não sabia se a outra mulher chorava, pois não ousava erguer a cabeça e encará-la, mas ela própria se sentia derrotada. Não havia vencedor ou perdedor em uma discussão como aquela. Apenas dores e ressentimentos, que encontrariam seu caminho e aninhariam-se para sempre no coração de ambas. Francine tentou permanecer firme, mas nada mais parecia real. Talvez, dali a pouco, ela acordasse em sua cama de lençóis brancos, e Coralina viesse para lhe contar sobre a noite de núpcias, com bochechas rubras de vergonha. Ou talvez ela acordasse em sua cama na fazenda, e a mãe viesse lhe contar uma história, e os irmãos a atrapalhariam e a fariam rir. E talvez Coralina não fosse um fantasma, e sim uma menina.

Lady Bibi voltou a falar:

– Eu tomei uma decisão, Francine. Olhe para mim.

A garota ergueu o rosto devagar. Viu na tia uma completa estranha.

– Foi um erro trazer você para cá. Um erro terrível. Mas você é minha sobrinha, e não há nada que eu possa fazer sobre isso, de modo que acho melhor esquecermos tudo isso.

Francine franziu as sobrancelhas.

— Quero que vá embora – explicou a tia, simples e diretamente. – Quero que faça as malas e volte para seu pai. Peço que se esqueça de que um dia esteve aqui. Esqueça que os últimos meses existiram. De minha parte, tentarei esquecer você também.

Francine arquejou. Não é que não estivesse esperando por algo assim. Como poderiam conviver sob o mesmo teto depois de tudo aquilo? Mas também não esperava por uma ordem de despejo tão sucinta.

— Não se preocupe – foi o que conseguiu responder para a dona da casa. – Partirei para a estação de trem agora mesmo. Não preciso de ajuda ou de companhia. Da senhora não quero mais nada. Peço, contudo, que a carruagem me seja cedida, para que carregue minhas malas. Por gentileza.

— Assim será feito – assentiu Lady Bibi. – Assim você não precisará roubá-la.

Francine aquiesceu em silêncio. Não tinham mais nada para dizer uma à outra. Sentindo um peso imenso no peito, a garota virou-se para a porta, alisou as saias do vestido, juntou castamente as mãos na frente do corpo e rumou para a saída.

Ao girar a maçaneta, a voz de Lady Bibi fez com que se virasse.

— Espero que seja feliz, Francine – disse a tia, mas sua voz não carregava nenhum carinho. – Mande lembranças ao seu pai e aos seus irmãos.

— Espero que um dia consiga ser feliz, Lady Bibiana.

E assim Francine saiu do escritório e da vida da família Tulli. Sob o olhar aterrorizado dos criados, subiu as escadas e começou a revirar seus pertences no baú aos pés da cama, recebendo protestos do fantasma. Minutos antes, Francine pensara não reconhecer mais a tia. Porém, para ser justa, também não reconhecia mais a si mesma. Talvez tudo estivesse lá desde o início, ela apenas não conseguira ver.

Capítulo 22

No qual Francine se despede

A ESTAÇÃO DE TREM estava tão esfumaçada e apinhada de gente quanto no dia de sua chegada. Mas Francine dificilmente poderia se considerar a mesma, e sua percepção mudara junto. Onde antes enxergava o progresso e as promessas de um novo mundo, agora só via sujeira e disparidades. Para cada malão de couro que passava rumo ao bagageiro, um rosto sujo, magro e certamente mareano o arrastava. Para cada lenço impecavelmente alvo nas mãos das senhoras, um composto químico diferente subia com o cheiro das chaminés, queimando nariz e garganta.

Francine carregava sua única mala como um fardo pendurado ao lado do corpo, talvez menos pelo peso e mais pelo que significava para ela. Não fora nada fácil deixar a prima para trás.

A menina fantasma havia se debatido, espermeando e choramingando, fazendo de tudo para que Francine ficasse. Mas era um ser incorpóreo, e não teria forças para segurar a enorme obstinação da prima. Francine estava irredutível e não poderia perder mais um único minuto naquela mansão. Cumprira sua promessa, desvendara o assassinato. Se ninguém queria acreditar nela, ora, a garota seria de maior utilidade trabalhando na fazenda, onde pelo menos estaria cercada por pessoas de confiança.

Tentou persuadir Coralina a acompanhá-la, mas também não conseguiu. "*O que há aqui para você?*", ela havia perguntado, e a menina fantasma nada respondera. Apenas ficara parada no quarto, com suas lágrimas de fumaça escorrendo pelo rosto e sumindo no vazio.

Com uma expressão dura, recusando-se a chorar, Francine

desviou das pessoas na estação e aproximou-se dos cubículos de madeira enfileirados onde eram vendidas as passagens. As pessoas olhavam para ela na fila.

— Apenas um bilhete? — perguntou o senhor grisalho que a atendia por trás do balcão.

— Só de ida — ela murmurou, fria como gelo.

O homem lhe lançou um olhar intrigado por cima dos óculos, mas não fez mais nenhum comentário. Francine recebeu a passagem, impressa em um pequeno retângulo de papel, e dirigiu-se para a plataforma do trem. Apertava os olhos para tentar ler o bilhete, procurando a fila de embarque, quando ouviu seu nome ser chamado.

— É muito inapropriado uma donzela como você estar sozinha por aqui. O que as pessoas vão pensar?

A voz fez Francine estancar. Com um misto de fúria e incredulidade, ela girou nos calcanhares para encarar o rosto sorridente e debochado de Marcel. Antes que pudesse reagir, ele ergueu o dedo indicador para ela.

— Ah, ah... Não faça cena. Sua reputação está por um fio, lembra? É mais fácil que a levem amarrada para a delegacia do que a mim.

— O que está fazendo aqui? — Francine perguntou, rangendo os dentes, apertando o puxador da mala com mais força do que deveria e odiando que ele estivesse certo em sua afirmação.

O sorriso dele alargou-se ainda mais. Marcel enrolou as laterais dos bigodes demoradamente, analisando-a. Ele usava sua casaca cor de vinho e estava, como sempre, impecável. Não parecia nadinha abalado com os acontecimentos recentes. Por fim, ele colocou as duas mãos atrás das costas e inclinou-se em uma falsa reverência para ela.

— Vim me despedir de minha quase noiva, é claro. Uma pena que esteja de partida. Lady Bibi faria muito gosto de nossa união.

Francine emitiu uma nota de escárnio.

— E é claro que você não hesitaria em fazer as vontades de minha tia — provocou Francine. — Sendo tão leal quanto diz ser.

Ele riu e deu de ombros.

— Neste caso, não seria necessário recorrer à lealdade — O olhar dele aprofundou-se de uma forma intimidadora. — Eu teria aceitado de bom grado.

— Você só pode estar brincando — Francine sibilou. — Veio tripudiar de mim?

Novamente, ela foi recompensada pela risada de Marcel.

— Assim você fere meus sentimentos — ele gracejou, aproximando-se dela. Passou os dedos por um dos caracóis do cabelo de Francine que repousava sobre o ombro. O toque a deixou paralisada, um misto de repulsa e... algo mais. — Ah, Francine... eu poderia tê-la amado, sabe? A senhorita é definitivamente mais interessante do que a média. É um bom combate ao tédio. E não é nada feia. Se estivesse ao meu lado, formaríamos uma dupla e tanto. Mas você insiste em me acusar de envenenamento...

— Seu canalha! — Francine largou a mala com estrépito e afastou a mão dele com um tapa. Alguns transeuntes os olharam de viés, mas era impressionante como a etiqueta podia fazer com as pessoas simplesmente ignorassem as coisas. Ali estava ela, olhando nos olhos de um envenenador (e até os olhos do lazarento eram verdes, para que não restasse dúvida sobre seus crimes), e a estação de trem seguia como se nada houvesse, mesmo após a carta no jornal. Todos estariam falando deles pelas costas, mas poucos se atreveriam a interferir.

— Como pode ser tão cínico, Marcel? Você vai deixar uma mulher inocente pagar pelo que fez. Ao menos tenha a decência de assumir seus atos! — ela sussurrou com um tom ríspido.

Marcel fez um muxoxo e revirou os olhos.

— A senhorita necessita de um tanto de exagero para afirmar que Denise é uma mulher inocente, visto que largou o próprio filho em um orfanato.

O modista soltou essa informação como se fosse completamente banal, e depois riu alto da cara de espanto da garota à sua frente.

— O quê? A senhorita achava que eu desconhecia minha procedência? — ele riu ainda mais, e limpou o cantinho do olho com os nós dos dedos. — Ah, Francine, estou até arrependido de tê-la posto em tão alta conta... A senhorita está se mostrando bem menos brilhante do que eu gostaria.

— C-como você descobriu?

— Dinheiro, é claro. — Ele piscou. — As freiras do orfanato não são

tão santas quanto se pode imaginar. Ninguém nesta cidade é. Lembro de ter alertado a senhorita sobre isso, na ópera.

Francine engoliu em seco para recuperar a calma. Com Marcel, era sempre uma questão de ser o mais afiada possível.

– Devia ter me alertado sobre si próprio.

Marcel fingiu um suspiro cansado.

– Ainda insistindo nisso? – ele lamentou.

– Coralina Tulli morreu envenenada pelo arsênico do Verde-Marcel.

– Coralina Tulli morreu devido ao lamentável efeito colateral de um produto revolucionário – ele corrigiu.

– E isso faz da morte dela algo insignificante?! – Estava ficando cada vez mais difícil manter as aparências na estação de trem. Francine levou instintivamente a mão ao *memento mori* espremido em seu corpete.

– Estou dizendo que pessoas morrem o tempo todo. Atropeladas por carroças, queimadas por lâmpadas a gás ou enforcadas nas próprias gravatas. Devemos com isso crucificar o fabricante? Efeitos colaterais sempre existirão... É o preço do progresso.

– Essa comparação é torpe e desonesta, Marcel, e confio que sua espertezza saiba disso. Não tem como justificar seu crime – ela disse, e então subiu o tom de voz para acrescentar, assim que ele voltou a revirar os olhos: – Mulheres morreram trabalhando a seu serviço!

– É mesmo? – A compostura do modista parecia ter finalmente sofrido uma rachadura, pois ele começou a gesticular com menos graça do que de costume. – E daí? Quem se importa? Pessoas morrem o tempo todo na fabricação de coisas, Francine. Sabe quantos chapeleiros morrem todos os anos intoxicados pelo próprio mercúrio? Sabe quantos perdem os dentes, quantos sentem a língua e a mandíbula murchar e apodrecer? Já ouviu falar sobre isso? Quando eu fazia sapatos, a ponta dos meus dedos era apenas carne viva, e eu precisava enfaixar para que não manchassem o tecido do forro de sangue. O nome disso é alta-costura. Dezenas de pessoas perdem a vida para que gente como a sua tia desfile na porta de um teatro. Mas você já ouviu falar sobre isso? É claro que não... A senhorita só se deu conta de que o outro lado do canal existe porque minha invenção ricocheteou em um ponto que lhe era caro. Fora isso, ninguém se importa. Nem a polícia, nem Doutor Acácio, nem sua amada família. Então por que devo me importar com uma garotinha rica e mimada se gente como ela for o único preço a pagar pelo meu sucesso?

Francine puxou o ar e preparou-se para rebater tamanho ultraje, mas não encontrou palavras. Marcel jamais estaria certo naquela argumentação, mas, como sempre, havia naquelas afirmações uma verdade dolorida e embebida em culpa que sempre encontrava caminho até o coração da garota. Os dois se encararam por alguns instantes. Notando a falta de combate da oponente, Marcel riu, cansado, passando a mão pela testa e ajeitando a gola da casaca.

— Gostaria que você compreendesse – ele retomou –, que pudesse enxergar a relevância do que estou construindo aqui. Todos os anos, mareanos dão a vida para produzir peças que jamais terão dinheiro para comprar. E, se mesmo por caridade lhes doássemos um vestido velho, essas mesmas pessoas não teriam nenhum lugar bonito para onde ir. É um mundo cruel, muito mais injusto do que a morte de uma menina que por si só já era quase morta.

— O senhor é um desalmado... aquela menina o tinha como amigo!

— Ora, por favor, já falamos sobre isso. – Ele pareceu chateado. – Amigos? Eu era apenas útil: Marcel, que lhe fazia belos vestidos. Marcel, que a tornava única aos olhos da sociedade. Em que mundo a senhorita vive? Por falar nisso, sabe por que fui expulso do orfanato? Minha mamãezinha teve coragem de contar?

Francine trincou os dentes, mas negou com a cabeça.

— Como é que elas disseram mesmo? – Ele puxou pela lembrança, olhando para o alto, fitando um passado distante. – Ah, sim. Comportamentos antinaturais – ele sorriu. – Eu era só uma criança curiosa, que se interessava tanto pelas brigas quanto pelas agulhas. E pelos meus colegas tanto quanto pelas meninas e suas saias. E então elas me chamaram de demônio e me largaram na rua.

O rosto de Marcel mudou. Dessa vez, Francine pensou ter percebido as notas de um ressentimento antigo e muito bem enraizado escondido entre a névoa que pairava sobre o modista. Sem conseguir se conter, ela suavizou a própria expressão. Tentando compreendê-lo, tentando buscar por qualquer migalha que explicasse aquilo tudo, que o colocasse também no papel de vítima em uma enorme tragédia, ela estava a um passo de deixar escapar um "eu sinto muito".

Mas então Marcel gargalhou. Toda a humanidade que ela pensara ter visto desapareceu.

— Está vendo como é fácil colocar a senhorita no bolso? Aposto que já estava com pena de mim, pronta para me defender. Cheia de princípios, querendo cuidar de todos. Uma santa. — Marcel fez beicinho. — Não vai durar um minuto em Portomar desse jeito, Francine.

— Mas você acabou me revelando algumas das suas verdades, não foi? — Ela se recusava a acreditar que o que vira nos olhos dele era uma mentira por completo. — Você não está fazendo tudo isso apenas por dinheiro ou conforto. Você também acha que está mudando as coisas.

— Existe uma guerra, Francine. Uma guerra acontecendo dia e noite nesta cidade suja, uma guerra que você, vinda lá das suas terras verdejantes e cheias de fartura, não consegue perceber ainda. Existe muita coisa ruim por aqui. E eu quero virar a balança. Quero provar que estão errados. Quero me sentar em todas as mesas e provar todos os vinhos, e rir de todos eles e...

— Você só quer vingança — a garota o interrompeu, já tonta com tanto egocentrismo. — Não quer ajudar a ninguém nem melhorar a vida das pessoas. Você só quer se vingar e pensar em si mesmo. Está completamente louco.

— Eu quero vencer. Não se pode vencer uma guerra sem perder alguns soldados.

— Mesmo? — Foi a vez de Francine rir e cruzar os braços sobre o peito. — E em que momento você avisa aos soldados que eles estão indo para a guerra? Porque não vejo o senhor tingindo os vestidos com suas próprias mãos.

— Quando eu fazia sapatos...

— ...tinha os dedos em carne viva — ela recitou, fazendo pouco caso. — Está tentando me fazer sentir pena outra vez? Quer que eu aplauda você e ignore todas as atrocidades que cometeu porque teve uma infância difícil? Me perdoe, Marcel, porque eu realmente sinto muito e adoraria que as coisas tivessem sido diferentes para você e para Denise, e sei mesmo que fui uma tola por muito tempo, mas nada no mundo vai me impedir de levar você à justiça. Prometo que ainda vou vê-lo atrás das grades, antes que cause mais mal às pessoas com seus ideais distorcidos de justiça. – Ela começou a empurrar o peito dele com o indicador para marcar cada frase. – O mundo precisa de mudanças, sim, mas não através de você. Ninguém sozinho deveria decidir o destino de tantos.

O colo de Francine subia e descia para recuperar o fôlego, apertado no vestido. Suas bochechas estavam quentes. Um monte de sentimentos se misturavam em seu peito. Fúria, pena, rancor, euforia. Ela queria matá-lo e continuar discutindo para sempre. Queria machucá-lo e resolver as coisas. Ela não fazia ideia de onde aquilo tudo estava vindo, nem do porquê se sentia tão viva.

Marcel ouviu todas as suas palavras em silêncio, e não reagiu. Apenas sorria, fitando-a com aquele brilho de raposa nos olhos, quase com admiração.

– Eu estava certo – ele murmurou, e voltou a enrolar o bigode. – A senhorita nasceu para o vermelho. Nunca deveria usar outra cor.

O apito da estação soou em aviso, e Francine quase havia esquecido de que tinha um trem para embarcar. Ela olhou ao redor, repentinamente desnorteada.

– Bem – disse Marcel, segurando-a pelo ombro e indicando uma direção atrás dela com a mão livre. Ela conseguiu ver um monte de pessoas organizadas em fila entregando seus bilhetes a um funcionário de quepe que separava as bagagens. – Eu tinha esperanças de fazer a senhorita entender meu lado. Mas está na hora de nos despedirmos. Espero que nos vejamos novamente. Talvez na cadeia, como deseja, mas duvido muito.

– Eu odeio você, Marcel – declarou Francine, concentrando-se em olhar o mais fundo que conseguia naquelas pupilas cercadas de verde e veneno. Estavam próximos o suficiente para que ela se sentisse nauseada. Ainda assim, não conseguia desviar os olhos.

– Você com certeza não é a primeira nem a última – ele respondeu com um risinho de lado e uma piscadela. E então, como se nada houvesse, ele depositou um beijo rápido em sua bochecha e deu meia-volta, atravessando a multidão com suas passadas elegantes e atrevidas, pura empáfia e altivez. Sua casaca cor de vinho formava um forte contraste com as roupas quase que totalmente cinzentas dos outros transeuntes.

Francine permitiu-se um grunhido alto de frustração (que fez ainda mais pessoas a olharem torto), esfregando a bochecha antes de erguer a mala e rumar para o trem. Embarcou emburrada, sentindo a raiva e a sensação de impotência queimando-lhe a boca do estômago. Escolheu um assento vazio no último vagão, onde ainda não havia ninguém, e se jogou na poltrona. Poucos passageiros faziam o trajeto para o interior, e a maioria evitava o horário de maior calor. A travessia tinha muito mais o intuito de buscar mercadorias do que de propriamente levar pessoas. Ela enfiou a mala de qualquer jeito no bagageiro e encostou a testa no vidro da janela. Tudo o que queria era sair daquela cidade o mais rápido possível e nunca mais colocar os pés ali.

Estava perdida em uma contemplação febril quando o trem começou a andar. A estação foi ficando para trás, a paisagem acelerando pela janela no mesmo ritmo do maquinário. O trem foi ladeando o canal, avançando na direção contrária da corrente. Uma forma de vencer Marcel, era só nisso que conseguia pensar. Queria tirar aquele sorriso horrível da cara dele nem que fosse com as próprias unhas. E foi com tal pensamento que, de repente, ela ouviu o sussurro mais inesperado de sua vida.

– Francine?

A aparição atravessou a porta do vagão como uma lufada de vento, e suas linhas esfumaçadas voltaram a se agrupar no mesmo instante. O fantasma de Coralina estava ali, de pé em sua cabine, parecendo horrorizada com o próprio feito.

– Ah, até que enfim! – disse a menina fantasma, e se atirou para frente a fim de abraçar a prima, que por sua vez ainda tinha o choque estampado no rosto. – Tive tanto medo de não a encontrar! Atravessei tantas paredes!

– Cora? – Francine recuperou um mínimo das forças e abraçou o vazio gelado ao redor da menina morta. – O que está fazendo aqui? – E depois, dando-se conta do que era realmente importante: – Como você chegou até aqui?!

Coralina riu e se jogou na poltrona ao lado dela, quase passando direto pelo estofado. Seu sorriso vacilou por um instante enquanto ela corrigia a posição, levando em conta o movimento do trem, mas, por fim, seu corpo se ajustou à poltrona e ela voltou a rir com a estabilidade.

— Ainda estou me acostumando.

— Alguma coisa que deva me contar?

Coralina sorriu ainda mais. Inclinou-se na direção da prima e colocou as mãozinhas transparentes por cima das dela.

— Eu resolvi vir com você! — ela disse. — Você tinha razão o tempo todo, Francine! O que seria de mim naquela casa? Com mamãe preferindo acreditar em Marcel e colocando você para fora? Virar uma assombração e fazer disso uma carreira?

— Então você...?

— Pensei bastante sobre ser fantasma — ela falou, com aquele ar de menina precoce. — Acho que preciso tirar o melhor da minha situação, não acha? É o que mamãe faria.

— A-acho que sim...

— Pois bem. — Ela empinou o nariz. — Se não vou poder me casar, ter filhos e conversar com minhas amigas, então também não preciso seguir nenhuma das outras regras. Não preciso ter hora para dormir ou para sair de casa e, francamente... por que um fantasma deveria frequentar a igreja? Denise dizia que rezamos para salvar nossa alma pecadora, mas acho que a questão da minha alma já está resolvida, não é mesmo? Procurei na Bíblia: ninguém fala nada sobre cometer pecados depois de morto.

Francine apenas concordou vagamente com a cabeça. O dia prometia ser cheio.

— Pois farei o melhor da minha vida como fantasma — Coralina continuou. — Viverei muitas aventuras, assistirei a muitas peças e visitarei muitos lugares. Seja lá quanto tempo durar. Será que vai ser para sempre? Você acha que vou permanecer assim por muitos anos?

— B-bem — gaguejou Francine —, não temos como saber... Mas com certeza existe um fim, e, até lá, você vai poder conhecer tantas maravilhas do futuro...

— Penso que talvez eu esteja esperando a prisão de Marcel. Ou talvez mamãe — a prima comentou, com a naturalidade de quem informa à família que vai à feira comprar tecido. – Talvez ela deva vir comigo, e por isso estou esperando que morra. Ela com certeza vai ter muito o que explicar a Deus, e vai levar um baita susto. Não que ela já não esteja bem assustada... – Coralina deixou escapar um risinho culpado.

Francine ergueu as sobrancelhas em questionamento.

– Ora, já que decidi ser meu melhor eu fantasma – explicou a menina –, aproveitei para fazer um pouco de justiça.

Coralina tinha um ar tão travesso que Francine pensou ser melhor nem perguntar, mas a prima não precisou de incentivo para contar as próprias peripécias:

– Oh, Francine! – Ela juntou as mãozinhas ansiosas na frente do rosto. – Eu quebrei toda a louça, joguei ao chão a prataria, fiz tremer todas as cortinas. Mamãe ficou em pânico! E acho que ela me viu! Bem, ela olhou direitinho para o meu nariz e ficou pálida como um papel!

– E você ri de tal coisa? – perguntou Francine, horrorizada, embora por dentro ela mesma estivesse sorrindo.

– Você precisava ter visto! E depois saí correndo e atravessando todas as portas. E corri para a estação. E quando trombei com as irmãs Puffin pelo meio do caminho? Preciso muito contar!

O relato de Coralina a entreteve durante todo o caminho. Francine mal percebeu quando as paisagens se tornaram familiares, quando as casas deixaram de ser apenas construções à beira da estrada de ferro e se tornaram o lar de pessoas conhecidas. Ela até se assustou quando o maquinário começou a reduzir e ao perceber o quanto o sol já havia baixado no horizonte. Era um alento ver Cora com uma aparência tão... *viva*.

– Estou ansiosa para conhecer meu tio – comentou Coralina, espiando por cima do ombro dela. Depois, soltando um muxoxo divertido: – Mesmo que ele não vá me conhecer...

Francine riu, sentindo-se inesperadamente renovada. Não sabia se por efeito do ar puro ou da presença otimista da prima mais nova, mas estar de volta ao lar e longe de tudo o que acontecera de ruim havia lhe proporcionado novas perspectivas. Um mundo de possibilidades e muito trabalho a aguardava. Um mundo onde ela poderia, quem sabe, ajudar pessoas, não do jeito mesquinho proposto por Marcel, mas efetivamente, de forma organizada e científica. E, quem sabe, ao mesmo tempo, poderia ser dona das próprias aventuras.

– Sabe, Cora – ela comentou, retirando a mala do bagageiro, sentindo o peso dos livros lá dentro e se preparando para a cara de surpresa do pai e dos três irmãos ao vê-la parada na soleira da porta. – Temos que combinar algumas coisas sobre a sua estadia. Sobre privacidade e essa coisa toda de atravessar paredes. E, além disso, gostaria de fazer uma proposta de sociedade.

– Uma sociedade como a Associação de Ladies pela Família e pelo Progresso? – Os olhos de Coralina brilharam.

Francine a observou de esguelha.

– É, algo assim...

Capítulo 23

No qual se lê um recorte de jornal

O PORÃO DA FAZENDA sempre fora uma área esquecida da casa, apenas um depósito não muito frequentado nem muito limpo, que ocupava todo o subsolo da planta do velho casarão. Ou ao menos costumava ser assim. O porão havia passado por muitas mudanças desde que Francine voltara da capital.

As caixas haviam sido colocadas para fora, os cobertores e tapetes enrolados e postos para arejar na varanda. A imensa bancada de madeira havia sido arrastada, e agora ocupava o centro do cômodo. Mal dava para ver o tampo, repleto como estava da mais variada sorte de objetos. Vidros coloridos, potes arrolhados, pinças e papéis. Uma minúscula portinhola junto ao teto permitia a passagem do ar lá para fora, caso contrário, seria impossível para um ser humano se manter vivo e respirando naquele ambiente alquímico. O porão cheirava a mil e uma substâncias, vapores e fumaças, e com certeza boa parte daquilo devia ser tóxico.

Ao menos, era isso que pensava o velho pai de Francine. Ela o ouviu puxar o alçapão da entrada, e seus passos pesados fizeram a escada estalar. O porão estava sempre estalando.

Ele se aproximou naquele seu jeito manso, apoiando o rosto em uma das vigas de sustentação, observando a filha trabalhar. Desde que ela voltara para casa, Valentim sempre demorava para começar a falar as coisas, como se precisasse de alguns minutos de contemplação antes de se lembrar do que viera fazer. Ou para reunir coragem.

Francine limpou as mãos no avental marrom e virou-se para ele, sorrindo. Atrás dela, um dos tubos começou a borbulhar.

— Uma visita aos meus humildes aposentos? – ela gracejou. Começara a se referir ao porão como "seus aposentos" algumas semanas antes, quando finalmente convencera os irmãos a transportarem os móveis de seu antigo quarto para lá. Ninguém reclamou muito: ela já passava boa parte do dia enfurnada ali mesmo. Só saía para tomar ar, caminhar no mato, molhar os pés no açude, alimentar as galinhas... De resto, só era encontrada no porão.

O pai passou as mãos pelos cabelos suados. Ao contrário da irmã, Valentim ainda conservava todos os fios pretos. Embora fossem parecidos, tinham lá suas diferenças. O nariz era grande, idêntico aos dos filhos, e suas mãos eram roliças e calejadas, de juntas rígidas e nada delicadas. Francine continuou a sorrir, paciente, enquanto o homem percorria com as vistas o espaço ao redor. Era difícil dizer se o pai aprovava aquela sua nova vida, mas ao menos não se opunha. Ele tivera sua cota de mulheres excêntricas na família. Talvez já esperasse algo maluco vindo da filha também.

O homem finalmente descolou os lábios:

— Chegaram mais cartas para você. O carteiro estava aos bofes, disse que a caminhada até aqui é longa e que você recebe encomendas demais.

— São de Mão de Onça? – Francine animou-se. – Ele ficou de me mandar algumas anotações, mas pensei que custariam bem mais para chegar...

— Não – o pai respondeu, enfiando a mão no bolso e puxando de lá dois envelopes. – São de pessoas diferentes.

Francine ergueu as sobrancelhas. A forma como o pai frisara a palavra *pessoas* devia significar alguma coisa. Não fazia ideia de quem, além de Mão de Onça, poderia querer escrever-lhe, quanto mais de duas pessoas diferentes.

— Como vão as suas pesquisas? – o pai perguntou, ainda sem entregar as cartas.

— Avançando – ela respondeu, um tanto acanhada pelo interesse dele. Queria fazer bonito. – Ainda preciso aprender muitas coisas básicas antes de começar a testar compostos, e preciso melhorar meu manejo com o fogo, mas quase não me queimo mais e...

— Minha filha, você é feliz? – ele a interrompeu da forma mais inesperada.

Francine travou, a boca aberta a meio caminho da resposta.

– Desde que você voltou da casa de Bibiana – o pai lutou com as palavras –, eu nunca... nunca perguntei o que aconteceu de verdade. Ou como você está. É feliz com o que tem aqui, minha filha?

A garota sorriu ante o olhar daquele homem tão bom, ciente de que estava a um passo minúsculo de começar a chorar.

– Eu vou me fazer feliz, pai – ela respondeu com sinceridade, ainda que sua voz tenha saído trêmula. – E, por ora, o que tenho aqui me basta. Para começar.

O homem sorriu, um sorriso apertado que não mostrava os dentes. Depositou os dois envelopes sobre uma das dezenas de prateleiras que Francine instalara ali. Com a mesma calmaria com que veio, deu meia-volta, subiu as escadas e foi embora. Mas seus passos nos degraus de madeira soaram um bocadinho mais leves.

– Sua mãe ficaria feliz de ouvir isso – ele disse, a cabeça sumindo pelo alçapão.

Francine respirou fundo. Assim que o ruído das passadas do pai sumiu por completo, ela se virou para a mesa de trabalho. Coralina a observava placidamente com seus olhos enevoados.

– Às vezes me pergunto como ele pode ser irmão da minha mãe. Poderia haver pessoas mais diferentes no mundo? – A menina fantasma riu, debruçando-se sobre a mesa para olhar de perto o líquido que borbulhava, soltando fumaça. Enfiou uma das mãozinhas transparentes na substância cáustica. – Isso não está com muita cara de que vai dar certo...

Francine aproximou-se do recipiente, tomando cuidado para não se queimar antes de desligar o fogo. A mistura não estava saindo como Mão de Onça descrevera. Passou a mão com displicência sobre as anotações jogadas sobre a mesa, todas escritas na caligrafia rude do boticário. Decerto se esquecera de algum passo importante.

– Tentamos novamente mais tarde – ela disse, desamarrando o avental da cintura. Aprendera rápido que, no mundo da manipulação química, alguns dias estavam fadados à derrota, e tudo bem. Ela correu para abrir a portinhola alta, permitindo a entrada de um pouco de ar fresco para dissipar a fumaça.

Sua vida mudara tanto. Meses atrás, ela não fazia ideia do que eram ácidos e bases, e acreditava piamente que sua liberdade viria atrelada a um casamento. E agora, ela, que nunca vislumbrara a possibilidade de uma carreira, encontrava no dia a dia uma nova paixão, um dom adormecido que só agora desabrochava. Ela amava o que fazia. E amava mais ainda que Coralina também se interessasse pelos estudos.

A prima era sua melhor ajudante. Quando Francine dormia, era Coralina quem tomava conta dos preparados no fogo e separava pacientemente os cristais em seus devidos potes. Ela era também a principal manipuladora do arsênico, por questões de segurança. Chegava a ser um tanto mórbida a relação de fascínio que a menina nutria pelo veneno que a havia derrubado.

Agora que se aceitara como fantasma, Coralina tinha desenvolvido bastante sua capacidade de mover objetos, adquirindo perícia e refinamento. Quase não derrubava mais nada. O que era ótimo, porque a cozinheira da fazenda já jurava de pé junto que o casarão estava assombrado e que os utensílios da cozinha estavam caindo no chão sem motivo. Por sorte, o restante da família de Francine era cética o suficiente para não se importar em morar com um fantasma. No interior, ninguém tinha muito tempo para se assustar sempre que um galho estalava durante a noite.

Mas a vida na fazenda também tinha seus desafios. Coralina estava acostumada à cidade, e com certeza sentia falta de seu ritmo pulsante. As lembranças eram mais constantes no campo. Além disso, os animais tinham medo dela. Francine tinha certeza de que eles a enxergavam, porque os cachorros sempre olhavam na direção em que ela estava. Coralina fazia piada, mas se irritava vez por outra. Francine sabia que devia ter paciência e dar-lhe mais tempo. Às vezes, as duas passavam uma noite inteira abraçadas, chorando. Alguns dias estavam fadados à derrota, certo? Mas nem todos.

A jovem correu os olhos pelas paredes do porão. O manual da Srta. Hartley disputava espaço em uma das prateleiras com os livros de química. A educação de uma boa dama contra a ciência do boticário mareano. Parecia uma ótima combinação.

Francine finalmente deixou a portinhola e foi até os envelopes. Levou os dois para a mesa. Estava sendo deliberadamente lenta em seus movimentos, como se um tipo de expectativa mágica pairasse no ar. Algo no fundo de sua alma dizia que aquelas duas cartas seriam importantes. Que poderiam mudar as coisas.

Coralina também tinha os olhos grudados naqueles papéis: sua curiosidade seguia intacta como sempre. Mas mesmo ela parecia ter notado alguma mudança de atmosfera, porque não ousou chegar mais perto ou espiar por cima do ombro da prima como sempre fazia. Deixou aquele momento para Francine (e com certeza daria um jeito de ler as cartas depois).

O primeiro envelope era branco, quadrado e de gramatura pesada, com arabescos pintados em dourado nas bordas. Ela virou para ver o remetente. Ícaro. O papel tremeu em suas mãos.

– Abra logo de uma vez! – ralhou Coralina do outro lado da mesa.

E assim Francine o fez, rasgando o envelope trabalhado, desdobrando a carta que havia lá dentro. A caligrafia era primorosa.

Minha Querida Francine,

Estou voltando. Tive muito tempo para pensar durante a viagem. Você sempre esteve certa. Foi um erro ter partido. Principalmente, foi um erro tê-la deixado para trás. Recebi um comunicado da polícia já faz alguns dias (não sei quando você estará lendo esta missiva), mas tenho certeza de que devo a você um pouco dos créditos por ter sido inocentado.

Comprei uma passagem para o próximo navio. Mal posso esperar para zarpar. O mundo é tão grande... Temos muito o que conversar. Cheguei à conclusão de que o sentimento entre nós pode ainda não ser amor, mas que ainda assim é um desperdício não o cultivar até que se torne amor. Quero saber qual é a sua cor favorita. Quero saber qual é o nome dos seus irmãos e quais são os seus defeitos. Estou certo de que a lista será pequena.

Tive poucas notícias de sua tia desde a tragédia. Fui pego de surpresa ao saber que você não mora mais com ela. Precisei de vários dias para descobrir seu novo (ou antigo) endereço. Você sabia que Lady Tulli vendeu a mansão? Havia rumores de que a casa estava sendo assombrada por Coralina. Eu, particularmente, acredito que a dor da perda tenha simplesmente sido maior do que a força de vontade de Lady Tulli. Você sabe, casas antigas guardam tantas memórias... Ouvi dizer que sua tia foi morar em Sicanos, na cidade de Provanza.

Espero que você esteja bem. Espero que possa me perdoar. Estou voltando.

Para sempre seu,
Ícaro.

Francine continuou encarando o papel mesmo após a leitura. Esperou, prestando atenção a si mesma, tentando entender o que sentia. Se é que estava sentindo alguma coisa. Suas entranhas pareciam esmagadas.

Ícaro tinha palavras doces, a caligrafia de um príncipe. Mas ele e seu rosto perfeito pareciam ter ficado tão para trás na história... Ele amaria a Francine de agora, a que queimava as mangas dos próprios vestidos por acidente? E ela, seria capaz de amar o mundo ao qual Mister Ícaro pertencia, com seus bailes, suas taças sempre cheias e sua eterna cortesia?

Ela passou os dedos pelas linhas da carta, cada letra escrita com a precisão milimétrica de uma pena afiada. Por quantas noites ela sonhara em receber notícias dele? O quanto ansiara por ele nas horas que antecederam o fatídico casamento? E agora... ela não sabia o que fazer. A ideia de uma vida ao lado de Ícaro tinha as cores de um sonho, mas o formato de uma prisão. Sobre o que eles conversariam quando se deitassem para dormir?

Francine recolocou a carta no envelope a fim de esconder seu conteúdo dos olhos bisbilhoteiros da prima (e Coralina bufou de frustração na mesma hora). Pegou o segundo envelope, pardo e grosseiro. Tinha a insígnia da polícia em um dos lados, o que a fez erguer as sobrancelhas. Talvez aquele tenha sido o motivo real do pai ter descido preocupado até o porão. A carta lá dentro havia sido dobrada de qualquer jeito, e a caligrafia datilografada da máquina de escrever tinha rasuras em alguns pontos.

Srta. Francine,

Não sei por quê, mas o caso da menina Tulli está custando a deixar de me assombrar. Fui atrás da velha da ópera, como me pediu. Brigite era o nome dela. Descobri uma história interessante. Pouco antes de morrer, a encarregada da companhia de teatro disse que Brigite começou a enxergar tudo verde. Não sabia diferenciar mais nada. Só dizia que tudo era verde.

Fui até a botica. Mão de Onça falou muito bem da senhorita. Você é como uma pupila dele ou algo assim? O homem está encantado. Ele me falou sobre sua pesquisa. Disse que a senhorita está procurando por um novo pigmento e também por um teste para detecção do arsênico em tinturarias. Algo que seja efetivo. Isso é verdade?

Seja como for, fiz uma incursão extraoficial à mansão, no dia em que o imóvel foi à venda. Não sei o que me deu na cabeça, mas lembrei de suas palavras e mandei testar o papel de parede do quarto de núpcias de Coralina. Mão de Onça recomendou usar o método de Hahnemann. O resultado é que você estava certa: arsênico. Peço desculpas.

Enfim, caso sua pesquisa avance, a polícia tem interesse em obter seus préstimos. O que acha? Talvez eu possa lhe arrumar alguns trabalhos mais estimulantes do que a fabricação de roupas, e assim não precisarei prendê-la toda santa vez... Você que sabe. Deixo você carregar as algemas.

Atenciosamente, Timóteo.

P. S.: Achei que gostaria de ver isto.

Francine puxou o restante do conteúdo do envelope pardo. Seu coração bombeava loucamente, repleto de adrenalina. O inspetor não só admitia que ela estava certa como parecia interessado em seu trabalho! Francine podia vê-lo em sua sala, datilografando a carta com seus cabelos desarrumados. A química forense não fazia parte de seus planos originais, mas a visão de alguns cadáveres não poderia ser tão ruim... ela definitivamente não tinha medo de fantasmas. E o trabalho poderia deixá-la mais próxima de levar Marcel à justiça. E aquele comentário sobre as algemas...

No entanto, sua euforia foi varrida no minuto seguinte, tão rápido quanto surgiu. Bastou olhar para o outro pedacinho de papel que Timóteo lhe enviara.

Era um recorte de jornal, de não mais do que algumas semanas, vindo direto do continente. A manchete falava sobre "o novo fenômeno que abraçara Provanza". Abaixo das letras alegres e capitais, a caricatura de um perfil que Francine reconheceria sob qualquer circunstância.

Ele estava morando em Sicanos. Seus vestidos eram um sucesso. O Verde-Marcel era cotado como a cor da estação. O número das vendas era exorbitante.

"Eu não seria nada sem a generosidade desta grande dama", era o que Marcel havia dito ao jornal sobre Lady Bibi. Ao que o escritor da matéria replicava: "Lady Tulli, por sua vez, logo se verá obrigada a abrir mão do lugar de honra no coração de nossa estrela: em aviso às mocinhas casadoiras, este jornal tem o prazer de anunciar que o senhor Marcel se encontra noivo, de compromisso firmado com a filha mais nova de uma família da aristocracia sicanense".

Francine mordeu a parte interna das bochechas até sentir gosto de sangue.

– Preciso de papel – ela disse para uma Coralina que já não se aguentava na cadeira.

– Vai escrever uma carta? – a menina perguntou, ansiosa. – É para Mister Ícaro?

– Não – Francine respondeu, uma lucidez fria preenchendo-a por inteiro. – Para o inspetor. Acho que ele acaba de ganhar uma nova parceira. – Ela piscou para o fantasma. – Talvez duas.

Para Francine, aquela nova vida parecia promissora. Ela e Timóteo trocariam farpas todos os dias, com certeza, mas ela gostava de como a inteligência dele provocava a sua. Quando pensava nisso, na perspectiva daquele futuro, sentia-se viva e cheia de energia. Não da forma mansa e sonhadora que sentia com Ícaro. Não da forma passional e desregrada que experimentara com Marcel. Apenas...

um misto dos dois, como se pudesse ser por inteiro aquela dicotomia, como se pudesse abraçar a aspereza e a suavidade do mundo. Ela queria sentir as duas coisas. Mão de Onça lhe ensinara que não havia um lado certo na química, apenas uma constante busca por equilíbrio. Na polícia, Francine poderia colocar seus conhecimentos em prática a serviço das pessoas. Poderia fazer diferença e tomar decisões, trazendo mudanças efetivas. Criar equilíbrio. E, bem, ela tinha um criminoso a caçar. Não podia ficar em casa para sempre. Talvez precisasse até mesmo persegui-lo no continente.

Francine sorriu e olhou mais uma vez para o manual de boas maneiras. *Ótimo*, pensou, *eu sempre quis viajar como uma boa dama.*

Agradecimentos

Um dos meus mantras profissionais é que não se constrói livro ou autor sozinho. O outro é que a vida de quem escreve é um eterno plantar sementes, regar, adubar bem e depois aguardar a hora da colheita, que nem sempre ocorre quando a gente imagina. Em *O Fantasma de Cora*, vivenciei as duas coisas.

O primeiro rascunho surgiu em 2018, época de mudanças na qual eu me afastava da computação e migrava para o mercado editorial. Contei com a ajuda de muitas pessoas em todos esses anos de caminhada até que o livro chegasse ao público, propósito e destino final de toda história que arrancamos de nós e colocamos no papel.

Lá no início, ainda ensaiando as primeiras frases, agradeço a Jana Bianchi, Marcia Dantas, Tanci e Victor Burgos por escutarem minhas ideias e ajudarem a costurar tudo em uma trama que fizesse (um pouco de) sentido. Logo depois, com o manuscrito em mãos, agradeço a Luciana Darce e seu olhar afiado, que chegou mesmo a imprimir o livro em uma versão encadernada e que guardo até hoje, só para revisar e garantir que nenhum espaço-tempo foi ferido na produção desta história.

Agradeço imensamente à Agência Magh e aos meus agentes, Gabi Colicigno e Sol Coelho, por terem acreditado na aventura de Cora e Francine e por terem aberto portas, físicas ou imaginárias, com unhas e dentes, para que este livro virasse realidade.

Como não poderia ser diferente, deixo também meu muito obrigada à Editora Gutenberg e toda a sua equipe (em especial minha editora, Flavia Lago), bem como todos os profissionais que trabalharam para que este livro viesse ao mundo em sua melhor forma. Às vezes é fácil perder de vista a enorme cadeia de capistas, ilustradores, preparadores, diagramadores, revisores, gráficas, marketing, distribuidoras e livreiros que trabalham incansavelmente para manter a literatura viva e respirando, ainda que tão atacada nos últimos anos.

Por fim, agradeço aos meus amigos e familiares, responsáveis por segurar meus neurônios em tempos tão difíceis, sempre presentes. Eu não estaria escrevendo sem vocês. Caprichetes, Mafagafos, pessoal do RPG, Espalhe Fantasia, Brazucas, Netinhos da Josefa, Coven, arrobas do Twitter que me mandam fotos de calopsita, vocês sabem quem são. Colegas de trabalho que me inspiram todos os dias, acreditam em mim ou escutam meus áudios chorosos, vocês também sabem quem são. Ainda assim, deixo um muito obrigada nominalmente para Ariel Ayres, Lina Machado, Lis Vilas Boas, Marina Melo e Morana Violeta por terem, em tempo recorde e noites insones, lido e comentado o manuscrito inteiro antes que eu entregasse a versão final para a editora.

E a você que lê, espero que *O fantasma de Cora* seja um alento para dias preguiçosos e uma oportunidade para rir em tempos de desesperança. Este livro é uma homenagem apaixonada às novelas das seis que me viram crescer. Elas me ensinaram muito sobre maneiras de contar histórias, construir personagens, dar risada das nossas limitações e também sobre a mágica de compartilhar narrativas com pessoas queridas. Histórias são poderosas. Corações quentinhos também.

Obrigada.

Este livro foi composto com as tipografias
Adobe Garamond Pro e IM FELL English
e impresso em papel Off White 80 g/m²
na Formato Artes Gráficas.